Sur l'auteur

Prajwal Parajuly, de père indien et de mère népalaise, vit entre Paris, New York et Gangtok, sa ville natale dans l'Himalaya indien. Il enseigne actuellement le *creative writing* à Sciences Po Le Havre. En France, son roman *Fuir et revenir* a été finaliste du prix Émile-Guimet de littérature asiatique et sélectionné pour le Prix du Meilleur Livre étranger 2020. Son recueil de nouvelles *Aucune terre n'est la sienne* (Emmanuelle Collas, 2022) a aussi été finaliste du prix Dylan-Thomas 2013 en Angleterre, puis sélectionné aux États-Unis pour le Story Prize.

PRAJWAL PARAJULY

FUIR ET REVENIR

Traduit de l'anglais (Inde)
par Benoîte Dauvergne

10/18

EMMANUELLE COLLAS

Titre original :
Land Where I Flee

ISBN 978-2-264-08097-4
Dépôt légal : août 2022

À Gangtok et Kalimpong,
ainsi qu'à Advik Vyas Sharma qui,
à un an et demi, rit aux éclats
quand je lui lis les parties
les plus sérieuses de ce livre.

L'usine ressemble à un hôtel classé.

Comme si elle abritait, au lieu d'ouvriers surmenés, de machines et de mètres de lin terne, des objets anciens d'une valeur inestimable.

L'extérieur du bâtiment, d'un jaune clair et gai, est percé d'accueillantes fenêtres en saillie aux vitres étincelantes ; la porte d'entrée est finement ornée de représentations de Ganesh, de Shiva et de Hanuman en terre cuite ; deux arbres – un goyavier et un oranger – montent la garde de chaque côté du bâtiment.

Suspendus entre leurs hautes branches, des mètres de drapeaux de prières bouddhistes – bleus, blancs, rouges, verts, jaunes – claquent, flottent et s'envolent. Leurs inscriptions – symboles, sutras, mantras – diffusent leur énergie positive et éloignent les forces maléfiques.

Sur la porte du garage, les silhouettes en carton d'un couple font la promotion des produits de l'usine. Avant, vêtues de vêtements occidentaux, après, de tenues népalaises.

L'homme porte un *daura-suruwal* couleur crème. Son haut, le *daura*, n'a ni bouton, ni col, ni manchettes ; ses rabats sont maintenus en place sur sa poitrine par la seule paire de ficelles visible. Son pantalon, le *suruwal*, dont la longueur superflue tire-bouchonne au niveau des chevilles, est serré et fuselé. La femme, d'abord représentée en robe noire, porte dans un second temps le *gunyu-cholo*. Son *gunyu* vert est un sari dont elle a rentré l'extrémité libre dans l'avant de sa jupe. Son corsage, un *cholo* rouge et blanc à losanges, est identique au *daura*, si on omet le renflement au niveau de la poitrine.

Sur la topiaire installée sur la pelouse couverte d'œillets d'Inde est inscrit : TEXTILES NEUPANEY. Les courges qui grimpent sur le treillage dissimulent des caractères peints au pochoir annonçant : USINE DE CONFECTION NEUPANEY, FONDÉE EN 1984. Une plaque de cuivre polie près de l'entrée du bâtiment indique : NEUPANEY APPAREL INC., KALIMPONG, GORKHALAND.

PREMIÈRE PARTIE

LE PROBLÈME
AVEC LES RETROUVAILLES

Depuis son balcon, Chitralekha observait la scène qui se déroulait devant chez elle, tandis que s'échappaient de sa bouche d'épais rubans de fumée semblables aux cirrus qui s'accumulaient lentement dans le ciel. Son choix de cigarettes – de celles qu'affectionnaient les domestiques, les coolies et les ouvriers en bâtiment de Gangtok – déconcertait autant son médecin que sa façon de les fumer : Chitralekha tirait sur le rouleau de tabac en le tenant entre son index et son pouce courbés. Cette technique était certes considérée comme peu raffinée et les brins de tabac du *beedi* étaient sans doute plus nocifs que ceux d'une cigarette ordinaire, mais c'était ainsi que Chitralekha préférait déguster son poison. Comme l'anneau qui se balançait entre ses narines et étirait son septum depuis plus de soixante-dix ans, les *beedi* symbolisaient l'ordinaire. Confrontée aux nombreux changements qui se préparaient autour d'elle, Chitralekha trouvait un certain réconfort dans les objets familiers.

Ses petits-enfants, qui vivaient dans différents pays, dont elle pouvait à peine prononcer le nom et qu'elle n'avait aucune intention de visiter, seraient bientôt là pour son *chaurasi*, son quatre-vingt-quatrième anniversaire, dont les préparatifs battaient leur plein. Dans le jardin qui entourait son cottage régnait une grande effervescence. Le prêtre, qui n'était pas satisfait de la longueur des bambous qu'on s'apprêtait à utiliser pour fabriquer le four sacré, exprimait son mécontentement d'une voix nasillarde tout en frappant le sol de sa canne. Agacée par le prêtre, l'eunuque transgenre, qui balayait l'allée pour aider Chitralekha à se détendre plus que pour contribuer véritablement au remue-ménage environnant, exprimait son dédain en chantant bruyamment faux afin de couvrir le radotage du vieil homme. Quelques peintres, inconscients pour la plupart de leurs désaccords, appliquaient paresseusement des coups de pinceau verticaux, qui se terminaient souvent en zigzags, sur les murs. Chitralekha n'aimait pas leur nouvelle apparence. La peinture rouge écaillée que les ouvriers essayaient de recouvrir était trop foncée pour disparaître sous une couche de blanc ; il en faudrait une deuxième, voire une troisième. Une jeep, apparue quelques jours trop tôt en cahotant dans l'allée, venait de livrer un millier d'œillets d'Inde que l'eunuque allait bientôt devoir enfiler en guirlandes, avant de les suspendre au toit et d'en orner les fenêtres.

« La compétence fait cruellement défaut par ici, gémit le prêtre brahmane. Nous passons tous trop de temps à parler.

— Tiens donc, le brahmane pense que nous passons trop de temps à parler ? s'impatienta l'eunuque. C'est un brahmane qui pense que nous parlons trop ! Bientôt, il nous reprochera de manger trop de sucre.

— Il est inutile d'écouter les personnes dans ton genre, Prasanti », répliqua le prêtre en levant ses yeux plissés vers la terrasse dans l'espoir de rencontrer le regard de Chitralekha.

Sa tentative fut vaine, car celle-ci détourna la tête.

« Vous ne faites que parler, parler, parler.

— Oh, mais je chante et je danse aussi ! s'écria Prasanti. Je chante, je danse et je nettoie pendant que vous restez planté là à donner des ordres. N'oubliez pas que je suis aussi brahmane, *pandit-ji*.

— Tu devrais être en train de chanter et de danser dans les rues avec les gens comme toi. Sans la générosité d'Aamaa, tu n'aurais pas de maison.

— Et sans la bonté d'Aamaa, vous n'auriez pas une roupie pour remplir cette grosse bedaine, *pandit-ji*. Nous sommes pareils, vous et moi. »

Le prêtre leva de nouveau les yeux vers Chitralekha. La vieille femme savait qu'il attendait qu'elle intervienne, mais cet échange l'amusait beaucoup trop pour qu'elle y mette un terme. Chitralekha avait peut-être appris un tas de choses à Prasanti, mais l'eunuque prenait elle-même l'initiative de froisser régulièrement l'ego du brahmane, et il eût été dommage de jouer les médiatrices alors que se déroulait une prestation aussi impeccable. Il était important que le prêtre soit remis à sa place, car chaque fête religieuse ravivait sa conviction d'être irremplaçable, ce qui se traduisait par un mépris général pour l'opinion de son entourage. Il critiquait ainsi des détails aussi insignifiants que la hauteur de l'estrade sur laquelle il serait assis pendant les cérémonies et effectuait des achats que Chitralekha n'aurait pas approuvés en temps normal.

« Non, mais où va le monde ? »

Le brahmane secoua la tête.

« Une demi-genre qui se croit l'égale d'un prêtre !

— Tout à fait. D'ailleurs, cette demi-genre doit à présent se préparer pour l'arrivée de Kamal Moktan. Je suis une *hijra* qui connaît des personnes importantes, contrairement à vous, *pandit-ji*.

— Parce qu'il va faire tout le chemin depuis Darjeeling pour te voir peut-être ?

— Pour voir Aamaa, mais je pourrai au moins le saluer.

— Il doit vraiment s'en réjouir.

— Autant que je me réjouis de vous voir partir. »

Il était temps que Chitralekha manifeste sa présence. « Prasanti, un peu de respect pour *pandit-ji*, je te prie. Il ne partira que lorsque tu lui auras servi du thé. »

Cela suffisait pour aujourd'hui. La *hijra* s'était bien débrouillée. La suffisance du prêtre en avait pris un coup. À présent, il n'insisterait pas pour que les cérémonies durent sept heures ni pour recevoir des dons exorbitants. Ce problème mineur étant réglé, Chitralekha pouvait maintenant se préparer pour son rendez-vous avec Kamal Moktan. Celui-ci dirigeait le nouveau parti politique qui promettait aux habitants du district voisin de Darjeeling d'obtenir l'indépendance de leur Gorkhaland bien-aimé, un État distinct de celui du Bengale-Occidental, où ceux-ci étaient traités avec une totale indifférence. Moktan avait donné un nouvel espoir au mouvement du Gorkhaland, qui stagnait lamentablement après avoir atteint son apogée dans les années 1980. Il avait sans doute besoin de s'entretenir avec Chitralekha pour qu'elle l'aide à développer et à réformer le mouvement.

Chitralekha aurait préféré recevoir Moktan sur la terrasse mais l'endroit était trop bruyant. Prasanti avait déjà revendiqué la réserve de fortune installée dans le coin ouest de la terrasse du toit qui abritait à présent une énorme marmite de pâte préparée avec de la farine de riz par ses recrues volubiles – deux misérables filles du quartier à la peau noire comme du charbon. Celles-ci s'apprêtaient à frire des *sel-roti*, ces beignets croustillants dont Chitralekha ne raffolait pas, mais auxquels il était difficile d'échapper lors des fêtes religieuses et des célébrations. Il serait intéressant d'observer la réaction de l'homme politique lorsque sa demande très sérieuse de soutien financier serait interrompue par les gros rires du trio installé à l'intérieur de la réserve. Cependant, une rare bruine d'octobre semblait sur le point de tomber et la perspective de discuter sous cette pluie fine était aussi décourageante que le tintement des ustensiles et les fous rires qui avaient déjà commencé.

La pièce où travaillait Chitralekha était en désordre. Prasanti avait essuyé toutes les photographies accrochées aux murs, mais elle avait comme par hasard ignoré la montagne de paperasse qui s'était accumulée sur son bureau. Le cendrier débordait de mégots de *beedi*. Néanmoins, la propreté de la pièce importait peu à Chitralekha, tant que les photographies suspendues aux murs – deux portraits d'elle en compagnie du gouverneur du Sikkim, un autre avec le ministre en chef de l'État et quelques-uns auprès de différentes personnalités – étaient impeccables. Chitralekha remarqua avec consternation qu'un portrait depuis longtemps relégué au placard, sur lequel elle apparaissait en compagnie de l'ancien ministre en chef dont les chances de revenir au pouvoir étaient aussi minces que celles de Prasanti d'enfanter, occupait une place de choix entre la photo du gouverneur lui remettant une récompense et une autre sur laquelle le ministre du Tourisme et elle souriaient gaiement au photographe. Cette domestique était parfois une vraie bonne à rien.

« Prasanti ! » appela Chitralekha, dont la voix résonna à travers la maison.

Consciente que l'eunuque feignait la surdité quand cela l'arrangeait, la vieille femme cria son nom à plusieurs reprises.

Prasanti entra en toussant dans le bureau quelques minutes plus tard.

« Les *sel-roti* sont parfaitement ronds. Plus ronds même que ma tête. Mais la fumée nous suffoque.

— Arrête de jacasser, Prasanti. Pourquoi avoir accroché ce portrait ? »

Chitralekha frappa le cadre incriminé si fort de son index plié que celui-ci faillit tomber. Elle fut déçue de voir qu'il restait finalement en place.

« Ne fallait-il pas le sortir ? demanda innocemment Prasanti.

— Pour quoi faire, idiote ? Pourquoi aller chercher un portrait dans le placard et l'accrocher ?

— Toutes les photos qui décorent vos murs représentent des hommes laids. J'en voulais une qui vous montre en compagnie d'un bel homme. Et celui-ci est le seul avec qui vous avez été photographiée.

— Mais pourquoi voudrais-je qu'on me voie, moi, une veuve de quatre-vingt-trois ans, en compagnie d'un bel homme sur une photo, Prasanti ? »

Chitralekha sentait sa colère retomber.

« Ce portrait est plus joli que ceux de tous ces hommes hideux. Certains n'ont plus de cheveux, et celui-ci a plus de poils dans les oreilles que sur le crâne. Et les poils du nez de cet homme-là sont si longs qu'il pourrait les tresser !

— C'est pour cette raison que tu as suspendu ce portrait ?

— Oui, répondit insolemment Prasanti. S'il me plaît de voir la photo d'un bel homme, ça doit bien vous plaire aussi.

— Mais Basnett ne sera plus jamais au pouvoir. Comment paraître à mon avantage en compagnie d'un perdant ?

— C'est parfait ! Dans ce cas, aucune autre femme ne souhaitera être photographiée avec lui. »

Chitralekha retint un sourire, ordonna à Prasanti de ranger le portrait dans le placard, l'interrompit au milieu de sa tâche et lui demanda de le raccrocher à son nouvel emplacement.

« Ah, son beau visage vous plaît aussi, qu'est-ce que je disais ? gloussa Prasanti.

— Non, pas du tout. Va donc frire tes *sel-roti*. Il va te falloir des heures pour remettre ce stupide portrait dans le placard. »

Moktan était en retard. Leur rendez-vous était fixé à quinze heures, et Chitralekha avait bien précisé à l'assistant bredouillant du politicien qu'elle n'aimait pas qu'on la fasse attendre. Un quart d'heure s'écoula encore avant qu'un convoi de voitures s'engage en dérapant dans l'allée. Celui-ci transportait Moktan et sa garde rapprochée, tous vertueusement coiffés de leurs chapeaux noirs népalais.

La sonnette retentit. Prasanti avait reçu l'ordre de ne pas ouvrir la porte avant d'avoir compté deux fois jusqu'à soixante. Chitralekha s'approcha du vestibule afin de mieux entendre la suite.

« Chitralekha Guraamaa est-elle là ? demanda l'un des hommes.

— Elle assiste à une réunion, répondit Prasanti.

— Je suis Kamal Moktan, dit le politicien.

— Et moi, Prasanti. »

La domestique était bien entraînée. Les hommes ricanèrent, aussitôt imités par elle.

« J'ai rendez-vous avec Guraamaa.

— Votre rendez-vous était à quinze heures. Elle vous a attendu jusqu'à 15 h 05 puis, ne vous voyant pas arriver, elle en a accepté un autre. Elle est donc occupée pour le moment. Pourquoi ne l'attendriez-vous pas dans le jardin ?

— La pluie a cessé, monsieur. Le soleil pourrait bien reparaître d'un instant à l'autre. Mieux vaut attendre dehors qu'à l'intérieur », s'empressa malicieusement de suggérer un des hommes.

Cinq, puis dix minutes s'écoulèrent. Prasanti apporta du thé et des biscuits Good Day au groupe.

« Elle n'en a plus que pour cinq minutes. Mais elle ne recevra que vous. Les autres devront attendre ici. »

Prasanti, ayant bien fait son travail, s'était encore une fois rachetée aux yeux de sa maîtresse. Kamal Moktan était désormais malléable à souhait.

« *Namaste* Guraamaa, lança cordialement le politicien depuis le seuil du bureau de Chitralekha en arrangeant sa veste. Navré pour le retard. Les routes sont mauvaises à cause des glissements de terrain qui se sont produits à Rangpo, vous savez.

— Oui, je suis au courant. La dernière fois qu'il est venu ici, notre ministre en chef m'a expliqué qu'il partait toujours une heure avant nos rendez-vous de peur de me faire attendre. Partir une heure plus tôt alors qu'il vit ici même à Gangtok est une preuve de son bon sens.

— J'en prends bonne note, dit Moktan en s'asseyant. Je suis désolé d'être arrivé en retard, mais nous avons bien apprécié cette collation dehors.

— Bon, pour quelle raison souhaitiez-vous me rencontrer ? »

Moktan se frotta les mains comme pour les réchauffer, un geste qui ennuya Chitralekha avant même que ne commence son verbiage. La vieille femme avait fréquenté suffisamment d'hommes politiques pour deviner que celui-ci avait prévu un long discours et qu'il faudrait trouver le moyen d'y couper court. Les népalophones de Darjeeling étaient bien bêtes de placer leurs espoirs en cet homme et de croire qu'il leur obtiendrait l'indépendance.

« Vous savez, le mouvement pour le Gorkhaland aurait bien besoin de personnes âgées pour encourager ses jeunes, surtout d'une aînée aussi respectée que vous par la société. »

Ce discours allait être truffé de répétitions, parsemé de flatteries ainsi que d'allusions à son grand âge et à la sagesse qui en découlait, à sa générosité et à son importance.

« Nous n'avons jamais obtenu votre adhésion totale depuis nos débuts. Je comprends bien que vous êtes aujourd'hui une habitante du Sikkim, mais nous savons tous que vos racines sont à Kalimpong. Or c'est là que se trouve la toute première et la plus symbolique de vos usines. Contrairement à la plupart des habitants du Sikkim, vous n'avez pas choisi de vous éloigner de la grande cause du Gorkhaland. Nous vous serions extrêmement reconnaissants de bien vouloir prononcer un discours sur l'importance du Gorkhaland, mon dévouement à son peuple et ma capacité à obtenir son indépendance.

— Pourquoi moi ? Je suis curieuse de savoir pour quelle raison je serais la mieux placée pour le prononcer.

— Eh bien, le cousin d'un de mes cousins qui s'appelle Rajeev…

— Je suis ravie de l'apprendre.

— … a obtenu son diplôme d'ingénieur à l'université Manipal de Rangpo. Tous ses amis sikkimois occupent déjà des postes de fonctionnaires. Rajeev faisait partie des meilleurs élèves de sa promotion – ses notes étaient même meilleures que celles des Bengalis –, mais il n'a encore trouvé aucun emploi. Il n'y a pas de travail à Darjeeling, aucune perspective, rien.

— Je ne peux pas lui trouver un emploi dans l'État du Sikkim s'il n'est pas d'ici.

— Non, non, ce n'est pas là que je veux en venir. Si, dans ce discours, vous pouviez demander aux personnes comme lui – instruites et sans emploi – de soutenir le mouvement et leur assurer qu'elles trouveront du travail quand le Gorkhaland existera, ce que nous n'obtiendrons que si nous recevons leur soutien total, je vous en serais extrêmement reconnaissant. Les personnes instruites font toujours preuve de trop de scepticisme. »

Jaugeant l'homme qui se trouvait devant elle, Chitralekha conclut qu'il était inutile de l'inviter à son *chaurasi* – il n'était pas politicien depuis longtemps, à l'inverse de Subba, ministre en chef du Sikkim. Il allait probablement se laisser aveugler par le pouvoir, commettre un acte stupide et passer le reste de sa vie à essayer de s'enfuir ou à moisir en prison. À bientôt quatre-vingt-quatre ans, Chitralekha n'avait pas besoin de penser à long terme. Elle était déjà la membre la plus âgée de chaque côté de sa famille élargie – celui de son père, de sa mère et de son mari – et elle avait parfaitement conscience de l'imminence de sa mort. Il lui restait au mieux dix ans à vivre. S'attirer les bonnes grâces de Moktan ne lui rapporterait rien à court terme, et ce qui comptait désormais par-dessus tout pour elle, c'étaient les satisfactions immédiates.

« Et qu'est-ce que j'y gagnerais ?

— Que souhaiteriez-vous ? Nous entendons sans cesse dire que vous jouerez bientôt un rôle moins actif dans vos affaires, qu'un de vos petits-enfants prendra la relève, mais ne vivent-ils pas tous à l'étranger ? Je respecte totalement le choix que vous faites de ne pas passer la main malgré votre âge. Vous êtes une source d'inspiration pour nous tous, vous savez. Mais je vous en prie, ne nous demandez pas d'argent, nous comptons justement sur la bénédiction des personnes comme vous pour maintenir notre mouvement à flot.

— J'ai offert deux cent mille roupies à votre organisation il n'y a pas plus de deux mois. Et je ne donne de l'argent que s'il existe une contrepartie. »

Chitralekha alluma son *beedi*. C'était une habitude dont même les richesses qu'elle avait amassées étaient bien incapables de la débarrasser. En outre, la vieille femme avait parfaitement conscience que la plupart des hommes de pouvoir étaient intimidés lorsqu'elle fumait devant eux. Le *beedi* coincé entre ses doigts contrastait fortement avec son sari blanc, dont l'extrémité libre couvrait modestement sa tête blanche.

Moktan fit claquer les lèvres.

« Quelle aide nous suggéreriez-vous de vous apporter ?

— Ce mouvement pour le Gorkhaland piétine, Kamal-*jeeu*. Nous attendons depuis une éternité qu'il se passe quelque chose. Il y a trop de vandalisme, trop de violence organisée. Il faut que nous inspirions les gens, que nous les passionnions. Si vous demandez à n'importe quel habitant de Kurseong ou de Kalimpong s'il croit au Gorkhaland, il vous répondra par la négative.

— Évidemment, si même une personne comme vous n'y croit pas, notre combat est voué à l'échec. Nous faisons pourtant de notre mieux. Pas plus tard que le mois dernier, lors d'une réunion avec le ministre du Bengale-Occidental…

— Les réunions n'aboutissent à rien. Regardez-nous un peu. Cela fait cinq minutes que vous êtes là et nous n'avons encore rien dit d'utile. »

Kamal plissa le front.

« Avez-vous des suggestions à me faire dans ce cas ?

— Oui, il faut que nous inculquions la notion d'unité à notre peuple. Pourquoi ne pas exiger que tout le monde porte la tenue traditionnelle népalaise – le *daura-suruwal*, le *gunyu-cholo* et le *topi* – certains jours de la semaine, en particulier pendant les fêtes religieuses et les jours fériés importants ? Regardez-vous – vous portez un chapeau *gurkha* mais où est votre *daura-suruwal* ? Vous, plus que quiconque, devriez donner l'exemple. Fixons une date – que diriez-vous pour commencer de la période de Tihaar, la fête des Lumières, un jour de la semaine prochaine ? Ce serait ainsi la journée où la population ne porte que des vêtements népalais par solidarité avec le mouvement.

— C'est une bonne idée. Nous serons tous très heureux de le faire.

— Le jour de la conférence pourrait être une autre occasion de porter la tenue traditionnelle. J'y serais moi-même présente.

— C'est un bon projet – mais la semaine prochaine, c'est peut-être un peu tôt.

— Non. L'état de ce mouvement nécessite que nous agissions vite. Il faut commencer immédiatement. »

Kamal regarda Chitralekha comme s'il était stupéfait qu'on avertisse les citoyens au dernier moment.

« Notre réunion est-elle donc terminée ? »

Chitralekha jeta un coup d'œil à l'horloge puis à sa montre.

« Oui. Mais vous avez bien sûr compris que mon usine à Kalimpong fournira elle-même tous les vêtements népalais aux magasins. Ils sont d'ailleurs prêts. Tout ce que vous avez à faire, c'est une annonce. Nous fabriquons même des *daura-suruwal* sur mesure – aucune autre usine n'avait produit cette tenue auparavant. Et vos hommes s'occuperont de tous ces magasins qui n'achètent pas encore leur marchandise en gros à mon usine, n'est-ce pas ? »

Les yeux de Moktan s'éclairèrent – Chitralekha ne parvint pas à déterminer si c'était un regard indigné ou admiratif. Elle ramassa un paquet sous son bureau et le déballa. Celui-ci renfermait un *daura-suruwal* couleur crème.

« Oui, je peux m'en assurer.

— Parfait », dit Chitralekha en extrayant la tenue du paquet.

Elle dénoua les quatre paires de liens de la veste, y compris celles qui se trouvaient à l'intérieur.

« Dix pour cent de nos bénéfices reviendront ainsi à votre cause – bien que je me demande encore si votre lutte vise à tuer des gens ou à leur obtenir un État. »

Chitralekha fixa ensuite son attention sur le pantalon.

« Il s'agit du mouvement pour l'indépendance du Gorkhaland, répliqua Moktan. Il est normal qu'il fasse quelques victimes en chemin, et c'est tout à fait malheureux, mais combien de personnes sont-elles mortes parce qu'elles croyaient en une révolution ? Ceux qui périssent sont soit des ennemis, soit des martyrs.

— C'est ça, et vous, vous êtes un héros. »

Chitralekha gloussa en levant le *suruwal* devant son invité afin qu'il l'examine.

« Vos hommes font trop de bruit en bas. Pourriez-vous venir seul lors de votre prochaine visite ? Prenons rendez-vous dans trois mois. Vous pourrez également récupérer mon don à ce moment-là. »

Moktan joignit les mains en prière et peut-être en préambule à un interminable discours que Chitralekha allait devoir empêcher.

« Regardez ces photos, Moktan-*jeeu* – que voyez-vous ? »

Le politicien se retourna, puis il fixa sans un mot le portrait de Chitralekha avec l'ancien ministre en chef.

« Voilà qui je suis, Moktan-*jeeu*. Je peux être votre amie pour la vie si vous gagnez ma confiance. Je me fiche que votre parti ne soit pas au pouvoir. Je me fiche que vous ne soyez jamais réélu. Je vous serai à jamais fidèle. »

Moktan l'écouta en silence.

« Vous allez bien sûr tout faire pour gagner ma confiance, n'est-ce pas ? »

Chitralekha le regarda dans les yeux, puis elle afficha un sourire qui fit naître une multitude de rides sur son visage.

« Vous ferez en sorte que votre portrait rejoigne tous ceux-là, n'est-ce pas ? »

Moktan hocha la tête et l'informa qu'il devait se rendre sans tarder à son rendez-vous avec I.K. Subba, le ministre en chef du Sikkim qui avait publiquement annoncé son soutien au mouvement séparatiste.

« Nous, peuple du Gorkhaland, avons tant de raisons de remercier les personnes comme vous et lui, Guraamaa. Nous vivons depuis trop longtemps sous le joug des Bengalis. Le Gorkhaland doit exister en tant qu'État. Nous devons être indépendants, comme vous autres, habitants du Sikkim. Nous vous remercions infiniment de nous donner de l'espoir. »

Une fois Moktan parti, Chitralekha rappela Prasanti afin qu'elle range le portrait de Basnett une bonne fois pour toutes dans le placard.

« Ma maîtresse n'a plus envie de voir une seule photo après avoir rencontré ce macho en personne ! la taquina Prasanti en attachant en chignon ses cheveux longs jusqu'aux épaules et clairsemés sur les tempes. Quel âge a-t-il ? Êtes-vous sûre qu'il est de la caste des *moktan* ? Il me semble plutôt *newar*. Ses yeux sont trop grands pour un *moktan*. Au fait, le gros prêtre est toujours dans les parages à cracher son venin dès qu'il en a l'occasion. »

Chitralekha alluma un nouveau *beedi*. Cette réunion était un succès. Et dire qu'elle aurait quatre-vingt-quatre ans dans une semaine ! Pendant presque toute sa vie, son âge n'avait eu aucune signification. D'ailleurs, comme pour la plupart des femmes de sa génération, Chitralekha ne savait même pas quel était le jour exact de sa naissance. Cette année cependant, les choses étaient différentes. Cet anniversaire, c'était une bonne claque infligée à toutes ces maladies qui vous tuent avant que vous atteigniez la fleur de l'âge. Ces quatre-vingt-quatre ans avaient quelque chose de spécial, car Chitralekha faisait maintenant partie des très rares personnes ayant vécu jusqu'à cet âge. Pour la plupart des gens, comme son pathétique mari, c'était un rêve inaccessible. Il était temps de partir maintenant – elle traînerait peut-être quelques années de plus ici-bas, puis elle mourrait paisiblement. Sa plus grande peur était de survivre à l'un de ses petits-enfants, et à en juger par les opérations, les douleurs et les épreuves qu'ils se plaignaient de subir, il ne serait pas du tout surprenant qu'elle assiste à la mort d'au moins l'un d'entre eux. Cette idée lui était insupportable. Chitralekha avait vu trop de gens mourir – son mari, son fils, sa belle-fille. Elle serait incapable de supporter un nouvel événement tragique. Selon le marché que la vieille femme avait conclu avec Dieu, ce quart de sa vie au moins devait être préservé de toute tristesse. Et elle veillerait assurément à ce qu'il tienne promesse.

•

Bhagwati aurait pu éviter que la marmite bascule mais son esprit vagabond l'avait trahie.

« À l'aide ! Je me suis brûlée avec l'eau des spaghettis ! »

Elle se prépara mentalement à la pluie d'insinuations qui s'abattrait sur elle tandis qu'elle boiterait du lave-vaisselle jusqu'à l'entrée de la cuisine. Brian, le commis dont la présence déclenchait en elle la même réaction que les fredaines des voyous qui traînaient à l'extérieur du camp de réfugiés, était invisible mais Bhagwati n'avait plus son pareil pour repérer d'effrayantes silhouettes tapies dans les congélateurs-chambres ou derrière les imposants appareils de cuisine. Malgré la douleur, elle jeta un coup d'œil par-dessus l'épaule au cas où quelqu'un s'apprêterait à bondir sur elle. Deux semaines plus tôt, tandis que, l'esprit ailleurs, elle s'était laissée aller à comparer mentalement, de façon assez défavorable, les célébrations bhoutanaises de Dashain, la plus grande fête des Népalais hindous, qui commémore la victoire des dieux sur les démons, à celles de Gangtok, une bouche à l'haleine chaude et fétide s'était dangereusement approchée de sa nuque. Voilà ce qui arrivait quand on rêvait aux fêtes hindoues sur le territoire de l'Amérique chrétienne. Bhagwati devait être constamment sur ses gardes, sinon des parties de son corps risquaient d'entrer en fâcheuse interaction avec celles du commis.

Le cuisinier se précipita vers elle alors qu'elle s'effondrait sur le sol. La brûlure était insupportable.

« Heureusement que l'eau ne bouillait pas encore, dit-il en effleurant sa blessure. Brian, tu peux aller me chercher un pansement ?

— C'est une brûlure, protesta Bhagwati avec une grimace. Je crois qu'il me faudrait plutôt une crème – quelque chose à base d'aloe.

— Je sais pas où est la putain de trousse de secours », répondit Brian en ricanant.

La démarche arrogante, il quitta la cuisine et revint quelques secondes plus tard avec une boîte.

« Je sais pas comment ouvrir ce satané truc. Elle travaille ici comme nous mais il faut qu'on se comporte tous comme ses foutus esclaves. »

Peu à peu, une foule importante d'employés de cuisine s'était rassemblée autour du corps étendu de Bhagwati et du cuisinier gentiment réconfortant. Chacun proposait son propre diagnostic et sa prescription. Entre une application de dentifrice sur la zone touchée et celle d'une poche de glace fut avancée l'idée qu'un long baiser passionné du cuisinier pourrait bien alléger la souffrance de Bhagwati. L'approbation des spectateurs se manifesta par de bruyants applaudissements.

Le cuisinier tendit la crème qu'il avait trouvée dans la boîte à Bhagwati. Celle-ci fixa son attention sur le petit tube qu'elle pressa entre ses doigts, puis elle appliqua une dose de crème sur sa cheville. Sa blessure semblait moins grave que ne le laissait présager la douleur.

« C'est juste une brûlure au premier degré, lança quelqu'un, avant que le gérant du restaurant n'ordonne à la foule de se disperser. Ça va aller.

— Dis donc, la réfugiée, dit le cuisinier en ignorant la grimace de Bhagwati, tu peux t'estimer heureuse de ne pas avoir été brûlée par une marmite pleine d'eau bouillante.

— Merci pour votre aide. Pourriez-vous demander à Brian de ne pas m'embêter aujourd'hui ?

— Ne t'inquiète pas pour ça. Fais plutôt attention

aux marmites bouillantes. Tu as de la chance que j'aie été là. La dernière fois que quelqu'un de chez toi s'est brûlé, il a appliqué du beurre sur sa blessure. Quel malade ! »

Bhagwati avait toujours une pile de vaisselle sale à laver, mais l'histoire de cette personne de chez elle l'intrigua. Elle aurait bien demandé au cuisinier, qu'elle hésitait toujours à appeler par son prénom à cause de ses nombreuses lettres muettes, si cet homme était traité aussi mal qu'elle. Le gérant – un type toujours en costume, efféminé, mais gentil – la regardait déjà avec impatience, aussi fila-t-elle s'attaquer au tas d'assiettes qui, entre l'accident et le traitement de sa blessure, avait triplé de volume.

Les jours comme aujourd'hui suscitaient dans son esprit une série infinie de doutes sur l'amélioration de sa vie depuis son départ du camp de réfugiés au Népal. Lorsqu'ils avaient été conduits à la frontière bhoutanaise sous prétexte qu'ils n'étaient pas assez bhoutanais pour être bhoutanais, ses concitoyens népalophones et elle n'avaient cessé d'espérer que le Népal les accueillerait, mais leurs ancêtres avaient déserté le Népal et vécu au Bhoutan trop longtemps pour être népalais.

On disait que mieux valait vivre dans un camp de réfugiés au Népal plutôt que dans la peur des persécutions au Bhoutan, mais ce n'était pas vrai. Jour après jour, les autres réfugiés et elle rencontraient nombre de difficultés, étant considérés comme des membres inutiles de la société et haïs par les Népalais de l'extérieur – les Népalais du Népal, les vrais Népalais –, car le désespoir de ces *saranathi* avait suffisamment attiré l'attention des Occidentaux pour que certains pays comme les États-Unis viennent à leur secours. Les habitants des camps avaient survécu des années en se raccrochant au maigre espoir qu'un jour l'Amérique, l'Australie… tout pays où la vie était meilleure que dans les camps les sortirait de là. Mais, lorsque l'Amérique les avait finalement accueillis, la vie ne s'était pas du tout améliorée.

« Tant de beauté aux mains d'un *damaai*, quel gâchis ! » s'était exclamée sa grand-mère plus d'une fois à son sujet au téléphone, ajoutant un ou deux termes orduriers pour décrire la basse caste de son mari.

Mais Bhagwati était habituée aux piques de sa grand-mère – celles-ci ne la blessaient pas de la même façon que le comportement de ses collègues à son égard. Dans la cuisine de Tom's Diner à Boulder, dans le Colorado, Bhagwati avait souvent l'impression d'être invisible, ce qui valait toujours mieux que de recevoir des caresses non sollicitées. Le restaurant n'ayant encore jamais embauché de plongeuse avant elle, les serveurs et les cuisiniers l'avaient acclamée à la minute où elle était entrée dans la cuisine. Si Bhagwati supportait tout cela, c'était pour son *damaai* de mari, un homme de basse caste anonyme, sans identité, apatride.

Les réfugiés avaient du mal à savoir quelle était leur patrie, mais Bhagwati bien plus encore. Qui était-elle ? À sa naissance : une Indienne népalophone, dont le défunt père était originaire du Sikkim et la défunte mère, du Népal. Sa grand-mère, toujours en vie, venait de Kalimpong mais avait épousé un citoyen sikkimois. Après son mariage : une Bhoutanaise népalophone, qui avait juridiquement renoncé à la citoyenneté indienne afin de se sentir chez elle au Bhoutan.

Après l'expulsion de cent six mille népalophones du Bhoutan : l'habitante d'un corps apatride échoué dans un camp de réfugiés au Népal. Après le geste magnanime des États-Unis : une réfugiée, cette fois en Amérique, titulaire d'une carte verte flambant neuve qui ne lui permettrait sans doute jamais de décrocher un emploi à la hauteur de ses attentes.

Bhagwati aurait pu retourner au Sikkim et profiter des relations de sa grand-mère pour récupérer son identité indienne, mais son mari était trop fier pour capituler. Au début, celui-ci, aussi sonné que des milliers d'autres Bhoutanais, avait refusé de croire que son pays le chassait vraiment, mais Ram avait suffisamment nui à la monarchie avec la chronique qu'il rédigeait pour un journal clandestin népalais pour que le Bhoutan ne veuille plus de lui. L'incrédulité avait fait place à l'attente, peu à peu rongée par une résignation désespérée. Après avoir vécu ainsi une décennie et demie, Bhagwati avait cessé de s'interroger sur le but de la vie.

L'avantage à Boulder, c'était qu'elle gagnait un salaire et pouvait s'appliquer à devenir une membre fonctionnelle de la société. Malgré les efforts qu'elle avait fournis, de l'apprentissage du *dzongkha*, cette langue bhoutanaise si différente du népali, à l'expression d'un sentiment de respect pour le roi, Bhagwati ne s'était jamais sentie chez elle au Bhoutan et, ces temps-ci, même Gangtok lui semblait étrangère, comme si la ville avait décidé de grandir et de vieillir sans elle. Flambant neuve avec sa place piétonnisée, comme Pearl Street à Boulder, Gangtok n'avait plus rien à avoir avec l'endroit que Bhagwati avait quitté. À présent, lorsqu'elle voyait des photos de sa ville natale sur Facebook, elle ne ressentait plus aucun pincement au cœur, comme quand elle contemplait une photo de ses parents depuis longtemps décédés.

Brian posa une nouvelle pile d'assiettes devant elle. Les plats ne cessaient de s'accumuler. Bhagwati, terriblement en retard, n'allait pas avoir le temps de boire son café. Si seulement elle parvenait à ignorer l'aiguillon amer du remords que les regards du gérant faisaient poindre en elle ! Il était hors de question de mettre son accident sur le compte de sa négligence, de son esprit vagabond – pas aujourd'hui du moins.

« Hé, la réfugiée, qu'est-ce qui se passe ? cria le chef de partie. Pourquoi la vaisselle traîne autant ? »

Au lieu de répondre, Bhagwati se dépêcha de débarrasser une assiette des miettes de pain qu'une surabondance de sirop d'érable avait figées. Le vieux commis chrétien, qui récurait habituellement la vaisselle avant de l'apporter à Bhagwati tout en louant les vertus du Christ, travaillait au comptoir aujourd'hui. Elle allait devoir faire avec l'incompétence de Brian et cela impliquait de débarrasser tous les plats de leurs restes de nourriture.

« Plus vite, les assiettes ! cria quelqu'un. Pas d'assiettes, pas de bouffe. Dans quoi voulez-vous que je serve ma putain de cuisine ? »

Bhagwati rangea quelques plats dans le lave-vaisselle en regrettant que personne ne puisse faire baisser la température de la pièce.

« Merde, la réfugiée, qu'est-ce que tu fous ? s'impatienta Brian. On va bientôt être à court d'assiettes. »

Bhagwati ne fit pas attention à lui. Brian allait probablement agir comme il l'avait fait trois jours plus tôt – il était allé raconter au gérant qu'elle était occupée à se vernir les ongles. Afin de corroborer sa version des faits, il s'était procuré un flacon de vernis et avait prétendu le lui avoir héroïquement confisqué.

Brian continua cependant à la tourmenter.

« La vache, à ce rythme, tu vas te faire virer », rigola-t-il.

Un grain de riz restait obstinément collé à une assiette. S'il avait fait son travail au lieu de l'importuner, la charge de travail de Bhagwati aurait été réduite de moitié.

« Merde, ce riz n'a pas envie de te quitter. »

Bhagwati ne réagit pas. Mais, alors qu'il se tournait pour partir, la main de Brian lui toucha le dos, comme par accident. Bhagwati n'était cependant pas dupe. Elle le gifla aussitôt.

« Tu vas arrêter de me toucher avec tes mains dégoûtantes ? » hurla-t-elle.

Brian poussa un cri et grimaça de douleur. Un serveur, le chef de partie et le commis chrétien s'approchèrent afin d'observer la scène. Pas plus tard que la veille, Brian était passé derrière elle en effleurant délibérément ses fesses avec le bras. Bhagwati n'avait rien dit sur le moment. La semaine dernière, il était arrivé encore autre chose. Bhagwati regarda autour d'elle en espérant que le commis chrétien au moins la soutiendrait, car lui aussi s'était plaint des manières irrespectueuses de Brian à de nombreuses reprises. Mais le visage du vieil homme reflétait l'incrédulité et, comme les autres, ce n'était pas Brian qu'il contemplait avec dégoût.

« Sale garce. »

Brian s'éloigna.

« Ce pays tombe bien bas en accueillant des immigrées comme toi. Tu ne sais pas plaisanter, merde. Tu ne comprends pas notre langue ; tu détestes les blagues. »

La tournée d'assiettes suivante arriva étonnamment bien récurée, et ses collègues cessèrent brusquement de se plaindre que la vaisselle n'arrivait pas assez vite.

Si c'était ainsi que les choses fonctionnaient ici, peut-être devrait-elle continuer à se comporter comme elle venait de le faire. Bhagwati se demanda comment une réfugiée à peine instruite pouvait s'en sortir dans ce pays. Elle-même avait reçu une excellente instruction en anglais à Gangtok. Son mari ayant fréquenté une école publique au Bhoutan, il appréhendait de s'exprimer en anglais, aussi lui pardonnait-elle de ne pas parvenir à conserver un emploi plus de quelques jours. Il arrivait souvent que Bhagwati, qui avait pourtant confiance en ses compétences linguistiques, ne comprenne pas la façon de parler des Américains – fallait-il vraiment qu'ils tortillent sans cesse la langue ? À peine se félicitait-elle d'avoir compris une phrase qu'ils recommençaient à enrouler la langue, rendant incompréhensible le peu qu'elle avait saisi jusque-là. Ces quinze années au camp lui avaient rouillé les méninges.

« Apparemment, ces assiettes sont les dernières de la journée, annonça le cuisinier. Le patron veut te voir dans son bureau quand tu auras terminé. »

Bhagwati leva les yeux, surprise par son ton calme, et trouva l'absence de surnom étrangement perturbante. Voilà à quoi ressemblait sa vie à présent : il lui semblait que quelque chose clochait quand on ne l'appelait pas « réfugiée ».

Le gérant la traitait bien, mais sa considération pour elle était sans cesse éclipsée par l'hostilité des autres.

Peut-être l'avait-il convoquée afin de s'excuser pour le comportement de Brian. Peut-être allait-il même se débarrasser de ce démon.

« Il y a un problème », commença le gérant en la regardant à peine dans les yeux.

Bhagwati resta silencieuse.

« On m'a rapporté que tu avais été violente avec lui, Bee. Ici, nous appliquons une politique de tolérance zéro. Je vais donc être très clair : ne reviens pas chez nous. Tu n'auras qu'à rendre ta blouse quand tu viendras chercher ton dernier chèque. »

Le bon côté des choses, c'était que Bhagwati n'aurait plus besoin de révéler quelle était sa profession aux personnes qu'elle croiserait au *chaurasi* de sa grand-mère. Elle pourrait répondre sans mentir aux membres de sa famille qu'elle ne travaillait pas.

L'immeuble dans lequel habitaient Bhagwati, Ram et leurs fils à Thunderbird Circle abritait suffisamment de népalophones pour briser le mythe du caractère monochrome de Boulder. Le moins apprécié des différents groupes était celui auquel Ram et elle appartenaient : des réfugiés bhoutanais qui avaient décidé de quitter Denver, où l'Amérique les avait d'abord installés, pour vivre à Boulder dans l'espoir d'y trouver de meilleurs débouchés. Suivaient de près les gagnants népalais de la loterie d'immigration. Puis venaient les actifs – des diplômés zélés des universités américaines qui travaillaient plus dur encore que pendant leurs études pour monter, visa après visa, dans l'échelle immigrée. Ces personnes-là s'efforçaient de rester à bonne distance des deux premières catégories, en grande partie guidées par un mélange de mépris et d'envie. Le groupe de résidents restants se composait d'une poignée d'étudiants sud-asiatiques disposant de ressources suffisantes pour payer les frais de scolarité, dignes d'une école privée, de l'université publique ou ayant le niveau adéquat pour rejoindre l'effectif d'assistants chargés de travaux dirigés de leur école. Selon la rumeur, les deux couples qui se partageaient le deux-pièces du 208 étaient des clandestins.

Bhagwati dit bonjour aux épouses vraisemblablement sans papiers qui prenaient un bain de soleil dans la cour, puis elle se précipita vers la boîte aux lettres avant que celles-ci ne l'abordent pour l'interroger sur l'appareil dentaire de ses fils, payés par une ONG. Ce n'était vraiment pas le jour pour lui rappeler combien sa famille était chanceuse de se voir offrir tant de choses par l'Amérique. Le ton des lettres de Chase et Citi étant devenu particulièrement agressif ces dernières semaines, Bhagwati décida de ne pas ouvrir son courrier.

Dans l'appartement 213, vautré sur le drap à fleurs qui couvrait la moquette, des écouteurs sur les oreilles, Ram répétait en boucle : « Merci d'avoir appelé Do-mi-no's. Que puis-je faire pour vous ? » Dès qu'il s'aperçut de sa présence, il retira son casque et sourit.

« J'ai eu le poste chez Do-mi-no's, annonça-t-il dans un anglais hésitant, puis préférant le confort du népali : Je m'entraîne à répondre au téléphone.

— C'est super ! feignit de s'enthousiasmer Bhagwati. L'un de nous au moins a un travail.

— Tu rentres tôt. Tu as pris ta demi-journée ?

— Non. J'ai démissionné », mentit-elle.

Ram resta silencieux.

« C'était devenu insupportable. Ce type avait commencé à me toucher.

— Qu'est-ce que tu feras après ton séjour en Inde ?

— Je chercherai un nouvel emploi – un poste qui exige plus d'expérience que ces boulots que font les sans-papiers.

— Dans un hôtel ? À la réception ?

— Aux réservations peut-être. Un poste qui ne nécessite pas de rester debout toute la journée. Quand commences-tu ?

— Cet après-midi. "Merci d'avoir appelé Do-mi-no's. Que puis-je faire pour vous ?"

— C'est bien. Maintenant, change le *do* en *de*. En anglais, on ne dit pas *do-mino's*, mais *de-mino's*.

— De-de-de, répéta Ram. Je vais bientôt devoir m'arrêter. Aatish risque de se moquer de moi s'il m'entend.

— Tu devrais expliquer à Aatish que si tu fais tout ça, c'est pour Virochan et lui. Tu n'as pas eu la chance d'aller à l'école en Amérique, toi.

— Bon, je m'arrête. Te joindras-tu à moi pour la prière avant que je parte chez Do-mi-no's ? »

Quelle ironie que son mari, un intouchable, un membre de la plus basse des basses castes, le produit affligeant du système haineux que les ancêtres des Neupaney avaient aidé à créer et étendre, soit si pieux. Il lisait la *Bhagavad-Gita*, connaissait nombre de ses vers en sanscrit, apprenait par cœur les mantras elliptiques et savait ce que célébrait telle ou telle fête. En outre, Ram se montrait pugnace lorsque Bhagwati, bien que brahmane, rejetait les nombreuses superstitions de l'hindouisme ; il lui faisait analyser et réanalyser ces croyances puis lui expliquait le raisonnement scientifique qui les justifiait et dont Bhagwati finissait par admettre la logique à contrecœur. Malgré tout, Ram ne pourrait jamais devenir prêtre. La plupart des hindous ne le laisseraient pas approcher de leur autel. C'était une victime de l'hindouisme qui avait choisi de ne pas en être une. Un intouchable qui n'avait pas plus honte de sa basse caste que d'avoir volé sa femme *baahun*, brahmane du Népal, aux siens en l'épousant. Un hindou supérieur, meilleur qu'elle ou que toute personne de sa connaissance. Ram Bahadur Damaai – dont le peuple était la cible des missionnaires chrétiens depuis des siècles et dont la famille, ferme dans sa piété, avait donné à son enfant le nom d'un dieu hindou ; Ram Bahadur Damaai – de la caste des tailleurs, père de ses enfants métis qui, par chance, ne seraient jamais embêtés dans ce pays sous prétexte qu'ils étaient nés d'une lignée accusée d'inceste et de développer des problèmes de consanguinité ; Ram Bahadur Damaai – responsable de la plus importante souillure jamais infligée à sa famille car, appartenant à une famille de tailleurs, de retoucheurs et de coupeurs, il avait si brutalement arraché Bhagwati à sa grand-mère que toutes deux ne parviendraient jamais à renouer leurs liens ; Ram Bahadur Damaai – qui lui avait donné deux fils dont l'ADN était à la fois *damaai* et brahmane, un sang infiltrant l'autre, empoisonnant l'autre, deux fils que sa grand-mère ne toucherait jamais, dont la présence seule profanerait sa maison ancestrale ; Ram Bahadur Damaai – l'intouchable expulsé du Bhoutan en même temps que des brahmanes, des *chettri* et des *newar*, l'homme pour qui elle avait tout abandonné sans jamais le regretter – était un être plus humain que ne le serait jamais un seul membre de sa famille.

Tandis que son mari, debout devant leur autel de fortune – une étagère de leur placard sur laquelle était disposé un ensemble hétéroclite de dieux et déesses colorés –, récitait d'une voix forte le mantra de Gayatri, le Hanuman Chalisa et le mantra de Ganesh, des chants inventés par ces mêmes brahmanes qui avaient décidé de son héritage et de l'identité de ses fils et petits-fils, Bhagwati Neupaney Damaai, agitant frénétiquement une cloche d'une main, pria avec plus de ferveur qu'elle ne l'avait jamais fait en trente-sept ans. Pendant longtemps, elle avait refusé de songer à l'énormité de cette réunion de famille, mais l'idée faisait son chemin à présent. Bhagwati s'apprêtait à revoir sa grand-mère après dix-huit ans de séparation – autrement dit depuis sa fugue amoureuse – et elle avait bien besoin de toutes les prières de toutes les religions du monde pour se donner du courage.

•

Le grand amour d'Agastaya remplissait difficilement les conditions auxquelles un couple idéal est censé satisfaire. Premièrement, la personne avec qui il désirait passer le reste de sa vie n'était pas brahmane – elle n'appartenait ni à l'échelon supérieur des *upadhyay baahun*, ni aux ordres inférieurs. Deuxièmement, en tant que fils et petit-fils aîné de la famille Neupaney, Agastaya était censé épouser une Népalaise originaire d'un côté ou de l'autre de la frontière. Nicky, même après toutes ces années ensemble, avait encore tendance à confondre Népal et Naples, Népalais et

Napolitain, et c'était de loin la personne le plus américaine qu'Agastaya ait jamais rencontrée. Troisièmement, il était important que celle qu'il avait l'intention d'introduire dans son clan vienne d'une famille connue et prestigieuse – Nicky, issu d'une famille éclatée de l'Ohio rural, descendait d'une lignée de péquenots à peine capables de nommer leurs ancêtres au-delà de deux générations et chez qui le taux de divorce flirtait dangereusement avec les cent pour cent. Pâle, maigre, le visage couvert de taches de rousseur, Nicky remplissait cependant très largement un critère de moindre importance : celui de la peau claire.

Bien qu'appartenant à la famille Neupaney et ayant assisté aux dégâts provoqués par le mariage intercaste de sa sœur, Agastaya était certain de pouvoir contourner les problèmes énumérés plus haut qui excluaient Nicky de la catégorie des partenaires possibles. À côté du véritable problème, de l'insurmontable problème, de la mère de tous les problèmes, la race, la nationalité et le milieu familial de Nicky n'avaient pas vraiment de quoi empêcher Agastaya de dormir. Personne dans sa famille ne connaissait l'existence de Nicky. Personne parmi les Neupaney ne savait qu'Agastaya fréquentait quelqu'un. Car, voyez-vous, l'infirmier Nicholas, dit « Nicky », Zachary Wells était un homme et cet homme venait de menacer son petit ami de mettre fin à leur relation s'ils ne parvenaient pas rapidement à adopter un bébé et si la dissimulation de son existence au monde d'Agastaya persistait. Le fait que son petit ami choisisse de lui lancer ce double ultimatum cinq minutes avant de partir à l'aéroport lui ressemblait tout à fait. Au fil des trois années qu'ils avaient passées ensemble, Agastaya avait remarqué avec une stupeur croissante que les compétences en manigance de son compagnon évoluaient et se développaient. Sa punition par le silence n'avait pas encore commencé. Elle démarrerait une fois qu'ils approcheraient de l'aéroport.

« Jamais, lors de mes précédentes relations, on n'a caché aussi longtemps mon existence, déclara Nicky en montant dans le taxi qui les attendait. J'ai l'impression d'être l'amant d'un homme marié. Même la famille démente de Rob le Mormon savait que j'existais.

— Il s'agit juste de l'anniversaire de ma grand-mère, Nicky. Ce serait barbant même si tu venais.

— Quand je pense que nous ne pouvons pas voyager ensemble !

— Nous prendrons le même avion au retour. Et, avant de rentrer, nous irons voir le Taj Mahal. Tu ne trouves pas ça palpitant ?

— Tu crois que le stupide roi qui l'a fait construire se serait lancé dans un projet pareil s'il avait caché sa femme à tout le monde ? »

Le chauffeur indien les examina d'un coup d'œil furtif dans le rétroviseur tout en prenant un virage.

« Indien ? demanda-t-il.

— Napolo-indien », répondit Nicky à la place d'Agastaya, avant de rire amèrement.

Le chauffeur hocha la tête comme s'il saisissait la frustration que générait ce tiret chez son compagnon. À en juger par son vigoureux hochement de tête, on aurait dit que cet homme était depuis longtemps le spectateur enthousiaste des nombreux coups de gueule d'Agastaya, que révoltait le fait de devoir mettre l'accent sur sa nationalité chaque fois qu'il mentionnait son origine ethnique.

Quitter New York, c'était abandonner une de ses identités, et Agastaya en avait de nombreuses. À Gangtok, il était le petit-fils orphelin d'une femme pleine d'exigences à son égard, qui considérait depuis longtemps son autre petit-fils comme mort. À Pondichéry, il était l'étudiant en médecine sans cesse obligé de prouver que son appartenance au Sikkim – un État encore privilégié par le dieu de l'instruction, car il offrait à ses résidents de précieuses places à l'École – n'était pas l'unique raison pour laquelle il était parvenu à entrer à JIPMER, le prestigieux Institut Jawaharlal de formation et de recherche médicales postuniversitaires. À New York, il était l'oncologue ambitieux vivant une relation secrète avec un infirmier qu'il soupçonnait parfois d'avoir révélé leur liaison à ses collègues. Ôter un masque pour en revêtir un autre de voyages en voyages était devenu une seconde nature pour Agastaya. À présent, il se préparait mentalement à abandonner son identité new-yorkaise pour plusieurs jours – au moins jusqu'à ce que Nicky le rejoigne à Delhi après le *chaurasi* de sa grand-mère. Agastaya détestait ce besoin irrépressible d'agir avec souplesse.

« De quoi as-tu le plus hâte ? demanda Nicky, que l'aptitude du chauffeur à comprendre en profondeur l'existence napolo-indienne d'Agastaya avait mis de meilleure humeur.

— De manger des oranges comestibles sur la terrasse.

— Et moi qui croyais que tu étais impatient de passer du temps avec tes proches.

— C'est ça, la famille. On la trouve insupportable mais on ne peut pas se passer d'elle.

— Et tes neveux ?

— Tu sais bien que j'aime autant les enfants que les serpents. Bhagwati n'amène pas ses fils.

— Tu détestes aussi les animaux mais tu t'es pris d'affection pour Cauffield dès que nous l'avons eu. Je dirais même qu'il t'aime plus que moi maintenant. »

La tournure que prenait leur conversation rendait Agastaya nerveux. Il allait devoir couper court à ce sujet avant que leurs esprits s'échauffent, même s'il était reconnaissant à son petit ami d'avoir décidé de laisser tomber temporairement son point de litige préféré : sa non-existence au sein de la famille Neupaney.

« Qu'est-ce que tu vas faire pendant mon absence ?

— Oh, tu sais bien : te tromper, gros bêta. Je n'aurai qu'à aller au Splash me trouver un Brésilien sexy qui veut éventuellement des enfants.

— Nous en avons déjà parlé.

— Que ta stupide grand-mère ignore tout de mon existence, passe encore. Que tu ne me permettes pas d'assister à son stupide quatre-vingt-quatrième anniversaire, je peux l'accepter. Que ton stupide frère et tes stupides sœurs ne soient pas au courant de notre relation, je peux vivre avec. Que tu m'interdises de publier une inoffensive photo de nous sur Facebook, je ne m'en suis jamais plaint. Mais que tu refuses de combler mon unique, mon plus ardent désir…

— Je t'ai dit mille fois que, si nous n'adoptons pas, ce n'est pas parce que je refuse de parler de notre relation à tout le monde mais parce que les enfants m'insupportent.

— Mais tu ne supportais pas non plus les chiens.

— Certes, mais si je n'avais pas aimé Cauffield, nous aurions eu la possibilité de le rendre. Alors que c'est impossible à faire avec un enfant.

— Réfléchis-y encore un peu. Passe du temps avec ta ribambelle de cousins et leurs gamins. Tu finiras par changer d'avis.

— Mais je ne veux pas changer d'avis. Cet enfant grandira sans mère. Comme moi. Et j'ai détesté ça. C'était embarrassant.

— Tu as aussi grandi sans père.

— Oui, et c'était tout sauf drôle, tu le sais très bien.

— La culture au sein de laquelle tu as grandi était différente de celle de notre futur enfant. Le Sikkim et New York sont deux endroits différents.

— C'est ça, pointe du doigt nos différences culturelles, comme si tes amis ne le faisaient pas assez.

— Je ne disais pas ça de cette façon.

— Mais non, bien entendu. »

Ce trajet aurait dû être l'occasion de papoter, d'échanger des adieux doux-amers, d'imaginer une façon de célébrer le trente-quatrième anniversaire d'Agastaya dans les palais d'Udaipur, d'apporter de palpitantes modifications de dernière minute à l'itinéraire qu'ils avaient méticuleusement planifié pour la semaine suivante, lorsque Nicky aurait rejoint Agastaya à Delhi. Ce serait le premier voyage de Nicky en Inde. Agastaya espérait que son petit ami se ferait une idée plus juste de son pays natal grâce à ce périple. Peut-être qu'ensuite Nicky ne serait plus aussi contrarié quand Agastaya le sermonnerait parce qu'il ne terminait jamais son assiette. Nicky comprendrait peut-être mieux pourquoi Agastaya n'était pas à l'aise quand il lui tenait la main en public. Ces problèmes-là étaient cependant bien insignifiants. Si Nicky ne revenait pas sans arrêt sur la nature trop secrète de leur relation et son désir de fonder une famille, Agastaya se contenterait volontiers d'une vie entière auprès de cet homme capable de jeter à la poubelle une assiette de pâtes à la carbonara à trente-trois dollars. Il pourrait même se laisser convaincre de lui donner un rapide baiser dans une ruelle semi-déserte.

L'instinct paternel de Nicky, resté latent depuis le début de leur relation, s'était soudain manifesté lorsqu'un de ses nombreux ex-petits amis avait adopté un petit Biélorusse. Quelques mois plus tôt, quand Nicky avait offert de garder l'enfant, Agastaya avait été obligé de passer un samedi soir en compagnie du bambin pleurnicheur et trouvé dans la profusion de ses demandes, pleurs et cris la confirmation de tout ce qu'il détestait chez les enfants. Dès qu'un gosse débarquait dans votre vie, celle-ci ne vous appartenait plus.

« Tu vas pouvoir garder le fils d'Anthony autant que tu le voudras pendant mon absence, dit Agastaya dans un élan de générosité, bien qu'il eût préféré que Nicky reste éloigné, très éloigné du père comme du fils.

— Je dois les voir après-demain. C'est le vingt-neuvième anniversaire de Tony et le troisième de Tony junior. Tu ne trouves pas ça mignon qu'ils soient nés le même jour ?

— Tu ne m'avais rien dit.

— Je l'aurais fait si tu n'avais pas les yeux tout vitreux dès que j'aborde le sujet des enfants. »

Malgré la prudente formulation de ses pensées, la dissimulation de ses inquiétudes et ses efforts pour rester poli, Agastaya réalisa que Nicky et lui étaient revenus à la case départ.

« Je propose que nous reparlions de l'idée d'adopter à notre retour, dit-il, compensant le manque de sincérité de ses intentions par un adoucissement de sa voix qu'il trouva pathétique.

— C'est d'accord, mais promets-moi que tu seras moins négatif au sujet des enfants.

— Je vais essayer, mais je te mentirais si je te le promettais, non ? Tu sais bien que je suis incapable d'éprouver une quelconque affection pour eux. »

Lorsque le taxi atteignit Triboro Bridge et que l'imposante silhouette des immeubles de Manhattan apparut à côté d'eux, Agastaya et Nicky se turent. Pendant leurs premiers rendez-vous, ils allaient souvent se promener sur le pont de Brooklyn. Main dans la main, ils contemplaient avec un émerveillement silencieux la majesté de cette ville dans laquelle ils se sentaient chez eux. Toute parole aurait altéré la valeur de ces moments. New York avait la capacité de les rendre muets. Sa splendeur vespérale était à couper le souffle. Devant une telle vue, Agastaya avait l'impression que ses problèmes étaient insignifiants ; même si la voiture avait un accident et qu'il mourait, New York poursuivrait sa vie, le monde continuerait de tourner, la vie ne s'arrêterait pas. Quand une telle émotion vous envahissait, il était facile de se laisser convaincre que les épreuves sont passagères, comme tout le reste d'ailleurs. L'impermanence est une chose magnifique.

« Tu vas me manquer, dit Nicky en l'étreignant, lorsqu'il ne resta des immeubles que quelques ombres derrière eux. Je vais regretter tes chaussettes puantes et les horribles poils sur ton dos.

— Tu vas me manquer aussi, répondit Agastaya, sincèrement ému. Je vais regretter tes abdos et tes magnifiques cheveux.

— Je songe à me les faire couper.

— Non, garde-les comme ça. Pour moi.

— J'ai déjà fait tellement de choses pour toi. Il est temps que je donne la priorité à mes envies.

— Tu as raison – fais ce que tu veux », dit Agastaya avec un soupir.

Dans l'espoir de calmer son agacement, il fixa son regard sur les joues gonflées de Hanuman, le dieu singe représenté sur les images qui décoraient le tableau de bord de la voiture.

« Je n'ai pas à obéir à tes ordres.

— En effet, et ce n'est pas ce que j'attends de toi. »

S'apercevant qu'il s'était exprimé sur le même ton que Nicky, Agastaya ajouta :

« Tu es beau, quelle que soit ta coiffure. Même chauve, tu serais séduisant.

— C'est ce que disait aussi Anthony. »

Agastaya, qui sentait monter sa colère, pointa le tableau de bord du doigt.

« Est-ce que mes joues sont plus grosses que celles de Hanuman ?

— Elles le deviendront sans doute en Inde. Toute cette nourriture trop grasse, beurk ! C'est qui ce gars-là, au fait ?

— Notre dieu singe.

— Avec une tête pareille, j'espère de tout cœur qu'il a réussi à se trouver une déesse.

— Non. C'était un *brahmacharya*. »

Agastaya s'interrompit avant qu'une laborieuse explication ne l'entraîne en terrain miné – il n'avait que médiocrement réussi à s'extirper des bourbiers habituels jusqu'à présent.

« Oh, et je suis censé comprendre ce que ça veut dire ?

— Vieux garçon. »

C'était bien sa veine : même quand il tentait d'être drôle, le sujet de sa plaisanterie se rapportait curieusement au mariage et à l'engagement.

« Nous risquons de finir comme lui si tu continues à me cacher sous ton lit par principe », dit Nicky.

Au lieu de répliquer, Agastaya vérifia si son passeport se trouvait bien dans la poche de sa housse d'ordinateur. Un mélange de culpabilité et de soulagement l'envahit lorsque le taxi s'arrêta devant le terminal 1 de JFK. Nicky avait été si insupportable ces dernières heures que l'idée de passer une semaine avec sa grand-mère et ses sœurs ne lui était plus aussi désagréable que la veille. Agastaya ignorerait simplement les sarcasmes sur son âge, braverait les opinions portées sur son célibat et feindrait la curiosité pour des propositions de mariage qui ne se concrétiseraient jamais. Après les quelques heures infernales qu'il venait de passer avec Nicky, il supporterait tout cela sans mal.

•

Ce fut à l'aéroport de Londres que Manasa prit conscience du réel avantage qu'offrait la présence constante de son beau-père immobilisé auprès de son mari et elle, en plus de celui de pouvoir profiter des places de parking pour handicapés. Une employée renfrognée poussait le fauteuil du vieil homme, suivie de près par Manasa et Himal. Tous deux évitèrent le regard des autres passagers au moment où ils les dépassèrent afin de chercher leurs sièges à l'intérieur de l'avion. Leur décision de voyager en classe économique avait été en partie motivée par le traitement de faveur dont bénéficieraient automatiquement *bua*, son beau-père, et eux par la même occasion, quelle que soit la classe dans laquelle ils voyageraient. En tout cas, si cette employée s'attendait à un pourboire, elle se fourrait le doigt dans l'œil.

« Combien devrions-nous lui donner ? demanda Himal en népali pour plus de discrétion. Elle semble avoir bien besoin d'un pourboire.

— Pour un service aussi mauvais ? Elle ne mérite rien du tout.

— Ce n'était pas si mal.

— À part envoyer *bua* dans un mur, je ne vois pas ce qu'elle pouvait faire de pire. »

Le beau-père de Manasa, maintenant bien installé dans un siège protégé par une cloison, tendit une pièce d'une livre à l'employée, dont il était difficile d'oublier la présence à cause des bips réguliers émis par son portable. La jeune femme grimaça en regardant la pièce, l'empocha et, après avoir replié le fauteuil roulant, partit sans un mot.

« Vous vous disputez à propos de tout, vous deux, s'impatienta *bua*. Je vous rappelle que nous avons un long vol devant nous. Et en classe économique, il paraîtra encore plus long. »

Les cent trente autres passagers d'Air India entreraient bientôt dans l'avion au compte-gouttes ; mieux valait lui faire manger son *jaulo* dès maintenant. Manasa se prépara à faire face à la résistance du vieil homme qui se manifesterait à coup sûr par un sarcasme contre cette vie réduite à trois repas quotidiens de porridge aqueux. Ignorant la remarque lâchée par son beau-père pour la forme, Manasa approcha une cuillerée de riz détrempé de sa bouche, le força à l'ouvrir en collant la cuillère à ses lèvres, lui laissa une minute pour mâcher la nourriture et répéta plusieurs fois le procédé. Au moment où elle finit de nourrir *bua*, la majorité des passagers étaient déjà installés. Le cauchemar s'acheva enfin lorsque le vieil homme avala quelques comprimés colorés avec du jus d'orange à l'aide d'une paille. Manasa s'assit alors entre son beau-père et son mari, qui s'était contenté, durant tout le repas, d'adresser des sourires navrés aux personnes qui passaient à côté d'eux.

Une fois que l'avion eut décollé et que le vieil homme fut profondément endormi, Manasa tenta de manipuler les boutons du système audio-vidéo. Quelques secondes plus tard, une voix retentissante annonça que la panne des moniteurs était due à un problème technique ; Manasa ne pourrait pas se laisser abrutir par les âneries d'un film de Bollywood. L'insouciance avec laquelle ses compagnons de voyage accueillirent la nouvelle la surprit. Contrairement à nombre d'entre eux qui somnolaient déjà, le sommeil, surtout dans les transports, ne lui venait jamais facilement. Lorsque le ronflement de son beau-père vint s'ajouter au vrombissement de l'avion – plus bruyant dans cet appareil, Manasa en était certaine, que dans tout autre –, celle-ci se décida à demander des bouchons d'oreilles, mais elle ne reçut en réponse qu'un demi-hochement de tête glacial d'une hôtesse de l'air qui n'était plus de prime jeunesse. Comme aucune paire de bouchons ne s'était matérialisée un quart d'heure plus tard, Manasa y renonça et feuilleta le numéro de *The Hindu* qu'elle avait trouvé coincé dans une poche près du hublot. Elle s'arrêta sur les notices nécrologiques et les éplucha les unes après les autres dans l'espoir d'en apprendre davantage sur la cause des décès. L'une d'elles en particulier attira son attention.

Kanthamani Ramaswamy, soixante-neuf ans, retraité, ancien cosecrétaire à l'éducation dans le Tamil Nadu, est décédé le 15 octobre à Chennai à la suite d'une brève maladie. Son décès est une grande perte pour son épouse, son fils, sa belle-fille et ses petits-enfants.

Manasa sourit. Cet avis de décès ne rimait pas à grand-chose. D'abord, l'idée d'une brève maladie, d'une maladie non invalidante, d'une maladie qui ne stoppait pas net votre vie sans contrecarrer également les rêves et les ambitions de votre famille, était inconcevable. La personne qui avait envoyé la nécrologie au journal avait sans doute voulu tenter, à la dernière minute, de faire paraître la vie de Ramaswamy moins misérable qu'elle ne l'avait été. Peut-être cet hommage avait-il été rédigé à la hâte, avant que les amis et la famille ne viennent offrir à la queue leu leu leurs condoléances et leur sympathie. Aux yeux de Manasa, les brèves maladies n'existaient pas – elle ne vivait plus dans un monde de fièvres et de rhumes bénins. Son existence était régie par une paraplégie sévère – non la sienne, mais celle de son beau-père. Vu la façon dont cette maladie l'avait privée de tout contrôle sur sa vie, on aurait pu croire que c'était Manasa la paralysée, ce qui n'était pas faux en réalité, car la paralysie de son beau-père était devenue la sienne ; tandis qu'elle faisait de son mieux pour donner du mouvement à la vie de *bua*, son existence à elle s'était arrêtée.

Parfois, Manasa aurait souhaité souffrir d'une

maladie débilitante – dans ce cas, elle n'aurait pas à être à la fois un fils, une fille, une épouse, une infirmière, une aide à domicile, une femme au foyer, voire une essuyeuse de fessier (Manasa n'avait pas encore été soumise à l'humiliation d'un contact avec les parties intimes de son beau-père, mais cela ne saurait tarder). Selon cette nécrologie, le décès de Ramaswamy était une grande perte pour sa belle-fille. Cette notion sud-asiatique de piété filiale qui s'étendrait à la belle-famille était la plus forcée, la plus hypocrite de leur société. On s'attendait à ce que vous vous preniez d'affection pour les parents de votre mari à la minute où vous étiez mariée. En fin de compte, si Manasa, bien que diplômée d'Oxford et ancienne consultante de Deloitte, aimait autant regarder les sagas familiales sur Star Plus, c'était peut-être uniquement dû aux drames qui se jouaient entre les belles-familles.

« Qu'est-ce qu'il y a de si drôle ? demanda Himal d'un air sérieux en levant les yeux de *Secrets*, sa lecture préférée du moment.

— Rien, répondit Manasa sans cesser de rire. Je parcourais juste les notices nécrologiques.

— Comment peuvent-elles t'inspirer autant de joie ? s'étonna Himal avec un sourire.

— J'aime bien les lire.

— Tu es morbide, dit Himal en posant la tête sur son épaule.

— Ce gendre-là pleure la mort de son beau-père. »

D'un mouvement d'épaule, Manasa repoussa la tête de son mari.

« Ils devaient être très attachés l'un à l'autre.

— Oh non, pas de drame ici, s'il te plaît.

— Je voulais juste que tu lises cet avis de décès,

Himal. Pourquoi prends-tu la moindre de mes paroles pour un sarcasme ? »

Le mari de Manasa lut la notice en silence.

« Je me demande si le gendre de ce Kumaramangalam le lavait, l'habillait et le nourrissait. S'il a cessé de travailler parce qu'il était hors de question d'interrompre la prestigieuse carrière de sa femme dans le domaine des fonds spéculatifs.

— Il n'est pas sourd, Manasa. Tu pourrais au moins attendre qu'il ne soit plus à portée de voix.

— Il n'entend absolument rien.

— Comment le sais-tu ?

— Il faut vraiment que je te le dise ? Ton père s'endort exactement trois minutes après avoir avalé ses comprimés. Il se réveille pile six heures plus tard, et la première chose qu'il fait, c'est critiquer la façon dont on s'occupe de lui. Mais comment le saurais-tu, Himal ? Tu n'as pas cessé de travailler pour veiller à son bien-être, toi.

— Manasa, c'est un vieil homme veuf et malade.

— En effet, et c'est à moi qu'il revient de prendre soin de ce vieux paraplégique. Il n'y a aucune différence entre Kaali et moi en fin de compte.

— Qui ça ?

— La domestique des voisins – celle qui a un bec-de-lièvre et rôde sans cesse autour de ta maison de famille à Katmandou.

— Tu sais qu'elle a été opérée ? Elle est beaucoup plus jolie maintenant.

— Pourquoi ne l'épouses-tu pas dans ce cas ? »

Manasa sentit des larmes lui monter aux yeux, mais les retint lorsque deux hôtesses de l'air vieillissantes, ayant apparemment décidé de rivaliser d'impolitesse, s'approchèrent afin de leur servir des boissons. La tentation de vider le contenu des minuscules bouteilles de gin disposées sur le chariot était forte, mais Manasa opta pour un jus d'orange. Puis, faisant le lien entre la boisson préférée de son beau-père et celle qu'elle avait demandée, elle eut l'étrange impression qu'il manquait à ce jus une demi-douzaine de comprimés pour l'accompagner. Il lui fut aussitôt impossible de l'avaler.

« Pourquoi tu ne bois pas ? » demanda Himal.

Manasa ne répondit pas.

« Je me demande si Bhagwati aurait toléré cette situation, elle qui s'est mariée à peine sortie du lycée.

— Vous êtes différentes, elle et toi. Je comprends bien que tu fais ça pour moi. Je crois que je ne me montre pas assez reconnaissant. »

Himal avait raison. Il ne se montrait pas assez reconnaissant. L'idée de ce que son épouse devait selon lui faire pour son père – tout – et celle que Manasa se faisait des responsabilités d'une belle-fille – rien de plus que se montrer polie et charmante – étaient si contradictoires que cela aurait bien pu ruiner leur mariage. Manasa essayait de s'assurer que le sien fonctionne, mais Himal avait beau s'exprimer avec l'accent britannique et faire carrière dans le domaine pointu des fonds spéculatifs, rien ne semblait pouvoir faire disparaître le garçon de Katmandou en lui, un garçon élevé par une mère et une armée de nounous analphabètes sur lesquelles il avait le dessus. Himal tentait peut-être de se contrôler mais il était issu d'un monde où les femmes sont différentes des hommes, et des vestiges de son passé subsistaient dans tous les domaines de sa vie actuelle. C'était évident lors de chaque petite fête : dès leur arrivée, hommes et femmes formaient deux groupes distincts, le premier pour boire, le second pour préparer en vitesse quelques accompagnements ; c'était évident chaque fois que la famille de son mari s'émerveillait de son diplôme d'Oxford – un titre aussi prestigieux alors qu'elle était une femme ! – tout en ignorant nonchalamment le diplôme de Cambridge de Himal ; c'était évident dans la manière décontractée dont la famille de Himal avait accueilli l'idée du second mariage de son père avec sa future mère, une union contractée sous prétexte que celui-ci possédait autant de terres dans leur village d'Illam qu'à Katmandou : le père de Himal avait besoin d'une seconde femme pour veiller sur leurs terres au village parce qu'il lui serait impossible de se concentrer sur sa carrière politique tant qu'il devrait aller et venir entre les deux endroits.

La célèbre famille Ghimirey, que Manasa avait intégrée au cours d'une cérémonie rassemblant toutes les personnes importantes du Sikkim et du Népal, conservait des croyances désuètes qui ne différaient pas tellement de celles de la famille du chauffeur d'Aamaa, Nirmal *daaju*, à Gangtok. De son propre aveu, la famille *baahun* la plus riche et ancienne du Népal (« Les rois Rana et nous avons eu le même destin ; eux ont dilapidé leur fortune et, nous, nous avons continué à bâtir la nôtre jusqu'à ce que nous perdions les bonnes grâces de ces maoïstes »), comptait soi-disant parmi ses proches ancêtres Gazadar Ghimirey, le seul astrologue à avoir prédit la chute de la monarchie népalaise cinquante ans avant les médias.

Le mariage de Manasa et Himal, célébré six ans plus tôt, représentait une forme de réhabilitation pour sa grand-mère. « Ils sont même au courant de ce qu'a fait cette guenon de Bhagwati ! s'était-elle joyeusement exclamée au début des tractations. Ils sont au courant de ce qu'elle a infligé à cette famille, ils savent à quelle caste appartient son *budaa*, et pourtant, c'est toi et toi seule qu'ils souhaitent voir épouser leur fils ! »

Himal sirotait un Sprite vodka.

« J'en veux bien une gorgée, dit Manasa avant de saisir le gobelet sur son plateau. Qu'est-ce qu'il peut y avoir là-dedans que les femmes ne peuvent pas boire ?

— Tu me mets dans l'embarras, Manasa. Et si *bua* te voyait ?

— Il ne voit rien. Il dort. Tu crois que ta famille voulait à tout prix nous marier parce qu'elle souhaitait que tu épouses une diplômée d'Oxbridge ? Regardons les choses en face – je ne suis pas une beauté comme Bhagwati.

— C'est possible, répondit Himal mal à l'aise.

— Mais les Ghimirey ne se soucient pas tellement d'envoyer leurs femmes à l'université. Pourquoi m'ont-ils donc choisie ?

— Eh bien, c'est moi qui voulais une femme diplômée d'Oxbridge. Je souhaitais davantage t'épouser qu'eux ne voulaient nous marier.

— Tu sais aussi bien que moi que ton opinion ne compte pas, Himal. C'est celle de la famille qui prime. Je me demande si je t'aurais épousé si j'avais su que je deviendrais du même coup la gouvernante de ton père.

— C'est ça, continue à m'émasculer, Manasa. Tu ne t'en es pas privée en te moquant de moi avec mes cousines.

— Himal, je leur ai juste parlé de l'odeur nauséabonde des sécrétions de ton oreille. Qu'est-ce qu'il y a d'insultant à ça ?

— Tu as rendu public un problème très personnel. »

Une hôtesse leur distribua négligemment des plateaux-repas pour le dîner, répandant au passage des effluves d'aisselles rances sous le nez de Manasa.

« C'est parce que ton oreille pue littéralement. Tu as besoin d'une opération.

— Comment pourrais-je me faire opérer alors qu'il faut sans cesse veiller sur *bua* ?

— Tu oublies un peu vite que ça t'occupe à peine une demi-heure par jour. Ce n'est pas une raison pour éviter cette opération.

— *Bua* a peut-être besoin de manger ? Est-ce qu'il faut le réveiller ?

— Je t'ai déjà dit qu'il dormait six heures d'affilée, Himal. Si seulement tu connaissais mieux ton père ! »

L'avion n'avait pas encore déversé son flot de passagers dans le terminal 3 flambant neuf de l'aéroport de Delhi que Manasa s'était déjà promis de ne plus jamais voyager avec Air India. *Bua*, toujours vexé par le refus d'une hôtesse malpolie de lui servir un whisky, s'était mis à dicter une longue lettre de réclamation au P.-D.G. de la compagnie que Manasa, en belle-fille consciencieuse, avait méticuleusement notée. *Bua* avait insisté pour qu'elle mentionne tous ses titres à la fin de la lettre. La liste occupait plus d'une demi-page.

Lorsqu'il eut enfin saisi qu'Air India était une compagnie nationale en parcourant *Namaskaar*, le magazine disponible à bord, son beau-père décida qu'il valait mieux adresser sa lettre au président indien. Le bon sens finit par l'emporter. Convaincu que le président ne lirait pas sa lettre, *bua* tenta de la faire disparaître dans les toilettes au moment de se brosser les dents mais le papier boucha la cuvette. Une hôtesse de l'air passa aux toilettes après que *bua* et Manasa eurent regagné leurs sièges et révéla à toutes ses collègues l'identité du coupable. Dès lors, chacune d'elles les foudroya du regard en passant à côté d'eux.

Bua grogna que ces femmes le traiteraient sans doute différemment si elles savaient qu'il avait été ministre de l'Intérieur du Népal. Manasa n'eut pas le courage de lui répondre qu'il pouvait bien être roi de ce fichu pays, ces hôtesses de l'air, immunisées depuis longtemps contre la peur d'être renvoyées de leurs confortables postes de fonctionnaires, s'en moqueraient probablement. Le Népal ne représentait pas grand-chose pour l'Inde, et c'était une idée difficile à digérer pour ceux de la famille de Himal qui étaient convaincus que leur hostilité envers les *dhoti* était forcément réciproque. Les beaux-parents de Manasa étaient incapables d'admettre que l'Inde était trop occupée à régler de véritables problèmes, tels que ses querelles avec la Chine et le Pakistan, pour se soucier de son voisin enclavé. Tandis que Himal lisait nerveusement *The Hindu*, Manasa passa pour ainsi dire les deux heures qui suivirent le réveil de *bua* à l'écouter patiemment fulminer contre le fait que le chapeau népalais coloré posé sur sa tête agaçait les hôtesses de l'air,

« Faut-il que je leur en parle ? proposa-t-elle finalement.

— Non, absolument pas, répondit *bua*. C'est moi qui vais le faire. Que penseront-elles de moi autrement ?

Un invalide qui a besoin qu'une femme s'exprime à sa place !

— Je pense que les choses se passeront mieux si c'est une femme qui s'adresse à elles. »

Mais *bua* était catégorique : pas question d'être défendu par une personne de sexe féminin.

Voilà d'où venait son mari. D'une famille qui s'accrochait au passé parce que le présent était difficile à accepter. C'était le fils d'un homme qui prétendait s'être exilé à cause de sa paralysie, alors que les maoïstes et la dure réalité des extorsions de fonds étaient davantage à blâmer. C'était le descendant d'une lignée contaminée par le virus de la réussite, qui avait fait de la médiocrité une caractéristique inacceptable dans la vie de ses membres masculins. C'était le descendant d'une famille dont les fils et les gendres avaient pour but de régner et de conquérir, soutenus par des filles et des belles-filles qui les encourageaient et travaillaient dur pour eux. C'était le descendant d'une famille dont les femmes étaient incitées à augmenter leurs chances de se marier en revoyant à la baisse leurs aspirations à l'instruction et au travail. La voix de son mari, éteinte et tremblante, était celle de son père, celle de toute la famille. Et cette famille dont Manasa faisait maintenant partie, aux yeux de qui son diplôme d'Oxford n'était rien de plus qu'un impressionnant rouge à lèvres rose – suffisamment choquant pour qu'aucune femme de cette grande dynastie ne soit autorisée à le porter –, cette famille pour laquelle les perles qui ornaient son cou étaient plus importantes que les diplômes accrochés à ses murs, cette famille pour laquelle l'opinion de Manasa comptait seulement jusqu'à ce que s'exprime celle d'un homme plus âgé, cette famille, eh bien, sa grand-mère l'aurait réduite à néant si elle l'avait mieux connue. La vieille dame aurait éviscéré toutes ces personnes auxquelles elle avait si fièrement offert la main de sa petite-fille.

Manasa se séparait temporairement des Ghimirey pour rendre visite à sa grand-mère. Himal et *bua* monteraient ensuite dans un avion pour Katmandou tandis qu'elle prendrait un vol intérieur pour Bagdogra. Manasa ne serait plus, brièvement du moins, la fille à tout faire d'un père qui n'était pas le sien, la compagne d'un mari qu'elle n'avait pas choisi, ni la belle-fille rebelle d'une famille à laquelle elle s'était tant de fois retenue de tenir tête. Après avoir promis à son beau-père qu'elle ne se plaindrait pas auprès de la direction d'Air India du manque de respect avec lequel on l'avait traité – comme si quiconque pouvait prendre ses doléances à cœur et s'excuser –, Manasa dit au revoir à *bua* et à Himal, les deux hommes qu'elle avait épousés.

DRAPS SALES
ET MANTEAU BURBERRY

Le trajet de Manasa de Bagdogra à Gangtok s'acheva par un crissement de pneus au moment où le taxi s'arrêta dans la nouvelle allée de gravier tant vantée de la maison de sa grand-mère et par le refus obstiné du chauffeur de sortir ses valises du coffre. La précipitation avec laquelle Prasanti s'élança vers le portail, pressée de s'occuper d'une course probablement imaginaire, à la minute où la Maruti 800, toutes portières cabossées, pénétra dans la propriété, ne fit rien pour calmer les élancements que Manasa ressentait dans les tempes.

L'homme déclara qu'il était chauffeur, non coolie, et Prasanti ne répondait pas à ses appels répétés. De son côté, Aamaa observait la scène depuis la terrasse sans cesser de cracher des pépins d'orange au-dessus de l'allée, sans nul doute amusée par le désarroi de sa petite-fille.

« Mais où est passée Prasanti ? s'écria Manasa en sortant de la voiture. Ta domestique se comporte toujours aussi mal à ce que je vois.

— Je l'ai envoyée chercher quelque chose, répondit Chitralekha. Elle sera de retour dans quelques minutes.

— Qui va m'aider à porter mes bagages dans ce cas ? »

Manasa sortit à grand-peine trois valises de différentes tailles du coffre, tandis que le chauffeur tentait vainement de remettre en place la mèche indocile qui lui tombait sans arrêt sur le front.

« Vous pouvez me donner de l'argent pour que je m'achète une tasse de thé, madame ? lui demanda-t-il sans cesser de se concentrer sur sa mèche rebelle, les yeux fixés sur le rétroviseur.

— Je ne vous donnerai pas un sou de plus. Vous oubliez un peu vite toutes les secousses que vous m'avez fait subir. Ça ne s'est pas arrêté une minute.

— Qu'est-ce que j'y peux si les routes sont en mauvais état, madame ?

— Vous devriez conduire plus prudemment. Combien de fois vous ai-je demandé de ralentir ?

— Donne-lui vingt roupies ! cria Chitralekha. Qu'il puisse boire sa tasse de thé. Je l'aurais bien invité à rester pour le café mais Prasanti n'est pas là. »

Le chauffeur, sorti de sa voiture, lui adressa un regard reconnaissant.

« Ne touchez pas à ces valises, lui lança Manasa, alors qu'il ne levait pas le petit doigt pour s'en emparer. Si vous n'aidez pas vos clients à porter leurs bagages, c'est parce que vous êtes quelqu'un de haut placé, un être important, n'est-ce pas ? Non, Aamaa, il n'aura pas une *paisa*. C'est la faute des personnes comme toi si ces gens en attendent autant de nous. Déjà qu'ils nous font payer trop cher ! Comment peut-on réclamer mille sept cents roupies pour un trajet Bagdogra-Gangtok ? Ils nous prennent tous pour des idiots.

— Mais, madame, les régulateurs de l'aéroport empochent sept cents roupies.

— Parfait, vous en avez gagné mille dans ce cas. C'est bon maintenant, partez.

— Et dire que cette radine a une grand-mère aussi riche ! » marmonna le chauffeur en refermant le coffre de toutes ses forces, ce qui fit trembler la minuscule voiture.

Le taxi finit par s'éloigner.

« Monte tes bagages dans ton ancienne chambre, dit Chitralekha.

— Je refuse de dormir dans cette pièce, répondit Manasa. Il n'est pas question que je monte ces trois valises là-haut. Je dormirai dans la chambre d'amis. »

Si elle exigeait que Chitralekha descende, une dispute éclaterait à coup sûr, et Manasa n'avait aucune envie de se quereller avec sa grand-mère à l'instant où elle poserait le pied dans sa maison. Elle fit donc appel à sa raison.

« Je suis fatiguée à cause du décalage horaire. Je tiens à peine debout. Mais il ne fait pas assez beau pour rester dehors. Rejoins-moi dans la chambre.

— Non, non, il fait bon ici. Monte. J'ai des oranges.

— Tu ne peux pas m'en apporter ? Et tu ne pourrais pas attendre jusqu'en novembre pour les manger ? Est-ce qu'elles sont sucrées au moins ?

— Le soleil est bon pour mes os. Monte.

— Tu as les os d'une femme de quatre-vingt-trois ans, qu'est-ce que tu veux de plus ? »

Manasa plissa le front.

« J'ai envie de m'allonger.

— J'ai fait monter un matelas ici, dit Chitralekha, avant d'improviser : pour toi. »

Les dents serrées, Manasa ferma les yeux sur le mensonge de sa grand-mère et pénétra dans la maison en maugréant.

« Je ne monterai pas sur la terrasse. Je n'ai pas fait tout le voyage depuis Londres pour que nous commencions à nous disputer avant même que je pose le pied chez toi. »

La maison n'avait pas beaucoup changé depuis qu'elle y avait séjourné six mois plus tôt. Cela faisait trente-cinq ans que le salon était meublé des quatre mêmes canapés rouges – ils avaient quasiment l'âge de Manasa. Les tapis qui les couvraient, une singularité décorative très himalayenne que celle-ci n'avait jamais bien comprise, étaient informes et ornés de lions des neiges. Une carte du Sikkim à l'époque où il ne faisait pas encore partie de l'Inde décorait un mur. Une carte de l'Inde à l'époque où le Sikkim n'en faisait pas encore partie en occupait un autre.

Manasa avait demandé à sa grand-mère de laver les draps du lit de la chambre d'amis avant son arrivée, mais consciente du mépris que celle-ci vouait à l'hygiène ainsi qu'aux suggestions de son entourage, elle était certaine que la seule différence entre le drap d'aujourd'hui et celui sur lequel elle avait dormi pendant son dernier séjour, c'était le nombre plus important de bestioles qu'il hébergeait.

Tel était le problème avec sa grand-mère : elle n'avait jamais été à cheval sur l'esthétique et la décoration de sa maison, chose que Manasa aurait été prête à lui pardonner si l'hygiène n'avait pas été elle aussi exclue de sa liste de priorités. Le seul bâtiment auquel Aamaa offrait architectes, designers et réaménagements n'était pas son domicile, mais l'usine de

Kalimpong où elle prétendait avoir entamé sa carrière de femme d'affaires. Aamaa ne changerait jamais rien à sa maison. Lorsqu'un jour Agastaya l'avait taquinée en disant que c'était bien la femme la moins soigneuse de son intérieur qu'il connaissait, Chitralekha lui avait nonchalamment fait remarquer qu'elle aurait en effet pu perdre son temps à embellir sa maison et réduire sa famille à la misère plutôt que travailler dur pour bien gagner sa vie mais, dans ce cas, ses petits-enfants n'auraient pas eu la chance de dilapider sa fortune en s'offrant des études hors de prix. Agastaya n'avait plus jamais souligné l'absence de sens esthétique de sa grand-mère.

Frémissant de dégoût à la vue des motifs animaliers qui ornaient le drap marron poussiéreux, Manasa sortit son portable de son sac à main et espéra que son mari n'avait pas essayé de la joindre. Son écran n'affichait aucun appel en absence.

Voilà ! La photo d'avril se trouvait bien là, dans un dossier nommé « photos sauvegardées » sur son téléphone. On y voyait Manasa sourire de ses dents de lapin, assise sur le même lit. Et le même drap enveloppait le matelas. S'il s'agissait d'une autre maison, Manasa aurait été certaine que celui-ci avait été lavé entre-temps, mais elle se trouvait dans la demeure de sa grand-mère où vivait une domestique gâtée dont la charge de travail égalait celle d'une reine. Il n'était pas question de dormir sur ce drap. Un arthropode, presque figé par la peur, fila se cacher au moment où Manasa épousseta le lit.

« Aamaa ! cria-t-elle d'une voix assez forte pour se faire entendre jusque sur la terrasse. Pourquoi le *chadar* est-il sale ? »

Chitralekha ne répondit pas.

« Aamaa, je sais que tu m'entends. Pourquoi est-il sale ?

— Il est propre. Prasanti l'a lavé la semaine dernière.

— Bien sûr, parce que ta protégée lave les draps maintenant ? »

Manasa dénuda le matelas.

« Je suis ravie d'apprendre qu'elle ne passe plus ses journées à se vernir les ongles. Ce drap est vieux et dégoûtant.

— Il n'est pas vieux. Nous l'avons acheté il y a trois mois en prévision de votre arrivée.

— Comment oses-tu me mentir ? J'ai pris une photo de ce lit la dernière fois que je suis venue. Elle est enregistrée dans mon portable. Ces stupides motifs de chevaux sont les mêmes.

— Arrête de te payer ma tête. Montre-moi cette photo. »

Manasa grimpa l'escalier quatre à quatre en réalisant que sa conduite, autant que le décor, calquait piètrement le style des feuilletons de Star Plus.

« Voilà ! »

Elle planta son BlackBerry devant le nez d'Aamaa.

« Regarde.

— Bon, au moins tu es montée. »

Chitralekha sourit.

« Je n'ai pas eu besoin de forcer mes pieds mourants à me porter jusqu'en bas.

— Tu ne voulais pas voir cette photo ? C'était juste une ruse pour me faire monter ?

— Viens t'asseoir. »

Chitralekha désigna un tabouret fait de bambou tressé.

« Mange une orange.

— Je n'ai pas envie de manger. Arrange d'abord ma chambre.

— Attends que Prasanti revienne, et traite-la bien s'il te plaît. Où est *jwaai* ?

— À Katmandou avec ton autre gendre – celui qui a au moins cent cinquante ans. Je leur ai demandé de ne pas venir. Point final. Plus de questions. »

Chitralekha retira méticuleusement les filaments blancs d'un quartier d'orange et le tendit à sa petite-fille.

« Tiens, mange ça.

— Tu es tellement manipulatrice. Je ne veux pas de cette orange d'octobre immangeable.

— Tu as raison, j'aurais dû me comporter autrement. Je suis certaine que nous aurions joui des mêmes richesses si je n'avais pas été manipulatrice.

— À quoi bon être riche comme Crésus si c'est pour faire dormir ses petits-enfants sur des draps sales ? Où est Prasanti ?

— Dans sa chemise, la tête dehors. »

Chitralekha laissa échapper un gloussement.

« Je ne plaisante pas, où est-elle ? Je vais la mettre au travail aujourd'hui, moi, tu vas voir.

— Elle est enceinte. »

Chitralekha éclata de rire.

« Allez, où est-elle ?

— Elle est morte. »

Chitralekha rit si fort qu'elle recracha son quartier d'orange à moitié mâché.

« Je suis ravie que tu t'amuses autant. Tu n'auras qu'à descendre si tu veux me parler. »

Manasa devait bien admettre qu'au fil des années sa relation avec Chitralekha avait évolué différemment de celle qu'entretenait sa grand-mère avec ses frères et sa sœur. Après la fuite de Bhagwati avec un *damaai*, un réfugié bhoutanais dont l'instabilité financière collait parfaitement avec sa basse caste, l'obligation de contracter un mariage arrangé avec un brahmane – un *upadhyay*, un *baahun* de première catégorie par-dessus le marché – s'était imposée à Manasa. Quand une famille aisée de Katmandou avait exprimé le désir de l'unir à son fils diplômé de Cambridge qui vivait à Londres, la jeune femme avait consciencieusement obtempéré.

Elle avait sauvé sa famille, l'avait secourue du bourbier dans lequel la fugue amoureuse de sa sœur l'avait plongée, et pourtant sa grand-mère considérait ce martyre comme une responsabilité que Manasa était censée assumer. Loin de reconnaître qu'elle s'était sacrifiée, Chitralekha continuait à insinuer que Manasa aurait tout de même pu dissuader Bhagwati de s'enfuir.

Du jour au lendemain, ses responsabilités conjugales s'étaient multipliées. Un jour, tandis que, pour la cinquième fois en vingt minutes, elle essuyait un filet de soupe qui coulait sur le menton de *bua*. Manasa avait brusquement pris conscience qu'elle n'était à présent guère plus que l'aide à domicile de son beau-père statufié. Si Aamaa n'avait pas pris l'initiative de lui chercher un fiancé convenable, issu d'une caste convenable, d'une classe sociale convenable et originaire d'une région convenable, la vie de Manasa n'aurait pas été réduite à cela. Démoralisée par l'abandon de sa carrière et les soins qu'elle était obligée de prodiguer à son beau-père, elle avait tranché : l'apparition de chaque ride sur son visage, de chaque ligne sur son front était directement imputable à Aamaa. Et, que ce fût par des paroles ou des actes, elle ne laissait passer aucune occasion de le lui rappeler.

« J'ai des potins à te raconter ! cria Aamaa dans le dos de Manasa. Tu vas rire encore plus fort que moi quand j'ai vu ta tête d'idiote.

— Raconte-les plutôt à Prasanti, ton unique petite-fille, répliqua Manasa en regrettant pour la première fois l'absence de Himal – il aurait été plus facile de mettre du plomb dans la cervelle d'Aamaa s'il avait été là.

— C'est ça, comporte-toi comme cette année-là à Dashain, dit Chitralekha avec résignation. Fuis tout ce qui te déplaît. Boude dans ton coin. Pleure. Pourris donc mon *chaurasi.* »

Chitralekha n'avait pas tort. Manasa s'était montrée très pénible le premier Dashain après son mariage. Aujourd'hui encore, son mari évoquait ce manque de considération à l'égard de sa grand-mère lorsqu'il avait désespérément besoin de munitions au cours d'une dispute, car Manasa était bien partie pour avoir le dernier mot. Quand Himal séjournait à Gangtok, Chitralekha était obligée de se transformer en biche docile et de se montrer cordiale, agréable même. Bien que la vénération de sa communauté pour les gendres et les petits-fils (bien entendu, celle-ci ne s'étendait pas aux petites-filles) lui parût tordue à tout point de vue, celle-ci avait joué en la faveur de Manasa lors de son premier séjour chez sa grand-mère en tant que femme mariée.

La métamorphose de Chitralekha était en partie attribuable à son désir irrépressible d'être considérée comme une dame par une personne issue d'un clan aussi ancien que celui de son gendre. En l'absence de Himal, il allait cependant être impossible pour Manasa de reproduire la scène du fameux Dashain. Le jour de la *tika* – le plus saint de tous les jours saints, que sa grand-mère attendait avec impatience, car c'était la première fois qu'elle pourrait appliquer sur le front de son beau-petit-fils préféré des grains de riz crus mélangés à une pâte rose à base de yaourt, afin de le bénir et qu'il la bénisse en retour – Manasa avait fièrement déclaré à Chitralekha qu'elle avait ses règles.

« Tu ne pourras donc participer à aucune des cérémonies, avait tristement constaté la vieille femme. Pas de *tika* pour toi, alors que c'est ton premier Dashain après ton mariage.

— Si, tu appliqueras quand même la *tika* sur mon front. J'appartiens à une famille différente maintenant. Je ne suis plus une Neupaney.

— Mais tes règles… Non, je ne peux pas faire ça. Tu es impure. »

Leurs ancêtres reléguaient les femmes indisposées dans les étables de sorte qu'elles ne souillent pas la maison de leur ignoble contact. Une version de cette pratique – moins draconienne, mais encore très rigide pour l'époque actuelle – avait toujours cours sous le toit de Chitralekha : la femme « souffrante » devait demeurer dans certaines zones limitées, dont étaient exclus la cuisine et l'autel. Les partisans de cette quasi-quarantaine prétendaient que si on dispensait ainsi les femmes de leurs tâches à la cuisine, des rites religieux, des choses de la vie en somme, c'était pour leur permettre de se reposer, de récupérer. Adolescentes, Manasa et Bhagwati se plaignaient souvent de toutes les règles qu'elles étaient obligées de suivre pendant leur menstruation. Elles trouvaient humiliant de devoir dîner dans leur coin – comme si leurs crampes n'étaient pas suffisamment douloureuses !

« Dans ma nouvelle famille, on considère qu'une femme qui a ses règles est plus pure encore que les autres, mentit Manasa. Je t'ai déjà dit mille fois que j'étais encore plus soucieuse de mon hygiène ces jours-là. Ma famille pense comme moi. »

Ce manque de pureté et cette absence de piété étaient les meilleures armes qu'elle avait trouvées pour torturer sa grand-mère.

« C'est peut-être ainsi dans ta famille, avait répondu Aamaa, mais celle-ci est la mienne. Je n'offrirai la *tika* qu'à *jwaai*. »

Le moment tant attendu était venu. Aamaa ne pouvait pas renoncer à l'occasion d'appliquer la *tika* sur le front de Himal.

« Mais qui a dit que tu le ferais ? s'était écriée Manasa. Qui a dit que c'était à toi de le faire ? Soit tu nous l'offres à nous deux, soit tu ne l'offres à aucun de nous.

— Je comprends que les choses sont différentes quand on vit à l'étranger, mais pas le jour de la *tika*, s'il te plaît, l'avait implorée Chitralekha. C'est la première fois que j'offre la *tika* à un gendre. Et qui sait si je serai encore en vie l'an prochain ?

— Ce n'est pas ton gendre, mais ton beau-petit-fils. »

En soulignant cette différence, Manasa savait qu'elle lui faisait encore plus mal.

« C'est pareil, vous êtes tous à la fois mes enfants et mes petits-enfants », avait faiblement répliqué Chitralekha.

Mais Manasa était tenace. Elle avait menacé de gifler son mari sans raison devant tout le monde si Chitralekha ne cédait pas. Sa grand-mère, bien qu'horrifiée à l'idée qu'on malmène ses croyances et qu'on profane sa fête religieuse, avait été obligée de capituler. Le jour de son départ, Manasa avait avoué à sa grand-mère qu'elle lui avait menti au sujet de ses règles.

« Je voulais juste que tu fasses une crise cardiaque, que tu souffres comme nous les filles avons souffert adolescentes. Maintenant tu sais ce que nous avons ressenti. »

Oui, Manasa était allée très loin. Plus tard, elle s'en était voulu d'avoir fait vivre un tel cauchemar à une vieille femme à peine instruite et, plus encore, quand elle avait lu le dégoût sur le visage de Himal après lui avoir raconté sa victoire sur le chemin du retour. Elle avait forcé sa grand-mère, si attachée à ses habitudes, à faire ce à quoi elle s'était toujours opposée. C'était un réel triomphe – et Manasa l'aurait bien réitéré, mais c'était impossible à faire en l'absence de Himal. Quand personne n'était là pour l'obliger à dissimuler sa monstruosité, Aamaa était une adversaire coriace.

« Là ! Tu vois, je suis descendue, dit Chitralekha en s'asseyant sur le lit dont le drap cristallisait tant de rancœur. J'ai l'impression que mes os vont fondre.

— Tu es tellement généreuse – une vraie Mère Teresa ! s'exclama Manasa qui défaisait ses bagages.

— Qu'est-ce que tu m'as apporté ?

— Des draps neufs.

— Comme celui-ci, dit Chitralekha en tapotant le drap roulé en boule au pied du lit. Il est neuf, tu sais.

— Oui, et tu es une femme au grand cœur.

— Plus grand que celui de Mère Teresa. Moi, au moins, je ne convertis pas mes protégés à ma religion.

— Est-ce que ton chauffeur est là ? demanda Manasa en essuyant la poussière qui s'était accumulée dans le placard branlant.

— Une des employées de l'usine vient d'accoucher. Je pense que je devrais envoyer des friandises à sa famille.

— Parfait. Quelle belle façon de te rattraper après avoir refusé de nous en acheter quand nous étions enfants !

— Bon, est-ce que *jwaai* ne peut vraiment pas venir à mon *chaurasi* ?

— Tu as intérêt à bien traiter Bhagwati. »

Manasa et sa grand-mère n'avaient pas leur pareil pour entretenir un dialogue de sourdes.

« Ça fait une éternité qu'elle n'est pas venue ici. Pas un mot sur les castes. Où sont les draps propres ? Est-il possible de trouver une seule chose dans cette maison qui ne soit pas dégoûtante ?

— Tu n'as qu'à te servir de ceux que tu m'as apportés, dit Chitralekha en riant. Je ne suis pas la seule à mentir, tu vois. Tu n'as ni draps ni cadeau pour moi ? Tant pis, mais j'espère que tu réserves quelque chose à Prasanti.

— Oui, une gifle. Je vais même la lui donner tout de suite, inutile d'attendre. Elle n'avait qu'à pas s'enfuir au lieu de m'aider à porter mes bagages. Comme si ça ne suffisait pas, je dois nettoyer ce placard moi-même.

— Regarde-toi – tu étais une enfant si facile. Je n'ai eu aucun problème avec toi, même quand tu étais une jeune fille, dit Chitralekha, quelque peu nostalgique. Et maintenant tu es une vraie rebelle. Le mariage a fait de toi une adolescente. »

•

L'idée de départ était qu'Agastaya retrouve Bhagwati à l'aéroport de Chicago et qu'ils prennent ensemble un vol pour Delhi. Cela résoudrait de nombreux problèmes. Chicago se trouvait presque à mi-distance entre New York et Denver. Les vols directs depuis cette ville étaient étonnamment moins chers que ceux partant de New York – cent cinquante dollars de plus ou de moins, cela ne faisait pas grande différence pour Agastaya, mais Bhagwati rechignerait certainement à payer plus cher. Par chance, ces frais supplémentaires suffiraient à la dissuader de faire étape dans sa ville. Dans le cas où elle viendrait à New York, Agastaya devrait transformer sa vie de A à Z. Et s'il demandait à Nicky de passer quelques nuits chez un ami, il devrait faire face à un problème de la taille de l'Everest.

Bientôt, Agastaya prit brutalement conscience qu'il s'apprêtait à passer dix-huit heures dans l'avion jusqu'à Delhi puis Bagdogra en compagnie d'une personne qu'il n'avait pas vue depuis près de deux décennies. Aussi, la veille de leur départ, Agastaya utilisa une excuse à peine crédible, celle d'un détour par Paris imposé par son travail, puis il se traça en hâte un nouvel itinéraire. Il était à présent certain d'atteindre Bagdogra juste une heure après Bhagwati, où tous deux prendraient ensuite un taxi pour Gangtok.

Agastaya avait prévenu Nicky qu'il comptait payer le billet d'avion de sa sœur. Nicky, qui ne comprenait pas davantage le fonctionnement de la famille de son petit ami que les choses d'ordre pratique, avait objecté que Bhagwati risquait de trouver son offre insultante. Après qu'il eut discuté avec Manasa de la logistique de leurs réservations, il fut décidé qu'Agastaya paierait le billet de Bhagwati en ligne et ne ferait aucune allusion à la somme dépensée. Quelques jours après son achat, il reçut cependant un chèque de huit cent soixante-dix dollars et trente-six cents signé de la main de sa sœur, dont il omit d'accuser réception et qu'il n'encaissa jamais. Manasa lui raconta plus tard que Bhagwati l'avait obligée à lui révéler quelle somme Agastaya avait dépensée pour son billet.

Cela faisait dix-huit ans qu'Agastaya ne l'avait pas vue. Ils auraient pu se rencontrer au moins une ou deux fois depuis que les réfugiés bhoutanais avaient été accueillis par l'Amérique, deux ans plus tôt, mais la vie lui avait mis des bâtons dans les roues. Depuis qu'un dénommé Nicky faisait partie de son existence, cela compliquait les rencontres et les retrouvailles. Lorsque Bhagwati s'était enfuie à dix-neuf ans, Agastaya, alors âgé de quinze ans, frustré à l'idée que son adolescence devienne encore plus compliquée maintenant qu'Aamaa n'avait plus que deux petits-enfants sur qui concentrer son affection autoritaire, avait décidé qu'il n'aurait plus rien à faire avec sa sœur jusqu'à la fin de sa vie. La fureur d'Aamaa provoquée par la fuite de Bhagwati se manifestait d'étranges façons : les appels téléphoniques de personnes du sexe opposé étaient mystérieusement interrompus par une toux sur la ligne, un embargo était soudain imposé à Agastaya sur les films de Bollywood et les diatribes de sa grand-mère sur les basses castes ne cessaient d'augmenter tant en fréquence qu'en véhémence. L'adolescent qu'était alors Agastaya considérait la fuite de sa sœur comme une trahison familiale, un acte qui transformait sa vie tout entière. Par conséquent, il s'était promis de ne jamais la lui pardonner.

Comme on comprend différemment les difficultés de la vie une fois adulte ! Avec quelle promptitude, quelle dureté il avait jugé sa sœur ! Comme il était aujourd'hui facile de lui pardonner sa fugue amoureuse compte tenu de l'histoire qu'il vivait lui-même... Le fait que la famille tout entière – scandalisée parce qu'une de ses membres avait épousé un intouchable – se montre aussi unie dans la dénonciation de l'acte de Bhagwati obligeait Agastaya à se demander avec quel degré d'hostilité les Neupaney accueilleraient l'idée que le fils aîné de la famille remette sans cesse à plus tard ses projets de mariage avec son petit ami.

Agastaya avait bien essayé de se racheter auprès de sa sœur, mais les appels interurbains et leurs discussions sur MSN Messenger rendaient impossible de communiquer avec justesse la sincérité de ces excuses. Les appels en attente qui bipaient et les smileys ridiculisaient l'expression répétée de ses remords, à tel point qu'Agastaya craignait que Bhagwati ne commence à douter de sa bonne foi. Peut-être le soupçonnait-elle d'avoir lui-même commis une erreur de jeunesse.

Ou peut-être se moquait-elle tout simplement de ses excuses – il s'agissait de Bhagwati après tout. Seule une personne comme elle, victime d'un déracinement par répercussion, pouvait avoir envie de tenir tête à une grand-mère, une famille et une communauté telles que les leurs.

Agastaya se demandait souvent comment Bhagwati considérait sa famille d'origine, si elle se sentait responsable de la souffrance irréversible qu'enduraient les siens depuis des années. Avait-elle des remords ? Était-il possible de se concentrer sur l'essentiel, de se convaincre que le reste était anodin ? Était-ce l'état d'esprit qu'avait adopté Bhagwati afin que les choses marchent pour elle ? En était-il lui-même capable ? Cette façon de cloisonner sa vie – sa famille d'un côté, Nicky de l'autre – pouvait-elle continuer à fonctionner, même laborieusement, jusqu'à la fin de sa vie ?

Comment saluer cette grande sœur qu'il n'avait pas vue depuis près de deux décennies ? Une étreinte paraîtrait trop occidentale, une poignée de main, trop forcée. Ils se contenteraient de se dévisager et de se sourire d'un air gêné, comme on le faisait traditionnellement dans la famille. Chez eux, personne ne se touchait – de la même manière, chacun gardait pour lui ses mauvaises nouvelles. Les témoignages d'affection, c'était bon pour les autres. La famille Neupaney ne s'intéressait qu'aux succès, aux victoires et aux joies. Les peines ? À vous de les affronter seul. Les contacts ? Vous pouviez faire une croix dessus.

Agastaya était bien décidé à ce que, cette fois, les choses se passent différemment avec Bhagwati. Il lui poserait des questions et tenterait de comprendre sa décision – il lui devait bien cela. Ayant raté dix-huit années, dix-huit longues années de sa vie, Agastaya tenait à rattraper le temps perdu. Il voulait qu'elle lui parle des camps, de son passage de la caste la plus haute à la plus basse. Sa sœur avait surmonté tant d'obstacles ! Et, puisqu'il avait été absent au moment où elle vivait toutes ces choses, il comptait bien se racheter à présent.

Agastaya retira son manteau, car il faisait chaud à Bagdogra, même en octobre. Il aurait dû appeler Nicky pour l'informer qu'il était presque arrivé à destination, mais il trouva préférable de lui envoyer un message.

Souhaite-moi bonne chance, j'espère que ça ira avec ma sœur.

Une réponse lui parvint dans les minutes qui suivirent.

Embrasse-la pour moi.

Agastaya avait l'habitude de chercher le sens caché des messages de Nicky. Avec un peu de chance, ce dernier ne sous-entendait rien de tel que : Enfin, si elle sait que j'existe. Comme aucune méchanceté de ce genre ne succédait à son message, Agastaya en déduisit que Nicky avait atteint son quota hebdomadaire de malveillance.

Bhagwati et lui allaient forcément se trouver mal à l'aise l'un avec l'autre. Quand sa sœur se dirigea vers lui, bien plus proche physiquement des vingt-sept ans que des trente-sept – la peau rayonnante, la démarche énergique, les yeux lumineux, les cheveux attachés en un chignon dont pas une mèche ne dépassait –, Agastaya eut du mal à associer cette personne à la femme pitoyable qui avait été le sujet de ses ruminations pendant la majeure partie de son vol. Bhagwati avait un visage angélique. Agastaya avait oublié que sa sœur paraissait si juvénile mais, après tout, il est rare qu'on cherche des signes de vieillissement chez une fille de dix-neuf ans quand on en a quinze.

« Salut, dit Bhagwati, comblant un fossé de dix-huit ans d'un simple mot. Tu as moins de cheveux que sur tes photos de Facebook.

— Et tu es plus jolie que sur ta photo de profil.

— On se croirait à un rendez-vous arrangé, pas vrai ? »

Tandis qu'ils se dirigeaient vers la station de taxis, Agastaya sentit le regard de sa sœur sur lui. Le manteau Burberry posé sur son bras lui donna subitement des complexes. Bhagwati, qui avait passé la moitié de sa vie dans un camp, bien qu'elle semblât avoir vécu dans un spa luxueux ces dix-huit dernières années, connaissait-elle sa marque et son prix ? Agastaya craignit soudain qu'elle ne s'en vexe – elle-même aurait dépensé cette somme de façon bien plus utile.

« Qu'est-ce que tu penses de mon manteau ? » lâcha-t-il avant de se couvrir d'injures intérieurement.

Mais qu'est-ce qu'il pouvait être idiot parfois !

« Ravissant. C'est un Burberry ?

— Comment le sais-tu ? demanda Agastaya, intrigué.

— Eh bien, vois-tu, ta sœur a travaillé dans le commerce après son installation en Amérique, répondit nonchalamment Bhagwati. Le commerce et la restauration – dans ces domaines, je suis une véritable experte. À mon avis, les Américains eux-mêmes ne connaissent pas autant de façons que moi de cuisiner les œufs. »

Comme au téléphone, Bhagwati s'exprimait plus en anglais qu'en népali mais son accent était clairement étranger. C'était sans doute dû à un manque d'intégration sociale.

Agastaya tenta de se souvenir du magasin où elle travaillait.

« Tu as été vendeuse chez Macy's, c'est ça ?

— Non, Nordstrom. Au bout d'un moment, j'en ai eu assez de sourire de toutes mes dents à longueur de journée. »

Bhagwati ne rendit pas son sourire au chauffeur obséquieux de la Hyundai Santro qui s'empressa de les aider à porter leurs bagages.

Les valises de Bhagwati n'étaient pas tellement différentes de celles d'Agastaya. À vrai dire, elle paraissait même plus riche que lui, et pourtant son maudit manteau coûtait probablement plus cher que tous les vêtements rangés dans ses bagages ! C'était là toute la beauté de l'Amérique – celle-ci parvenait curieusement à ramener tout le monde au même niveau. Riches ou pauvres, les gens se ressemblaient tous là-bas, à quelques exceptions près. En Inde, n'importe quel millionnaire était repérable au milieu d'une foule, quels que soient ses efforts pour se fondre dans la masse – c'était d'ailleurs un peu ce qui leur arrivait ici, à Bhagwati et lui, la réfugiée et le médecin de retour d'Amérique. Aux États-Unis, grâce à l'égalitarisme de la tenue jean-T-shirt, la population était uniforme.

« Comment va *venaju* ? s'enquit Agastaya au sujet de son beau-frère, qu'il n'avait jamais rencontré et avec qui il n'avait même jamais parlé au téléphone.

— Bien. Il a un nouveau travail. »

Dès qu'une question concernait son mari, Bhagwati semblait avoir une préférence pour les réponses brèves.

Agastaya eut envie de lui demander à quel endroit, mais songea que ce serait impoli.

« Et tes enfants ?

— De vrais petits Américains. Ils se plaignent de l'odeur quand je fais cuire les feuilles fermentées du *gundruk*. Et ils ne répondent pas quand on leur parle en népali. Ce qui exaspère leur père. »

Bhagwati lui avait déjà parlé à diverses reprises de l'imperceptible absorption de ses enfants par l'Amérique.

Agastaya s'apprêtait à lui proposer d'aller boire un verre quelque part avant de grimper les collines mais, ignorant si Bhagwati buvait de l'alcool, il préféra s'en abstenir. Il en savait si peu sur sa sœur ! Tous deux auraient dû se sentir plus à l'aise après s'être téléphoné une fois par semaine pendant deux ans. Hélas, ce n'était pas le cas. La raison était-elle que chacun s'efforçait de dissimuler certains aspects de sa vie et que l'autre respectait ce choix ? Cela expliquait-il pourquoi leurs sujets de conversations se limitaient aux ragots concernant les autres membres de leur famille ? Agastaya, qui s'était juré quelques instants plus tôt d'amener Bhagwati à se livrer, n'avait pas envisagé la possibilité que quelques silences gênés s'installent une fois qu'ils se parleraient face à face.

« Est-ce que tu es stressée à l'idée de revoir tout le monde ? demanda-t-il, déviant volontairement vers un sujet familier.

— Je n'en sais rien. Je ne peux pas m'empêcher de penser que ce séjour est une très mauvaise idée.

— Pour quelle raison ? »

La question avait de quoi les occuper jusqu'à ce qu'ils quittent les plaines et que les joies de la nausée, déclenchée par les routes vertigineuses, accaparent la bouche d'Agastaya.

« Quel est mon nom de famille, dis-moi ?

— Neupaney, répondit-il sans réfléchir ni comprendre où elle voulait en venir.

— Non, depuis mon mariage.

— Damaai. »

Agastaya n'avait appris que Bhagwati avait accolé le nom de son mari au sien que lorsque celle-ci avait insisté pour qu'il réserve son billet au nom de Bhagwati Neupaney Damaai. « Sans tiret », lui avait-elle rappelé à plusieurs reprises.

« Oui, je m'appelle Bhagwati Neupaney Damaai.

— Hm-hm, fit Agastaya, ne sachant pas quoi dire.

— Et où allons-nous ?

— Au *chaurasi* d'Aamaa.

— Ce qui est, regardons les choses en face, une cérémonie religieuse.

— Et alors ?

— Une *damaai* dans la maison Neupaney pour une cérémonie religieuse ? Non, mais quelle horreur !

— Tu crains que ça crée des problèmes ?

— Tu connais Aamaa. Elle et son groupe de pandits, ils vont s'amuser comme des petits fous avec une *damaai* sous leur toit.

— Mais vous filez à nouveau le parfait amour, elle et toi, non ?

— Je ne suis pas sûre que parler uniquement de la météo et de Prasanti réponde aux critères du parfait amour.

— Vous vous reparlez, c'est déjà ça.

— Je sens beaucoup de rancœur de son côté. Je vais te dire : elle est incapable de passer l'éponge sur mon statut de *damaai*. Sa colère couve depuis trop longtemps.

— Tu peux toujours objecter que tu n'en étais pas une à la naissance.

— En voilà un argument irréfutable !

— Tu ne t'exprimes pas du tout comme une personne qui travaille dans le commerce.

— Va dire ça aux patrons américains. Quels idiots ! Un coup d'œil à mon visage, et ils partent du principe que je ne sais pas parler anglais. »

Les plaines poussiéreuses de Siliguri faisaient peu à peu place aux collines bordées de routes sinueuses. Des personnes au teint plus clair – aux yeux et à la carrure plus étroits – se substituaient à leurs cousins à la peau foncée, et l'air se refroidissait à mesure qu'ils prenaient de l'altitude. Une boisson aurait aidé à soulager ses vertiges mais Agastaya préféra avaler un comprimé de Tylenol, ce qui lui valut aussitôt un commentaire de sa sœur sur son américanisation. Depuis combien d'années n'était-il pas revenu à Gangtok ? Six ? Presque sept. Quand il était enfant, chaque trajet de Gangtok à Kalimpong durait une demi-heure de plus, au grand agacement de son frère et de ses sœurs, car il avait régulièrement envie de vomir. Voilà ce que ces routes sinueuses provoquaient chez lui – Agastaya avait l'impression que les collines bougeaient tandis que la voiture semblait à l'arrêt.

Une fois passé Chitrey, où des singes arrachaient les tiques des fesses de leurs congénères aux côtés de chiens occupés à copuler, un large groupe de jeunes femmes, vêtues du traditionnel *gunyu-cholo*, encerclèrent leur voiture en scandant des slogans hostiles au Bengale-Occidental.

« Nous appartenons au Gorkha Jana-shakti Morcha[1], dit l'une d'elles. Et nous recommandons à tous les habitants du Gorkhaland de porter la tenue traditionnelle pendant Dashain et Tihaar.

— Nous sommes du Sikkim, répondit gentiment Agastaya.

— Vous roulez dans une voiture immatriculée dans l'État du Bengale-Occidental, répliqua la femme.

— Mais il s'agit d'un taxi !

— Vous êtes tellement riches, vous autres Sikkimois, intervint l'amie de la femme en faisant signe au groupe d'aller encercler une autre voiture. Vous devriez vous déplacer avec vos propres voitures.

— Le mouvement du Gorkhaland prend de l'ampleur, constata Agastaya en népali.

— Oui, monsieur, le ministre en chef du Sikkim a apporté son soutien à la révolution, comme plusieurs autres personnalités, s'empressa d'ajouter le chauffeur en l'entendant prononcer le nom du mouvement.

— Beaucoup d'hommes portent le *daura-suruwal*, observa Agastaya, troublé par l'absence d'hommes en tenues occidentales.

— Oui, monsieur, nous sommes obligés de le porter aujourd'hui. Je porte moi-même le *daura*, mais pas le pantalon. »

Agastaya n'avait pas encore remarqué la veste du chauffeur – elle était en partie cachée sous son blouson. Il ne s'était pas non plus aperçu que l'homme

1. Parti politique créé en 2007 militant pour l'indépendance du Gorkhaland.

portait même un chapeau népalais noir dont le devant était orné de deux minuscules *khukuri*, des couteaux népalais à longue lame courbe.

« Vous ne devez pas être à l'aise, lui fit-il remarquer.

— Pour le Gorkhaland, je veux bien manquer un peu de confort, monsieur. Moktan va faire bouger les choses.

— Comme les chefs qui l'ont précédé, dit Agastaya, légèrement sarcastique. Forcer les gens à porter la tenue traditionnelle n'est pas la bonne manière de procéder.

— J'ai demandé à une Népalaise de me coudre deux *daura-suruwal* pour mes fils, dit Bhagwati. Ils n'ont pas pris goût au port du costume. Ils ont l'impression de faire tache dans cette tenue. Je leur ai suggéré de la porter pour Halloween.

— Tu les aimes autant l'un que l'autre ?

— Oui, répondit Bhagwati, avant d'ajouter avec une certaine hésitation : Oui, je crois.

— Tes enfants quasi américains… »

Bhagwati répéta ces mots avec le changement nécessaire de pronom.

En souvenir de leur enfance, tous deux descendirent du taxi à Rangpo, à la frontière entre le Bengale-Occidental et le Sikkim, afin de manger des *momo* à Mid-Point.

« Je me demande comment ça va se passer », dit Agastaya.

Celui-ci remarqua une constante : lorsque le silence devenait pesant, il lui semblait toujours judicieux de revenir au sujet du *chaurasi*.

« Qu'est-ce que tu veux dire ?

— Tu sais bien, cette réunion de la famille tout entière – sans Ruthwa – après si longtemps.

— Le plus fort dans tout ça, c'est qu'aucun de nos conjoints ne sera là. J'espère que nous parviendrons tous à rester nous-mêmes.

— Ah oui, Manasa a prévenu que son mari ne viendrait pas.

— C'était une décision de dernière minute, non ?

— Oui, il y a plus d'eau dans le gaz que nous ne le pensons.

— Que va-t-il leur arriver d'après toi ?

— Manasa est têtue.

— Qu'est-ce qui cloche exactement chez lui déjà ?

— Apparemment, il fait trop d'efforts. »

Agastaya lança un regard narquois à sa sœur. Tous deux secouèrent la tête en riant.

« Le problème n'est pas qu'il la maltraite ou la trompe. C'est qu'il se donne trop de mal.

— Il y a peut-être d'autres raisons.

— Le problème n'est pas qu'il est égoïste ou la néglige, dit Agastaya entre deux éclats de rire. C'est qu'il se donne trop de mal.

— Oh, arrête ! »

Le fou rire de sa sœur l'encouragea à continuer.

« Il ne s'agit pas d'un problème de caste ni d'argent… »

Agastaya s'interrompit brusquement.

« Désolé.

— C'est bon. Nous n'avons pas de problèmes d'argent. Et la caste de Ram est maintenant la mienne, je dois vivre avec. Si cela m'interdit de participer au *chaurasi*, tant pis.

— Je suis sûr qu'ils ne prendront pas une mesure aussi discriminatoire.

— Bien sûr que si.

— Et cesse de dire que tu n'as pas de problèmes d'argent. Comment veux-tu que je te croie ? Je sais que *venaju* n'a pas décroché d'emploi convenable depuis longtemps et que tu ne gagnes pas assez. Tu devrais être capable de te trouver un travail bien payé. Tu parles anglais, contrairement à la plupart des autres réfugiés.

— J'ai de sérieux doutes là-dessus.

— Tu t'exprimes mieux que la plupart des immigrés.

— C'est ce que tu penses, mais j'ai encore du mal à m'habituer à l'accent américain. Il me faut cinq secondes pour comprendre ce que tu saisis en deux. »

Bhagwati et Agastaya engloutirent les raviolis disposés devant eux tout en chassant les mouches.

« Depuis quand est-on embêté par des mouches en octobre dans le Sikkim ? s'étonna Agastaya.

— Tu oublies que nous sommes à Rangpo, répliqua Bhagwati avec désinvolture. Les *momo* ne sont pas aussi bons que dans mes souvenirs. »

Agastaya eut une brusque illumination.

« Pourquoi tu ne te lancerais pas là-dedans ?

— Dans quoi ?

— Le commerce des *momo* à Boulder. »

Agastaya était soudain tout excité.

« Tu devrais y réfléchir.

— Je n'ai pas le sens des affaires comme Aamaa, ni ton intelligence.

— Tu n'as pas besoin d'être intelligente pour tenir une baraque à raviolis. Et le sens des affaires, tu l'acquerras. Je crois que nous avons ça dans le sang dans la famille.

— Ce sera trop compliqué. »

Bhagwati soupira.

« Ça représente tellement de travail. Avec les enfants, le manque de capital et tout le reste, ce sera difficile.

— Un capital, ça se réunit. Nous autres pourrions être les bailleurs de fonds de ton entreprise.

— Tu veux vraiment que j'aie des dettes envers vous toute ma vie ?

— Absolument pas – il s'agira d'un investissement. »

Agastaya effleura le bras de Bhagwati afin d'essuyer le postillon qui avait atterri sur sa manche.

« Tu as des papiers. Tout ce qu'il te reste à faire, c'est réunir le capital nécessaire. Tu pourrais vendre des *momo* aux étudiants de Boulder. Pense aux files d'attente qu'il y aurait devant ton stand !

— Est-ce qu'on en rapporte aux autres ?

— Oui, bonne idée. »

Agastaya demanda au vendeur d'emballer dix assiettes de raviolis. Après une brève querelle au sujet du règlement – Bhagwati refusant de le laisser payer la note entière, ils la partagèrent –, tous deux quittèrent Mid-Point et entamèrent la dernière étape de leur trajet.

•

Bhagwati commença par rejeter la suggestion d'Agastaya et y songea avec le peu de sérieux qu'elle accordait à la plupart des idées de son petit frère. Agastaya, à qui l'échec était étranger, avait tendance à s'enthousiasmer sans réfléchir. Quelques semaines plus tôt seulement, il l'avait appelée pour lui parler des marges de bénéfices réalisées par les stations-service. Mais l'expérience avait mis à mal l'optimisme de Bhagwati. Consciente que son manque d'enthousiasme pour les idées grandioses d'Agastaya serait accueilli avec mépris et sarcasme, elle jouait cependant le jeu jusqu'à ce que l'ardeur de son frère s'essouffle et que d'autres projets d'entreprise le passionnent.

Mais cette idée de baraque à raviolis ne paraissait pas aussi insensée que les autres. La préparation des *momo* nécessitait surtout une importante main-d'œuvre, aussi n'aurait-elle peut-être pas besoin d'un énorme capital. Les frais généraux seraient insignifiants car Ram et elle effectueraient tout le travail dans leur cuisine. Ram pétrirait la pâte, elle l'étalerait et la découperait, il fourrerait les raviolis de viande ou de chou, puis elle les cuirait à la vapeur. Les garçons leur donneraient un coup de main. Bhagwati se demanda si elle pourrait utiliser une de ses cartes de crédit pour se constituer un capital. Mais ce serait sans doute difficile car ils avaient quasiment atteint le plafond autorisé de toutes leurs cartes. Puisque aucun travail ne l'attendait à son retour, elle pouvait peut-être se permettre de prendre quelques risques et de faire des expériences. Pour la première fois depuis des années, Bhagwati se sentait plutôt optimiste. Bien que lasse des élans de ferveur d'Agastaya, elle devait bien admettre qu'il s'était cette fois surpassé.

« Dis donc, il y a de plus en plus de bâtiments par

ici, observa Agastaya tandis qu'ils approchaient de Singtam.

— Sans doute plus de glissements de terrain aussi. »

Le chauffeur tenta à nouveau de leur raconter les dernières manigances politiques des partis locaux.

« Ils ont cru que le Congrès allait gagner, mais non, personne ne peut battre Subba. Subba, c'est un tigre, un lion.

— Un dictateur bienveillant, dit Agastaya en anglais à sa sœur. Cet homme est tout-puissant. »

Le chauffeur leur demanda à quelle famille de Gangtok ils appartenaient. Préférant rester anonymes, Bhagwati et Agastaya évitèrent de lui révéler l'identité de leur grand-mère. Si cet homme apprenait qui était leur famille, tous deux devraient s'autocensurer. Ils résistaient par conséquent à la plupart de ses tentatives de dialogue et communiquaient en anglais.

« Ah, tu te souviens de ces virages en épingle à cheveux qui te donnaient la nausée ? demanda Bhagwati après un coude particulièrement traître. Quelle petite nature tu étais !

— Je n'ai pas changé.

— Tu as vu comme l'eau de la Teesta est brune ? Elle ne devrait pas être aussi trouble en octobre.

— Tu vois, c'est ce que je voulais dire en te félicitant pour ton anglais. Tu emploies un vocabulaire étonnamment riche.

— "Petite nature" par exemple ?

— Non, "épingle à cheveux". "Trouble" pour décrire la rivière. Ce sont des termes que je n'emploierais même pas moi-même – ils sont si justes, si expressifs ! J'aurais probablement utilisé le mot "boueux".

— Oh, arrête. Si seulement je n'étais pas obligée de

faire tous ces efforts pour comprendre les Américains, ma vie serait tellement plus facile !

— Peut-être que si tu avais regardé Vicky, la petite merveille quand tu étais petite, leur accent ne te poserait pas autant de problèmes.

— N'importe quoi ! Ces séries télévisées étaient doublées en hindi. »

Le frère et la sœur s'émerveillèrent des choses qu'ils étaient capables d'exhumer des tréfonds de leur mémoire.

« D'après toi, quel sera le point culminant de ce séjour ? demanda Agastaya.

— Ma réapparition après dix-huit ans d'absence ? suggéra Bhagwati avec hésitation.

— Imagine un peu. Nous tous – enfin, nous trois – réunis après si longtemps ! Chacun de nous est une personne différente aujourd'hui.

— Je crains un peu les tensions entre Manasa et Aamaa. Mais j'ai bien envie de voir ce que ça donne quand quelqu'un tient tête à Aamaa. Prasanti m'a dit au téléphone que c'était impressionnant.

— Cette *chakka* transgenre exagère beaucoup. Mieux vaut ne pas la croire.

— Elle n'exagère pas tant que ça à mon avis. Le mariage a fait de Manasa la personne la plus culottée au monde. »

Agastaya déclara qu'il se sentait beaucoup mieux après avoir avalé ces *momo*.

« Les arbres ont cessé de courir, c'est déjà ça. On pourrait croire que le mal des transports disparaît avec l'âge, mais il ne semble que s'aggraver. Pourquoi personne d'autre que moi n'en souffre ? Je cumule à moi seul les gènes familiaux de la calvitie, des problèmes cutanés et du mal des transports.

— Et celui du flair pour les métiers qui rapportent, répliqua Bhagwati.

— Non, ça, c'est Manasa.

— Manasa et toi.

— Quoique, c'est son mari qui fait bouillir la marmite maintenant. Le mariage de Manasa semble fondé sur un maximum de compromis. »

C'était le moment pour Bhagwati d'aborder le sujet.

« Le mariage ne ressemble pas toujours à ça. Parfois, il fait ressortir le meilleur de toi-même. Tu n'as jamais songé à te marier ? Il ne serait pas un peu temps ?

— Ce n'est pas pour moi. Ni les enfants, ni le mariage. J'espère que je ne vais pas devoir passer mon temps à répondre aux questions sur mon célibat une fois chez Aamaa.

— Pourquoi es-tu contre à ce point ?

— Tu as déjà vu un mariage heureux ?

— Oui, le mien.

— Bien sûr, c'est pour ça que tu refuses d'en parler. Tu es bien certaine qu'il est parfaitement heureux ? »

Cette question mit un terme à la conversation que Bhagwati espérait faire évoluer vers un échange sur les avantages du mariage.

Des années après sa fugue amoureuse, des années après son séjour forcé dans un camp de Khudunabari, des années après la naissance de son fils aîné, des années après celle du second, environ six mois après son installation en Amérique, Bhagwati rétablissait enfin le dialogue avec sa grand-mère. Elle avait essayé de se réconcilier avec elle dans le passé, mais, quand elle téléphonait de Phuntsholing, on lui raccrochait au nez, qu'il s'agisse d'Agastaya ou d'Aamaa. Le désir de correspondre avec sa famille s'était fortement émoussé après son transfert dans un camp. Bhagwati était stupide d'avoir refusé l'aide d'Aamaa – tant de rides se seraient effacées sur son visage, tout ce flou qui caractérisait son existence d'apatride aurait été évité.

Grâce à son installation en Amérique et à la perspective d'une vie prospère, une nouvelle assurance avait germé en elle. Maintenant que Bhagwati se trouvait sur cette terre d'or, sa grand-mère ne se demanderait plus si c'étaient ses difficultés financières qui motivaient ses appels. Par conséquent, un jour de printemps, seize ans après avoir été déclarée morte par sa grand-mère, Bhagwati prit le taureau par les cornes. Facebook et sa nature intrusive l'avaient déjà aidée à renouer des relations avec ses frères et sa sœur. Il ne lui restait plus qu'à combler le fossé entre Aamaa et elle. Bhagwati se sentirait tellement en paix si la décrispation de cette relation, la plus abîmée de toutes, avait lieu avant l'altération inévitable des facultés de sa grand-mère octogénaire. Les encouragements d'Agastaya prenant finalement le dessus sur les avertissements répétés de Manasa, Bhagwati décida d'appeler Aamaa.

Ce fut elle qui décrocha.

« Allô ? C'est Bhagwati. »

Pour quelqu'un qui saluait une personne dont elle avait gâché la vie, Bhagwati ne paraissait pas tellement nerveuse.

Un silence.

« Aamaa, je suis en Amérique. Il faut que nous parlions. Combien de temps allons-nous continuer comme ça ? »

Un silence.

Cette fois au moins, Aamaa n'avait pas raccroché.

« Tu as deux arrière-petits-fils. Je suis la seule de tous tes petits-enfants à t'avoir donné des héritiers.

— Ces hors-caste de petits-enfants *damaai* ? Je n'en ai pas besoin, répondit calmement Chitralekha.

— Tu peux dire tout ce que tu veux sur eux, ces enfants sont de ton sang.

— Le leur est impur.

— Des années se sont écoulées.

— Peu importe. Les dégâts sont faits.

— Et ils sont irréparables ?

— Absolument. Bon, pourquoi appelles-tu ? Tu as besoin d'argent ?

— Je suis en Amérique. Le gouvernement prend bien soin de nous.

— Est-ce qu'il y a aussi des quotas pour les *damaai* là-bas ? »

Bhagwati se mordit la lèvre.

« Non, nous sommes ici en tant que réfugiés bhoutanais.

— C'est bien fait pour toi, tu n'avais qu'à appeler quand tu étais en difficulté.

— C'est ce que j'ai fait, mais tu m'as raccroché au nez. Et tu as appris à Agastaya à le faire.

— Oui, c'était avant que ne commencent tes problèmes au Bhoutan.

— Ce n'est pas grave. Nous nous parlons maintenant.

— Ne t'imagine pas que je me laisserai approcher par tes enfants métis un jour. »

C'était un début. Pour peu qu'elle parvienne à supporter les piques d'Aamaa, toujours plus fréquentes que ses amabilités, il fallait reconnaître que renouer avec sa grand-mère n'était pas aussi difficile qu'elle se l'était imaginé. Le nombre de ses remarques désobligeantes diminuait dès lors que Bhagwati évitait de riposter. Les conflits faisaient la grande joie d'Aamaa, mais il n'y avait rien d'amusant à attaquer sa petite-fille quand celle-ci encaissait chacune de ses accusations.

Bhagwati s'efforçait d'éveiller l'intérêt de sa grand-mère pour ses enfants. À une allusion au fait que l'un d'eux lui ressemble par son caractère, Chitralekha répondit : « Peut-être, mais je n'ai aucune envie de rencontrer mon double. Le monde a bien assez d'une seule personne comme moi. » À une anecdote à propos du cadet, qui mâchait la viande et les os avec plus d'enthousiasme qu'un chien, Aamaa s'empressa de répondre : « Parce que tes enfants mangent du bœuf ? Oh, j'avais oublié qu'ils n'étaient pas *baahun*. » À la mention du déclin de leurs compétences en népali, Aamaa répliqua : « Aucune caste, aucune langue – c'est du pareil au même. »

Bhagwati avait été amplement punie ; ces dix-huit années d'isolement suffisaient. Elle était prête à endurer cette froide réconciliation et les fréquentes piques visant ses enfants. Aamaa voulait qu'elle convainque Agastaya de se marier et elle était déterminée à y parvenir pendant ce séjour. Sa grand-mère ne lui avait peut-être rien pardonné mais elle avait au moins recommencé à lui parler, et Bhagwati était bien décidée à lui rendre la pareille d'une façon ou d'une autre. Elle était soulagée que la colère d'Aamaa ait faibli, bien qu'elle se manifestât encore trop souvent à son goût. Elle s'estimait surtout heureuse que sa grand-mère connaisse au moins l'existence de ses arrière-petits-enfants.

Bhagwati avait expliqué à Aamaa qu'elle éviterait de provoquer des tensions en venant sans Ram à son *chaurasi*. Dès lors qu'une famille se rassemblait, qu'une *puja* avait lieu, que Dieu était concerné, toute personne non-brahmane était exclue des célébrations, même si la famille en question se prétendait accommodante et progressiste. Ce qui rendait la situation deux fois plus difficile, c'était qu'il s'agissait de sa propre famille. Aamaa n'avait offert aucune solution à la question de l'exclusion de son mari et de ses enfants, ce qui, dans sa langue, ou dans son mutisme, signifiait que sa petite-fille avait raison de laisser sa famille en Amérique.

La véritable raison pour laquelle Ram n'accompagnait pas Bhagwati était financière. Pendant leur parcours d'intégration à la vie américaine, l'Organisation internationale pour les migrations les avait mis en garde contre le cercle vicieux de l'endettement. Ce qui avait commencé comme un effort sincère pour garantir leur solvabilité, qu'ils fournissaient en remboursant tant bien que mal chaque cent dépensé avec leurs cartes de crédit avant la fin du mois, s'était rapidement transformé en incapacité totale à s'acquitter des sommes les plus dérisoires, ce qui avait bientôt fait d'eux des débiteurs constamment défaillants. Chaque fois qu'il était embauché quelque part, Ram avait des difficultés à comprendre et à se faire comprendre en anglais, ce qui n'arrangeait rien à leurs problèmes financiers.

À sa droite, les rizières en terrasses scintillaient. Les pousses n'étaient pas encore assez mûres pour que leurs panicules jaunissent. À sa gauche défilaient des messages familiers inscrits sur des rochers : SI TU AIMES TA FEMME ROMPS AVEC LA VITESSE, ALLEZ-Y DOUCEMENT AVEC MES COURBES, TOUJOURS VIGILANT ? JAMAIS D'ACCIDENT. Bhagwati regarda Agastaya se forcer à dormir afin de ne pas vomir et se demanda quelle serait sa réaction s'il apprenait qu'on lui avait demandé de ne pas se représenter à son poste ou si elle lui révélait qu'elle venait de perdre son très prestigieux emploi de plongeuse. Quels doux euphémismes que « restauration » et « commerce » pour désigner ses anciens métiers !

Ram aurait peut-être voulu l'accompagner. On aurait pu organiser une rencontre furtive avec ses frères toujours bhoutanais à Gangtok. Résidents fiers, mais terrorisés du Bhoutan, ceux-ci se tenaient maintenant à distance de toute manifestation contre la monarchie. Quand ils avaient appris l'installation de Ram à Denver puis Boulder, ils l'avaient supplié de trouver le moyen de leur faire quitter le pays. De ce point de vue-là, ses frères étaient comme tout le monde – ils partaient du principe qu'en montant à bord d'un avion à destination de l'Occident on laissait ses problèmes derrière soi en Orient. L'Orient, c'était la pauvreté. L'Occident, la richesse. L'Orient, c'était l'inégalité. L'Occident, l'égalité. L'Orient, c'était une vie de problèmes. L'Occident, la solution à ces problèmes.

Lorsque le taxi atteignit l'endroit qu'elle voulait revoir, Bhagwati réveilla son frère. Il souhaitait probablement y jeter un coup d'œil, lui aussi.

« Elle est toujours là », constata-t-elle.

Agastaya regarda dehors. Oui, la structure se trouvait toujours à l'endroit dont se souvenait Bhagwati. L'aire de repos pourvue de deux bancs en ciment et d'un toit de tôle était censée immortaliser leurs parents, dont la jeep avait été percutée dans ce virage et avait atterri dans la rivière une trentaine d'années plus tôt. Tous ses passagers avaient été déclarés morts. On n'avait retrouvé aucun corps.

« Est-ce que tu ressens quelque chose ? demanda Bhagwati.

— Non. Je n'ai aucun souvenir d'eux.

— J'espère que nos enfants ne nous oublieront pas aussi facilement que nous avons oublié nos parents.

— J'avais trois ans quand ils sont morts. Toi, sept. Il me semble pardonnable de ne garder qu'un vague souvenir d'eux. »

Agastaya lui demanda pourquoi elle n'avait pas amené ses enfants ; vu son âge, ils n'auraient sans doute pas d'autre occasion de rencontrer leur arrière-grand-mère. Bhagwati lui répondit qu'ils n'avaient pas envie de venir. Évidemment, c'était faux. Tout cela n'était qu'une question d'argent.

« Ça aurait été sympa de les présenter fièrement à tout le monde », dit-elle.

Leur américanisation naissante aurait eu l'avantage de détourner l'attention que la famille portait à leur caste.

« Tu aurais pu faire semblant de t'épouvanter de leur américanité et jubiler en secret », dit Agastaya en riant.

La rapide américanisation de ses enfants inquiétait Bhagwati. Les gens de l'OIM lui avaient recommandé de s'en réjouir, de l'encourager, car leur intégration leur faciliterait l'existence, mais la vitesse à laquelle ses enfants avaient oublié la vie au camp l'effrayait et la rendait parfois envieuse. Bhagwati craignait en outre que, comme les enfants des Blancs, les siens quittent la maison dès leurs dix-huit ans et rendent ensuite rarement visite à leurs parents.

La ville de Gangtok s'était développée, étendue verticalement, horizontalement, imprudemment. Les zones restées rurales dans les souvenirs de Bhagwati étaient maintenant envahies de bâtiments qui jouaient des coudes – magasins, hôpitaux, universités. Le nombre de bâtiments neufs paraissait toutefois insignifiant à côté de la quantité de voitures qui frôlaient dangereusement leur taxi en le dépassant à toute vitesse. La ville paisible qu'elle avait quittée était pour ainsi dire méconnaissable. Tant de choses avaient changé en deux décennies. Bhagwati était partie quand Basnett était au pouvoir et revenait alors qu'il n'en avait plus aucun. Évidemment, elle aussi avait changé et grandi. Elle serait bientôt américaine. Elle était mariée. Elle avait deux enfants. Elle venait de perdre son emploi de plongeuse. Brahmane stressée à son départ de la ville, elle y revenait en *damaai* tout aussi nerveuse.

•

Regarder le mont Kangchenjunga était une des activités solitaires que préférait Chitralekha. Savourant le léger refroidissement de l'air qui allait considérablement s'accentuer les prochaines semaines, elle marcha jusqu'à la terrasse et y trouva Manasa occupée à observer la montagne, le haut du corps enveloppé dans un châle *naga* à rayures. Sa petite-fille paraissait si sereine qu'il était difficile de croire que cette femme avait fait tout un raffut la veille pour qu'on lui donne un drap propre. Chitralekha alluma un *beedi* avec une allumette, s'étira et ne chercha pas à la déranger. Trouvant finalement sa petite-fille barbante, car son visage à première vue calme affichait maintenant une expression mièvre sans la moindre profondeur, Chitralekha toussa et lui demanda ce qu'elle faisait.

« J'ai dormi toute la matinée. Je viens de me réveiller. C'est le décalage horaire. Quel temps magnifique !

— Quand les autres arrivent-ils ?

— Ce soir. Sois gentille avec Bhagwati.

— Ne gâche pas une si belle journée en cherchant la bagarre.

— C'est marrant, je n'ai toujours pas croisé ta petite-fille préférée. Prasanti m'éviterait-elle ?

— Je ne vois pas pourquoi, répondit Chitralekha en essayant d'ignorer les hurlements des chiens errants qui se livreraient bientôt à une bruyante orgie juste devant son portail. Tu es tellement aimable avec elle.

— Je vais la faire travailler aujourd'hui. J'ai un gros tas de linge sale.

— Vous n'avez donc pas de machines à laver en Angleterre ? Tu aurais pu faire ta lessive là-bas.

— Mon linge n'est jamais aussi propre que lorsque Prasanti l'essore avec la force d'un homme et le repasse avec la méticulosité d'une femme. Je lui interdis d'utiliser la machine à laver.

— Tu fais exprès de lui donner du travail alors qu'elle en a déjà trop.

— Oui, je sais. Elle est chargée de te rapporter tous les ragots du quartier. Quelle vie difficile !

— Regarde-moi ces cernes. On dirait une vieillarde.

— C'est peut-être parce que je me sens vieille. Tout ce que je fais, c'est m'occuper de *bua*.

— Viens, approche. Laisse-moi regarder la peau sèche qui s'accumule autour de tes yeux. »

Chitralekha s'approcha de sa petite-fille et lui souffla un nuage de fumée à la figure.

« Voilà ce qu'on récolte quand on est méchante avec moi, dit-elle avant de rire suffisamment fort pour couvrir le vacarme des chiens.

— Mais pourquoi fumes-tu ces trucs dégoûtants ? s'écria Manasa. Tu es devenue folle ?

— Tu préférerais que je mâche du tabac ? »

Chitralekha écrasa sa cigarette.

« Tu voudrais que je mâche et que je crache partout comme le faisait ton grand-père ?

— Ce ne serait pas pire que souffler ta fumée dans la figure des gens. Et qui a dit que tu devais échanger un vice contre un autre ? Ne fume pas. Ne mâche pas de tabac. Ce sont de mauvaises habitudes.

— Tu crois vraiment qu'on peut changer à cent ans ?

— Tu n'en as pas encore quatre-vingt-quatre, Aamaa. Cesse donc d'exagérer.

— Quatre-vingt-quatre, quatre-vingt-dix, cent, c'est pareil. Mes petits-enfants n'ont aucune chance d'atteindre cet âge. Vous mangez à peine, vous tous. Je serais étonnée que vous dépassiez la cinquantaine. »

Prasanti, toute guillerette, la peau du visage parfaitement exfoliée, la pomme d'Adam cachée sous un foulard, le nez orné d'un bijou, les cheveux attachés en queue-de-cheval, vêtue d'une longue tunique rouge aussi brillante que son maquillage, annonça bruyamment son arrivée en déclarant que c'était Diwali et qu'aucune dispute ne devait avoir lieu pendant la fête.

« Nous célébrons la victoire du bien sur le mal, dit-elle en regardant Manasa d'un air dépité, avant de tendre une tasse de thé à Chitralekha. Et nous savons tous qui fait le bien ici.

— Idiote, c'est Dashain qui célèbre la victoire du bien sur le mal. Cette fête vient de se terminer. »

Chitralekha ne put s'empêcher de rire.

« Maintenant, c'est Tihaar. Et Manasa n'est pas aussi méchante que tu le crois.

— C'est ça, amuse-toi de ces bêtises, Aamaa. Dis-moi, Prasanti, où étais-tu passée depuis hier ? Tu te caches. Tu t'enfuis au lieu de m'aider à porter mes bagages. Oh, et tu ne m'apportes pas de tasse de thé alors que tu sais parfaitement que je suis là.

— Pas de tasse de thé pour les personnes malveillantes », déclara Prasanti avec une intonation chantante qui fit hurler de rire Chitralekha.

Manasa foudroya sa grand-mère du regard. Celle-ci se calma lorsqu'elle s'aperçut que ce regard assassin ne s'adoucissait pas.

« Du café peut-être, mais pas de thé, chanta à demi Prasanti avant de s'éloigner d'un pas chaloupé. Le thé, ce n'est que pour les gentils. Les méchants, eux, n'ont droit qu'au café.

— Mais pourquoi l'encourages-tu ? demanda Manasa à sa grand-mère.

— Elle est drôle. Elle égaye mes journées.

— Avec des plaisanteries aussi puériles ? Comment peux-tu les trouver amusantes ?

— Tu es si dure avec elle !

— Tu as un drôle de sens de l'humour. Ta fumée dans ma figure, les stupides singeries de Prasanti – comment peux-tu trouver ça aussi drôle ?

— J'aurais dû lui raconter que je t'ai soufflé ma fumée en plein visage.

— Si tu fais ça, je double sa charge de travail.
— Oh, laisse-la tranquille, s'il te plaît. J'ai un vrai travail à lui donner ce soir. »

Gangtok était une ville avec des rues truffées de nids-de-poule grands comme des cratères, des chemins de terre et une route à deux voies qui s'élargissait peu à peu, mais la ville était surtout envahie par les escaliers. Les gens d'ici les préféraient aux routes. Ils vous emmenaient souvent aux mêmes endroits qu'elles mais créaient des raccourcis. Ils vous permettaient de gagner du temps en vous épargnant les embouteillages. Ils étaient faciles à construire, souvent bricolés à partir de rien. Ils étaient économiques. Ils coupaient à travers des terrains sur lesquels il aurait été difficile de tracer une route à cause du manque de place et du dénivelé. C'était la solution idéale pour une ville située sur une colline aussi pentue. À cause du réseau de tuyaux mal raccordés qui se substituait souvent aux rampes, leurs marches étaient humides en permanence. À Gangtok, ils poussaient comme des champignons.

Chitralekha n'avait jamais aimé les escaliers. Plus elle avançait en âge, plus elle rêvait de faire disparaître toutes les marches de la ville. Quelques mois plus tôt, elle avait réussi à réduire leur nombre à Gangtok en transformant celles qui menaient à sa maison en véritable route, ce qui augmentait la valeur de sa propriété et lui garantissait de ne plus avoir à grimper ni descendre toutes ces marches à son âge. Chitralekha avait affronté et soudoyé plus d'un agent, irrité et menacé de nombreux chefs de service, et négligé un tas d'arrêtés municipaux pour atteindre son objectif, dont la pertinence se confirmait chaque fois que sa voiture grimpait la route de gravier en ferraillant. L'ascension en véhicule de ce qu'elle considérait un peu comme son allée privée continuait à lui donner le sourire : la concrétisation de cette route était une de ses réussites les plus gratifiantes.

Idéalement placée, la maison de Chitralekha, qui dominait l'église presbytérienne, n'était située qu'à un pont et quelques escaliers de la place de la ville. Sa propriété n'était pas pour autant soumise au raffut citadin. Comme le cottage se trouvait à cinq minutes au moins de l'artère principale, aucune voiture ne passait devant à cent à l'heure en klaxonnant, un problème qui tracassait les voisins situés à proximité de la chaussée. La maison de Chitralekha était l'unique cottage au milieu d'une jungle de bâtiments de hauteur moyenne et la seule demeure jouissant d'un espace extérieur comparable à la superficie de son intérieur. Ruthwa, le petit-fils écrivain qu'elle avait relégué aux oubliettes, surnommait sa propriété « l'oasis Neupaney ». Et c'était bel et bien une oasis, avec sa vue dégagée sur le mont Kangchenjunga, la divinité protectrice du Sikkim, dont on risquait de la déposséder très bientôt si elle n'agissait pas rapidement.

Chitralekha avait un sérieux problème de voisinage à régler. Il n'y avait aucune récompense financière à la clé mais elle devait accomplir cette tâche avant l'arrivée du reste de la famille. Un de ses voisins, un ministre, construisait un bâtiment si énorme qu'il menaçait de boucher la vue sur la montagne.

Gangtok devenait un endroit étrange – partout où se posait son regard, des bâtiments bancals aux incroyables dimensions sortaient de terre sur des surfaces minuscules. Un jour, le bruit avait couru que, non loin de chez elle, sur le terrain escarpé et accidenté que traversait le chemin menant au Palzor Stadium, tout était constructible à volonté. De minuscules bâtiments à deux ou trois étages avaient bientôt commencé à surgir de terre jusqu'à en occuper le moindre mètre carré. Aux yeux d'une personne extérieure, d'un habitant des plaines, une catastrophe naturelle, un glissement de terrain ou un séisme finirait sûrement par déséquilibrer ces petites constructions et les réduire en miettes. Arrêtant le regard sur le chantier devant elle, Chitralekha songea avec soulagement qu'il lui restait au moins son petit espace vert. Mais à quoi bon posséder un jardin si cet affreux monolithe finissait par se dresser entre sa montagne et elle ?

Il fallait à tout prix convaincre le politicien de se contenter de six étages au lieu de sept. Le scélérat lui avait expliqué que ce bâtiment serait un hôtel, raison pour laquelle des rangées de salles de bains au carrelage bleu faisaient maintenant face à son jardin. Les étages inférieurs avaient déjà commencé à accueillir des clients. Sur la terrasse, avait ajouté le politicien-hôtelier, les clients pourraient savourer leur petit déjeuner continental tout en admirant le Kangchenjunga. Dans l'absolu, Chitralekha n'était pas opposée à ce projet d'hôtel. Les bruyants touristes bengalais risquaient de poser problème mais Prasanti et son langage grossier mettraient sans mal un terme à leur raffut. Le seul souhait de Chitralekha, c'était que son voisin revoie son projet à la baisse en supprimant l'étage qui obstruerait la vue sur la montagne.

Manasa était retournée se coucher en marmonnant rapidement que le décalage horaire lui donnait la migraine et des vertiges. Fidèle à sa parole, elle avait remis à Prasanti une liste interminable de corvées à terminer avant la fin de la journée. Contrainte de jouer les médiatrices, Chitralekha l'avait informée qu'elle aurait besoin de Prasanti toute la soirée, ce qui n'était pas mentir. Son seul recours était d'envoyer sa domestique chez le politicien afin de le convaincre de se limiter à six étages. Quand Chitralekha s'était plainte auprès du ministre en chef de l'insolence de son lèche-bottes de subordonné, Subba lui avait fermement répondu que cette querelle était trop insignifiante pour qu'il s'en mêle. Elle ferait mieux de mener sans lui certains de ses combats, avait-il conclu.

Quelques jours auparavant, Agastaya s'était moqué de Chitralekha quand elle s'était plainte au téléphone de ce nouvel édifice grotesque : elle, qui n'accordait aucune importance à la beauté, cherchait à créer un conflit parce qu'elle n'avait rien d'autre à faire. Certes, Chitralekha se fichait des vases de fleurs décorant sa maison, de toutes les fioritures bouddhistes accrochées aux murs, de la vitrine de trophées trônant dans le salon et du lambrissage des murs, mais le Kangchenjunga était sa déesse. Ce n'était pas les bouddhistes du Sikkim qui lui avaient appris à la vénérer. Elle se sentait simplement plus en paix en présence de cette montagne que dans un temple ou au cours d'une *puja*. Elle avait passé tant de matinées à manger des oranges sur sa terrasse et à tirer sur son *beedi* en regardant le Kangchenjunga changer de teinte, tant de soirées à contempler le coucher du soleil. Il était absurde qu'un politicien la prive de ce rite sous prétexte qu'il voulait bâtir un hôtel destiné à héberger ces touristes qui refusaient l'indépendance du Gorkhaland, sa région natale à elle, et faisaient souffrir son peuple à Kalimpong et à Darjeeling. Elle n'avait aucune intention de renoncer à sa prière rituelle matinale à la montagne et d'assister en échange aux ablutions de touristes bengalais en maillot de corps.

« Va faire ton petit numéro, grommela Chitralekha en guise d'encouragement à Prasanti. Va leur montrer ce qui se passe quand tu es mécontente. »

Les gens des plaines savaient que mieux valait ne pas s'attirer la malédiction d'une demi-genre. Prasanti s'était déjà enveloppée dans un sari jaune criard, enduit la bouche de rouge à lèvres, appliqué du fard à paupières rouge sur les joues et même procuré un tambour rouge. Elle allait frapper à la porte de chaque chambre de l'hôtel, chanter, frapper dans les mains, danser, provoquer tout un chahut, se dévêtir si nécessaire, essayer de déshabiller les hommes qui refuseraient d'obéir et ne reviendrait pas tant que les clients ne se seraient pas délestés d'une somme d'argent satisfaisante.

Chitralekha regretta de ne pas pouvoir assister à ce spectacle et de ne pas pouvoir observer la terreur provoquée par sa domestique demi-genre chez ces personnes dont l'argent devait financer le septième étage de l'hôtel. Comme elle aurait aimé se joindre à Prasanti dans cette tentative d'extorsion ! Prasanti ne la décevrait pas. C'était une persécutrice-née.

Chitralekha devina qu'elle avait vaincu son adversaire quand sa domestique revint avec la somme de mille cinquante et une roupies. Bientôt le téléphone sonnerait et le politicien lui proposerait un compromis : il abandonnerait l'idée d'un septième étage si Prasanti ne s'approchait plus jamais de son hôtel. Chitralekha hésiterait un peu, puis elle finirait par accepter.

QUESTIONS-RÉPONSES

Agastaya soutenait que Gangtok n'était jamais aussi magnifique qu'en octobre. Le ciel était dégagé, les pluies avaient faibli et les nuages étaient trop rares pour faire disparaître la chaîne de montagnes. Le soleil brillait de toutes ses forces, conscient qu'il perdrait son éclat et sa vigueur quand novembre serait là. La température était parfaite. Le jour, il faisait une chaleur agréable et le temps se rafraîchissait dans la soirée. Octobre était la période des fêtes. Quand les calendriers népalais et grégoriens décidaient de coopérer, Dashain et Tihaar avaient lieu le même mois. C'était le cas cette année. Dashain était passé mais c'était le premier jour de Tihaar, le Diwali népalais qui partageait quelques caractéristiques avec la fête indienne des lumières, tandis que d'autres, telles que la vénération des corbeaux et des chiens, étaient spécifiques au monde hindou népalophone. Aujourd'hui avait lieu Kaag Puja, jour de fête où des offrandes destinées à nourrir les corbeaux étaient déposées au soleil. Pigeons, faisans et hirondelles profitaient de cette vénération pour attraper sans mal quelques morceaux de nourriture sur la terrasse des bâtiments. Kaag Puja n'était pas une célébration aussi splendide que Kukkur Puja, qui avait lieu le lendemain et où la même affection était témoignée aux chiens. Même les chiens errants, très critiqués en temps normal et considérés comme une menace absolue pour Gangtok, étaient parés d'une guirlande de fleurs et d'une *tika* sur le front.

Le taxi approchait de Gangtok mais Agastaya n'apercevait aucun signe des habituelles réjouissances gargantuesques – aucune fenêtre ornée de guirlandes d'œillets d'Inde, aucune lumière colorée, aucun feu d'artifice. Il demanda à Bhagwati si elle se souvenait de célébrations de Tihaar aussi sobres. Sa sœur marmonna que, si l'atmosphère semblait aussi morose, c'était sans doute parce qu'il ne faisait pas encore nuit. Le chauffeur, aux interventions duquel Agastaya avait fini par s'habituer chaque fois qu'il saisissait de quoi parlaient ses passagers anglophones, leur expliqua que les fêtes les plus ostentatoires commenceraient le lendemain.

Pour le moment, la ville s'accordait une pause – elle se remettait des excès de Dashain et se préparait à affronter ceux de Tihaar.

Agastaya se demanda à haute voix si le chauffeur les aiderait à monter leurs bagages jusqu'au sommet des centaines de marches auxquelles ils devraient s'attaquer pour atteindre la maison. Au lieu de répondre, l'homme tourna le volant, s'engagea sur le chemin qui remplaçait l'escalier et gravit lentement la colline.

« Vous étiez au courant ? » demanda-t-il en regardant Agastaya qui redoutait que le véhicule ne dérape.

Bhagwati et lui découvraient la nouvelle allée qui menait à la maison.

« Aamaa ne m'avait pas dit que c'était fait, répondit Agastaya, émerveillé par l'étroit chemin et le génie avec lequel sa grand-mère avait planifié à la fois sa conception et son exécution. Elle m'en a parlé des milliers de fois mais j'avais oublié ce projet.

— Cet escalier était une de ses grandes obsessions, pas vrai ? Son sujet préféré quand la conversation devenait embarrassante au téléphone.

— Je ne comprends pas comment elle a réussi. Je suis impressionné. Tu te souviens de cet escalier ?

— Oui, c'est sur ses marches que j'ai parlé à Ram pour la première fois. Dix-huit ans plus tard, j'arrive dans un Gangtok totalement différent et je reviens dans une maison qui possède sa propre allée.

— Dont la légalité reste à prouver.

— Comme celle de toutes les réalisations d'Aamaa », conclut Bhagwati en sortant de la voiture derrière son frère.

Prasanti se séchait les cheveux à l'aide d'une serviette quand ils pénétrèrent dans la maison.

« Tu n'as pas pris une ride depuis ton départ, dit-elle à Bhagwati. Toi, par contre, tu en as beaucoup plus que dans mes souvenirs, dit-elle à Agastaya.

— Je n'arrive pas à croire que ces retrouvailles ont vraiment lieu, dit Bhagwati. Tout le monde est là ?

— Oui, répondit Prasanti avec un gloussement. Enfin, oui et non.

— Qu'est-ce que tu veux dire ? demanda Agastaya en traînant les bagages à l'intérieur de la maison.

— Manasa est venue seule. »

Prasanti rit. Elle ne leva pas le petit doigt pour aider Agastaya à porter les valises.

« La vieille chouette de la fratrie est venue sans son mari. Venez vous asseoir. Aamaa est partie à un rendez-vous.

— Elle est encore capable de travailler à son âge ! s'étonna Agastaya.

— La personne avec qui elle se trouve est un ministre, les informa fièrement la domestique.

— Tu as pris du poids, Prasanti ? demanda Bhagwati.

— Oui, ça me va mieux. »

Lorsque Manasa fit son entrée, la domestique parut se rappeler soudain quelque chose et disparut dans la cuisine.

« Qu'est-ce qui se passe ? demanda Agastaya, amusé.

— On lui a donné beaucoup à faire et seule la moitié de ses tâches ont été exécutées, répondit Manasa. Aamaa est partie à un rendez-vous.

— Je mentirais si je prétendais que je m'attendais à ce qu'elle reste à la maison pour nous accueillir, dit Agastaya. Nous avons entendu dire qu'elle rencontrait un ministre.

— Je ne crois pas. »

Manasa s'assit sur un des canapés entourant la table basse.

« Qui vous a dit ça ? »

Agastaya pointa la cuisine du doigt et rit.

« Vous savez pourtant bien qu'il ne faut pas la croire. Elle est encore plus insolente qu'avant et ne fait toujours rien dans la maison.

— C'est en effet l'impression que nous avons eue, dit Bhagwati. Elle ne nous a pas du tout aidés à porter nos bagages.

— Elle était là pour vous accueillir, c'est déjà ça. À mon arrivée, elle s'est empressée de quitter la maison. Ce n'est peut-être pas plus mal parce que j'aurais perdu mon sang-froid devant tant d'incompétence. Comment s'est passé votre vol ?

— Moyen, répondit Agastaya. Comme tous les vols. »

C'était le bon moment pour échanger avec enthousiasme quelques commentaires sur la prise de poids de l'une, la calvitie naissante de l'autre, mais personne ne se lança. Agastaya aurait voulu que quelqu'un fasse une remarque sur sa tonsure. Cela aurait permis d'enchaîner avec quelques observations sur l'apparence de Manasa. Cette abondance de rides sur son visage évoquait l'exact contraire de l'idée qu'on se fait d'un vieillissement gracieux.

Manasa brisa le silence pesant qui s'était installé en appelant Prasanti.

« Et le thé alors ?

— Je n'ai que deux mains, pas sept, *condo*. Et l'une d'elles est enflée à cause de tout le travail que tu me donnes. »

Manasa et Bhagwati pouffèrent.

« Tu vois, je parviens à vous faire rire même quand je travaille ! cria Prasanti.

— Ne me force pas à te donner plus de vêtements à laver, dit Manasa, avant de raconter l'histoire du drap à son frère et à sa sœur. Aamaa est une vraie tête de mule. Je trouve absurde qu'elle traite sa stupide usine de Kalimpong comme un palais alors qu'elle n'y vit même pas. Cette maison est dégoûtante.

— Elle a toujours agi ainsi, ça n'a rien de nouveau, lui fit remarquer Agastaya. Si l'état de sa maison lui déplaisait, elle nous le ferait savoir.

— Vous ne devriez pas tolérer une chose pareille. Elle a besoin d'être rappelée à l'ordre.

— Inutile de faire des histoires pour rien », protesta Bhagwati.

Prasanti leur apporta trois tasses de thé en se déhanchant.

« Je le prends sans sucre, l'avertit Agastaya.

— Je ne t'en préparerai pas d'autre, répondit la domestique sur le même ton bourru.

— Prasanti, va lui préparer une tasse de thé sans sucre, lui ordonna Manasa. Et apprends les bonnes manières.

— Elle est encore plus odieuse qu'avant, nota Bhagwati.

— Elle mériterait qu'on la frappe jusqu'à ce qu'elle pleure, dit Manasa. Depuis quand t'es-tu débarrassé des habitudes locales, Agastaya ? Tu bois le thé sans sucre maintenant ?

— Ça fait un certain nombre d'années. Le sucre, c'est fini pour moi. »

Un nouveau silence pesant s'annonçait. C'était au tour d'Agastaya de prendre les devants.

« Il faut que je récupère à cause du décalage horaire, je vais me coucher », dit-il.

Agastaya s'était réfugié dans son ancienne chambre afin d'échapper à ces grandes retrouvailles avec ses sœurs avant que celles-ci n'abordent le sujet de son mariage. Bhagwati avait fait une première tentative dans la voiture, mais il fallait reconnaître qu'elle n'avait pas insisté en apprenant qu'il ne souhaitait pas s'exprimer sur ce sujet. Sa sœur était manifestement venue à Gangtok avec le désir de l'amener à se confier. Elle n'était pas davantage parvenue à le faire parler que lui à la convaincre de se livrer. Comme l'âge adulte était compliqué ! Il comptait tant de chemins dangereux, de zones réglementées dont on ne parvenait plus à s'échapper si on y pénétrait par mégarde ! S'ils avaient été enfants, Bhagwati et lui se seraient probablement traités de tous les noms, bagarrés et réconciliés une bonne douzaine de fois pendant le trajet jusqu'à Gangtok. Adultes, ils trouvaient à peine le courage de se poser l'un à l'autre les questions importantes.

Que se passerait-il s'il introduisait Nicky dans ce chaos ? Les gens, les femmes en particulier, adoraient cet homme. Aurait-il autant de succès auprès de sa grand-mère et de ses sœurs qu'auprès des New-Yorkaises ? Si Nicky était là, les gens pressentiraient-ils qu'il se passait quelque chose entre eux ? Agastaya était un homme érudit, à l'air intellectuel, sans humour – un homme qui aurait toujours l'air d'un médecin même s'il décidait de porter un jogging et un sac à main. Ses lunettes, sa calvitie naissante, le grisonnement des cheveux qui lui restaient sur les tempes donnaient à sa personne un côté asexué – un air de gentil tonton, d'ange gardien. Les personnes qui ne le connaissaient pas étaient surprises quand Agastaya, dans l'unique but d'observer leur réaction, déclarait qu'il aimait les hommes – non parce qu'il était l'antithèse du stéréotype de l'homosexuel, mais parce qu'il faisait partie de ces personnes qui n'évoquent rien de sexuel. Nicky disait souvent qu'il avait l'impression de sortir avec un grand frère. Si cet homme à la beauté sauvage, virile, l'avait accompagné à Gangtok, il y avait fort à parier que personne n'aurait deviné qu'ils étaient ensemble – tous deux formaient un couple trop étrange pour éveiller le moindre soupçon.

Quel courage avait cette domestique eunuque, transgenre, de vivre la vie qu'elle voulait ! Elle incarnait sa sexualité, se délectait de son état intermédiaire, désirait ouvertement, vivait sans s'excuser. Le genre, le sexe, la sexualité, cela ne signifiait rien pour elle. Quelle chance elle avait d'être transgenre de façon aussi transparente, flagrante, incontestable ! La vie aurait-elle été plus facile pour lui s'il avait été plus comme elle et moins lui-même ? Un zozotement aurait-il aidé ? Un visage plus joli ? Des lèvres plus pleines ? Des cheveux plus longs ? Avait-il délibérément atténué sa propre extravagance ? N'avait-il jamais été bruyant ? Combien de facettes de sa personnalité avait-il refoulées ? Ce refoulement s'amplifiait-il maintenant qu'il était de retour chez lui ? Hanuman, le dieu brahmacharya, était-il également homosexuel ? Faisait-il également de son mieux pour ressentir du désir pour les femmes ? Le Dr Agastaya Neupaney était-il un hypocrite ? Son homosexualité était-elle liée à la mixité de son prénom ? Si le quatrième *a* d'Agastaya, rarement neutre, presque toujours féminin, ne le suivait pas à la trace, serait-il aujourd'hui une personne différente ?

Agastaya était un médecin à la carrière admirable qui donnait des conférences à l'université de New York, tandis que Prasanti était une domestique illettrée sans le sou. Il avait parcouru le monde, tandis qu'elle n'était jamais montée dans un avion. Il était surspécialisé, tandis qu'elle savait à peine faire la vaisselle correctement. Il réduisait des tumeurs à néant, tandis qu'elle n'avait aucun rôle à jouer en dehors de la maison de son employeuse. Pourtant, Prasanti était un être supérieur. Elle aimait la personne qu'elle était, ne changerait pour rien au monde la façon dont elle était faite et se fichait de l'opinion qu'on avait d'elle. Lorsqu'il serait comme cette domestique eunuque, aussi sûr de lui, aussi impénitent, aussi désinhibé qu'elle, Agastaya se considérerait comme un être à son égal. En attendant, il vivrait comme il l'avait toujours fait – prudemment masqué, craignant d'être identifié, indifférent aux réflexions qui le maintenaient éveillé la nuit. Le décalage horaire avait l'avantage de calmer ses pensées, aussi s'endormit-il rapidement. Si seulement toutes les nuits étaient aussi simples !

•

Bhagwati avait une vérité à rétablir. Le sentiment de claustrophobie qu'elle éprouvait adolescente dans cette maison revenait par vagues. Elle s'était mise à suffoquer à la minute où elle était entrée dans le salon, pourtant lumineux et aéré. Tandis qu'elle essayait de combattre la nausée qui montait en elle, Bhagwati se répéta que cette sensation d'emprisonnement ne ferait que s'accentuer lorsque Aamaa entrerait en scène.

Cette pièce était celle où tout avait commencé. C'était ici que, par un après-midi pluvieux de mai, après qu'une averse de grêle avait revêtu Gangtok d'un manteau blanc, Bhagwati avait posé la première fois les yeux sur Ram Bahadur Damaai, l'homme qui deviendrait son mari. Envoyé par un obscur journal népalais du Bhoutan, celui-ci était venu interviewer Aamaa. Son journal jouissait d'un fidèle lectorat clandestin, avait-il expliqué à Chitralekha.

Ram lui avait ensuite posé des questions insistantes sur sa fortune, un sujet que Chitralekha préférait éviter ;

sur ses obligations sociales, à propos desquelles elle s'était mise à fabuler ; sur son instruction, dont elle affirmait fièrement qu'elle n'en avait aucune et dont elle minimisait l'importance ; et sur les Népalais du Bhoutan, dont la détresse la laissait manifestement indifférente. À ce moment-là, jamais Bhagwati n'aurait deviné qu'elle passerait le reste de sa vie auprès de ce journaliste moralisateur.

Lorsque l'interview s'était achevée, Ram avait suffisamment impressionné Aamaa pour qu'elle daigne lui demander son nom.

« Ram Bahadur », avait-il répondu.

Bhagwati, qui ne comprenait pas pourquoi elle s'attardait dans la pièce, avait fait de son mieux pour ne pas rire de ce nom vieillot. C'était un nom qui appartenait à l'époque de ses parents. Ceux de sa génération étaient des variantes peu connues de noms de dieux connus, telles que Bhagwati, Manasa, Agastaya et Ruthwa. Ram, Lakshman, Sita et Shiva étaient trop anciens pour appartenir à sa tranche d'âge.

« Ram Bahadur comment ? avait demandé Aamaa.

— Ram Bahadur Damaai. »

L'homme ne se laissait pas démonter.

« Un si beau long nez pointu sur un visage si clair ! Vous avez un vrai physique de brahmane », avait déclaré Aamaa.

C'était une remarque qu'elle seule pouvait se permettre. Il aurait fallu lui dire que son idée de la beauté – ce long nez pointu, ce front de la taille du Palzor Stadium qui provoquaient son extase – ne présentait plus aucun intérêt pour la génération de Bhagwati. Personne ne voulait d'un nez aussi proéminent de nos jours.

« Quelle différence cela fait-il ? avait demandé Ram, sur la défensive.

— À notre époque, aucune. »

Chitralekha s'était levée sans attendre le thé qu'elle avait demandé à Prasanti de servir.

Ram avait quitté la maison avant qu'on le raccompagne à la porte, mais seulement après avoir informé Chitralekha que son article paraîtrait dans le prochain numéro et qu'il avait plusieurs autres personnalités à interviewer. Il avait ajouté avec un sourire sardonique qu'il était désolé de ne pas pouvoir rester pour le thé.

Lorsque sa grand-mère s'était retirée dans son bureau, Bhagwati avait quitté la maison en courant, franchi le portail et dévalé les escaliers qui menaient à l'artère principale. À deux reprises, elle avait glissé sur les grêlons qui fondaient.

« Attendez, attendez ! »

Ram s'était retourné.

« Je suis navrée qu'elle se soit comportée ainsi », avait dit Bhagwati, à bout de souffle.

Ram avait paru déconcerté.

« Qui ça ?

— Ma grand-mère – son commentaire sur votre ressemblance avec notre caste.

— Vous n'avez aucune raison de vous excuser pour ça. Beaucoup de gens me prennent pour un brahmane.

— Ça doit vous rendre furieux. Les brahmanes sont si laids.

— Mais vous ne l'êtes pas. »

Bhagwati avait été moins surprise par la franchise de Ram que par la sienne.

« Je sais. C'est parce que je ne ressemble pas aux brahmanes.

— À qui ressemblez-vous dans ce cas ?
— Je ne sais pas – aux Punjabis ?
— Les Punjabis sont velus.
— Et grands.
— Vous l'êtes ?
— Quoi ? Velue ou grande ?
— À mon avis, vous êtes simplement grande. »

Avant qu'ils se séparent, Bhagwati lui avait proposé de lui faire visiter les monastères de la ville. Cela faisait plus de deux mois qu'elle avait passé les examens du bac. Elle se trouvait à ce magnifique stade de la vie où s'enchaînent les longues journées de paresse. Un certain nombre de ses amis préparaient les examens d'entrée des écoles d'ingénieurs et de médecine, mais Bhagwati comptait sur les places accordées au Sikkim par le système de quotas et les relations de sa grand-mère pour être admise dans une université réputée. Ces derniers matins, elle s'était réveillée sans avoir la moindre idée de ce qui occuperait sa journée. Le moins qu'elle pût faire pour cet inconnu qu'Aamaa avait humilié était de lui servir de guide.

D'après Ram, le monastère de Rumtek, qui faisait la fierté de l'État, était mal entretenu. Le *gumpa* de Ranka était en meilleur état, mais il n'y ressentait pas la même spiritualité qu'à Paro Taktsang, le célèbre monastère de son pays, lui avait-il confié. Celui d'Enchey n'avait rien de spécial. Tout cela était nouveau pour Bhagwati. Elle avait joué les guides pour la famille de sa mère venue de Katmandou, les clients de sa grand-mère originaires de Kolkata et un couple de missionnaires belges, mais aucun d'eux n'avait dénigré la beauté de Gangtok comme le faisait Ram.

« C'est joli, Gangtok, mais c'est trop désorganisé,

avait-il conclu lorsqu'ils étaient arrivés à MG Marg. Tu devrais voir Thimpu et Paro.

— Je n'en ai aucune envie. »

Bhagwati refusait de capituler.

« Le chaos de Gangtok a quelque chose de beau. D'après ce que j'ai entendu dire, toutes les maisons se ressemblent dans ta capitale. Chaque rue est la copie conforme d'une autre.

— Et c'est mal ?

— Non. Mais j'aime le fait que ce bâtiment là-haut ressemble à une boîte d'allumettes, que cet autre rappelle la maison en pain d'épice du roman d'Enid Blyton.

— Jamais entendu parler de ce livre.

— C'est parce que les Sikkimois lisent, contrairement aux Bhoutanais. »

Si Ram n'avait pas lu Enid Blyton, c'était probablement parce qu'il n'avait pas fréquenté une école huppée comme la sienne.

« Désolé si je t'ai vexée. C'est juste que je me fiche des monastères. Emmène-moi voir un temple.

— Pour que tu puisses comparer nos temples aux vôtres et les critiquer ?

— Non, parce que les nôtres n'ont rien de comparable aux vôtres. Ils sont assez ridicules.

— C'est vrai ?

— Oui, les hindous sont nombreux au Bhoutan, mais aucun temple n'y est aussi bien financé que les monastères bouddhistes, même les plus pauvres. »

Ram l'avait ensuite informée de la situation difficile de ses compatriotes népalophones dans le pays voisin. Bhagwati ne s'était encore jamais sentie aussi ignorante ; elle ne s'en était jamais autant voulu de mener une existence paisible, dépolitisée.

Pour la visite du temple, elle enfilerait une *kurta* jaune – il lui incombait de porter la tenue traditionnelle. Elle se couvrirait peut-être même la tête avec un *chunni* rouge avant de rendre hommage aux dieux hindous. Pendant une fraction de seconde, l'idée de porter un sari l'avait tentée, mais elle aurait du mal à grimper toutes les marches jusqu'à Thakurbari Mandir dans cette tenue. En outre, un sari attirerait trop l'attention ; elle devait rester discrète. Sa grand-mère penserait qu'elle allait passer la journée à la bibliothèque municipale.

« Tu ressembles à une actrice ! » s'était exclamé Ram en riant.

Il l'attendait devant le portail du temple. Bhagwati savait qu'elle était magnifique. Les sifflements des passants, plus bruyants, plus agressifs et plus fréquents ce jour-là que tout autre, en étaient la preuve. Un vendeur de tickets de loterie avait tenté de la séduire en lui chantant la dernière chanson de Bollywood que le comité de censure était en train d'étudier.

« Toi, tu portes la même tenue qu'hier, avait constaté Bhagwati.

— Est-ce que j'aurais dû enfiler un *daura-suruwal* ?

— Pourquoi pas ? Je porte bien une *kurta*.

— C'est mal vu au Bhoutan, tu l'as oublié ?

— Dis-moi, qu'est-ce qui est bien vu dans ton pays au juste ?

— Presque rien en ce qui nous concerne, nous les Népalais. Aucun Népalais du Bhoutan ne peut espérer vivre un jour dans une maison aussi grande que la tienne.

— Cette maison est vieille et dégoûtante. »

Bhagwati aurait voulu pouvoir lui montrer l'usine de Kalimpong. Si la maison de Gangtok impressionnait ce pauvre homme, l'usine le laisserait sans voix.

« Peu importe. Elle est grande.

— Aamaa se fiche pas mal de vivre dans une belle maison. Elle n'aime consacrer ni de l'argent ni du temps à son entretien.

— Au pays, ma maison est peut-être encore plus petite que votre salon.

— Tu considères vraiment le Bhoutan comme ton pays ?

— Bien sûr, puisque c'est le mien.

— Stupide pays. Et tu es stupide aussi.

— Et toi ? Tu es une héroïne parce que tout le monde te regarde ? »

Ram et Bhagwati avaient fait sonner toutes les cloches qui leur tombaient sous la main. Certaines étant trop hautes pour qu'elle les atteigne, Ram l'avait portée. Bhagwati s'accrochait alors à la cloche tout en essayant de se dégager de ses bras, ce qui les faisait rire.

« Celle-ci semble avoir été fabriquée pour des géants, lui avait fait remarquer Ram en sautant pour frapper le battant d'une cloche suspendue trop haut pour lui.

— Laisse-moi te porter.

— Tu en es capable ? »

Bhagwati s'était accroupie et lui avait demandé de monter sur son dos. Redressant péniblement les épaules, elle avait soulevé Ram jusqu'à la cloche, qu'il avait fait tinter une, deux, trois fois.

« J'ai fait sonner toutes les cloches – c'est une première ! s'était-il écrié.
— Demain, nous devrions aller visiter une église.
— Je crois que cette fille mécontente se dirige vers toi. »
C'était Manasa. Haletante, dans tous ses états, elle portait encore sa tenue d'intérieur.
« Mais où étais-tu ? Je t'ai cherchée partout.
— Nous voulions visiter le temple.
— Aamaa te cherche.
— Je te présente Ram. Aamaa le connaît.
— Elle est furieuse.
— Mais elle me croit à la bibliothèque, pourquoi serait-elle furieuse ?
— Tes résultats sont arrivés. »
Bhagwati avait échoué au bac. À la Tashi Namgyal Academy, l'école incontestablement la plus chic de l'État fréquentée par l'élite de Gangtok, l'échec d'un élève n'était pas un phénomène ordinaire. Il arrivait toutefois qu'un ou deux élèves recalés fassent légèrement baisser la moyenne parfaite de l'école tous les deux ou trois ans et se couvrent de déshonneur, alors que les portraits des meilleurs ornaient la une du *Sikkim Express*. Cette obsession pour les résultats des élèves aux examens, une maladie très sud-asiatique qui atteignait peu à peu le Sikkim, durait des semaines voire des mois. Les gens plaignaient la famille du bon à rien et pointaient son échec du doigt. « Cette fille n'était pas une excellente élève, mais de là à rater son coup ! » ricanaient amis et voisins au sujet d'une infortunée.
Bhagwati se trouvait exactement dans ce cas-là. Ce n'était pas un génie en herbe comme Manasa et

Agastaya, mais elle n'était pas aussi médiocre que Ruthwa non plus. Personne ne la considérait comme une élève destinée à échouer. En fait, Bhagwati était elle-même incapable d'y croire. La petite-fille de la grande Chitralekha Neupaney avait raté un examen !

« Elle va me tuer. Un échec dans sa famille – elle va me détester jusqu'à la fin de ma vie.

— C'est sûr, avait commenté Manasa. Ne rentre surtout pas maintenant, je t'en supplie.

— Et s'il y avait une erreur dans mes résultats ?

— Le principal a appelé Aamaa pour l'informer qu'il avait demandé une nouvelle évaluation.

— Mais ça pourrait prendre des semaines ! »

Voilà pourquoi Bhagwati s'était enfuie. Sa fugue devait être temporaire, une brève disparition en attendant que la colère d'Aamaa diminue. Et c'était avec Ram que Bhagwati s'était enfuie parce que cela semblait la solution la plus simple.

Elle n'avait aucune intention de s'enfuir avec un homme ni de se marier. Elle voulait juste échapper à l'humiliation que lui infligerait cet échec au bac.

Si elle restait, cela l'anéantirait. Elle devrait supporter les mauvaises langues de Gangtok. On mettrait ses notes insuffisantes sur le compte d'une liaison, de l'alcool, de la drogue, d'une grossesse, d'une dépression. Elle resterait la fille qui avait échoué jusqu'à la fin de sa vie.

Ram et elle s'étaient d'abord rendus au Green Hotel, avaient récupéré son sac et réservé un taxi pour Phuntsholing, au Bhoutan. Pendant le trajet, Bhagwati avait jeté de nombreux coups d'œil derrière elle, tantôt par crainte, tantôt avec espoir, afin de vérifier s'ils étaient suivis.

La vie telle qu'elle la connaissait était terminée.

Arrivée de l'autre côté de la frontière, elle avait téléphoné chez elle en priant pour que Manasa décroche.

« Certaines personnes t'ont vue avec un homme, avait chuchoté sa sœur. Elles ont dit à Aamaa que tu t'étais enfuie avec lui. Aamaa est convaincue que tu es partie avec un *damaai.* »

Un mois après que la ville de Gangtok tout entière l'eut déclarée mariée, Bhagwati avait épousé Ram. Elle ne l'aimait pas à l'époque. L'amour était né beaucoup beaucoup plus tard. Si elle l'avait épousé, c'était parce qu'elle ne pouvait pas continuer à être un fardeau pour lui – sa famille posait déjà des questions.

Deux jours plus tard, Manasa, la seule personne de sa famille avec qui Bhagwati communiquait, l'avait appelée pour l'informer que la réévaluation de ses résultats était arrivée. En raison d'une faute de frappe, sa note de 62 en maths, un score tout à fait respectable, était devenue un 26. Son 36 en sciences physiques était toujours un 36, mais c'était sans importance. Même en échouant à une matière, elle pouvait avoir son bac.

Bhagwati n'était pas une ratée en fin de compte. Elle s'était mariée, certes, mais elle avait obtenu l'examen qui l'avait poussée à épouser Ram.

Sa grand-mère n'était pas là pour l'accueillir aujourd'hui. Était-ce sa façon de la repousser ? Cela lui ressemblerait tout à fait. Bhagwati allait devoir amadouer la vieille femme. Ses tentatives seraient peut-être plus concluantes en personne qu'au téléphone. Bhagwati se demandait si c'était parce qu'elle était certaine de ne jamais obtenir son pardon qu'elle le désirait autant. Quand bien même Aamaa le lui accordait, comment l'exprimerait-elle ? Déclarerait-elle sa petite-fille innocente ? Répandrait-elle sur elle la bénédiction d'une personne âgée hautement respectée dans la région ? Tout ce que souhaitait Bhagwati, c'était que la situation redevienne normale, bien qu'elle fût bien incapable de définir cette normalité. Était-ce la relation qu'elle partageait avec Aamaa avant sa fugue ? Était-ce le lien qui unissait sa grand-mère à Manasa ?

Ruthwa lui manquait. Son irrévérence aurait été utile ici. Le benjamin de la fratrie se jouerait de toute cette situation, il attirerait l'attention des autres sur le vieillissement disgracieux de Manasa et comparerait son visage à celui de Bhagwati, à qui il demanderait probablement si le secret de sa beauté résidait dans son épanouissement sexuel. Il déclarerait en riant que coucher avec un intouchable était bon pour la peau. Il tenterait un jeu de mots associant « toucher » et « intouchable » ou une analogie que seul ce frère banni pouvait imaginer. La présence de Ruthwa ferait beaucoup de bien à tout le monde. Bhagwati se demanda s'il allait et venait encore entre une ex-petite amie et une autre ; peut-être essayait-il à nouveau d'écrire ?

Elle trouva Prasanti occupée à feuilleter un magazine dans la cuisine. La pièce paraissait plus petite qu'avant. En fait, tout semblait minuscule en Inde. L'opulence croissante de sa grand-mère se devinait à la taille du réfrigérateur et du lave-vaisselle, qui faisaient resurgir des souvenirs du travail dont on venait de la renvoyer. Même Bhagwati, qui vivait pourtant en Amérique, ne possédait pas de lave-vaisselle.

« À quoi peut-il bien servir ici ? demanda-t-elle à Prasanti qui la regardait examiner la machine.

— À rien. À la minute où je l'allume, le courant

est coupé. C'est moi qui dois laver toute la vaisselle de la maisonnée.

— Les assiettes de deux personnes, tu veux dire. Estime-toi heureuse.

— Maintenant que vous êtes tous là, j'ai encore plus de travail. Manasa me prend pour une domestique.

— Elle a tort, s'empressa de répondre Bhagwati. Tu fais partie de la famille.

— Si c'était le cas, serais-je aussi mal traitée ? Tu aurais dû voir la quantité de vaisselle que j'ai lavée ce matin.

— Vous n'étiez que trois au petit déjeuner, Prasanti. »

Bhagwati rit.

« Moi, je lave la vaisselle d'une foule de gens.

— Quatre personnes ? Tu parles d'une foule ! Et j'ai entendu dire qu'en Amérique les maris aident leurs femmes. Est-ce que c'est vrai ?

— Le mien me donne un coup de main, oui. »

Bhagwati se demanda d'où lui venait cette franchise. Elle avait failli avouer à sa domestique qu'elles exerçaient presque le même métier.

« Tu penses peut-être qu'il est facile de laver les couverts de deux personnes, mais tu ne connais pas les habitudes alimentaires d'Aamaa. C'est une vraie *maharani* – il lui faut un bol pour chaque légume. Il y en a parfois sept ou huit autour de son assiette.

— On surestime l'efficacité du lave-vaisselle. Les plats ne sont jamais aussi propres que quand on les lave à la main.

— Mais à force, la peau en prend un coup. »

Prasanti tendit les mains – chacun de ses ongles était verni d'une couleur différente.

« De plus, tu n'es pas obligée de faire le ménage tous les jours, poursuivit Bhagwati.

— Ah ça, non.

— Tu le fais ?

— Pas tous les jours, un sur deux seulement.

— Menteuse. Aamaa se moque bien que sa maison soit propre.

— Qu'est-ce que tu en sais ?

— Comment vas-tu à part ça ? Tu sembles heureuse.

— Ça va. Je vieillis. Je m'embellis. Je m'occupe d'une grand-mère dont les petits-enfants ne se soucient pas. Ce n'est plus la jeune femme que tu as abandonnée il y a dix-huit ans, tu sais.

— Oui, je sais. Est-ce qu'elle s'occupe bien de toi ?

— Elle me traite mieux qu'une domestique. Disons que je suis comme une parente pauvre pour elle, et c'est bien mieux que d'être traitée comme une employée.

— Je vais la revoir pour la première fois depuis mon mariage.

— Oui, je sais. Ton mariage avec le hors-caste. Comment vont tes enfants ? Sont-ils plus brahmanes ou plus *damaai* ?

— Ce sont des êtres humains.

— Comme moi, *condo*. Des êtres humains de deuxième ordre.

— Qu'est-ce qui te fait croire que c'est ce que vous êtes ?

— La façon dont les gens nous traitent.

— Tu as un travail, une jolie maison, une famille. »

Bhagwati plaignait sincèrement Prasanti, même si le fait que la domestique considère que ses enfants appartenaient à la même catégorie que les eunuques la perturbait.

« Tu n'as aucune inquiétude à avoir.

— En effet, je possède de l'argent et de l'or.

— Je ne peux pas en dire autant.

— J'en aurai sûrement besoin après la mort d'Aamaa. Elle a dépassé les quatre-vingts ans et elle n'est pas immortelle. Il faut bien que je songe à mon avenir, n'est-ce pas ? »

L'absurdité de cet échange de confidences avec une domestique n'avait pas échappé à Bhagwati. La similarité de leurs luttes professionnelles était sans doute à l'origine de cette nouvelle intimité. La conversation avec Prasanti avait l'avantage d'être ininterrompue. L'eunuque se livrait sans mal et attendait des réponses à ses questions. Elle ne manifestait pas la moindre gêne, à l'inverse de sa sœur, ni la réserve qui caractérisait les conversations avec son frère, et ne lui lançait aucun des sarcasmes rancuniers dont Aamaa l'accablerait sûrement une fois rentrée.

•

Au moment où Agastaya et Bhagwati arrivèrent, Manasa avait déjà dépassé son quota de sommeil pour la journée. Une fois que leur frère se fut retiré, la perspective de bavarder avec Bhagwati lui parut insupportable, aussi se débrouilla-t-elle pour quitter à son tour le salon. Elle était de retour chez elle, dans un cadre familier, auprès de personnes du passé qu'elle était réticente à intégrer dans son présent. Son frère, sa sœur et elle étaient terriblement guindés en présence les uns des autres. Manasa était plus elle-même avec la famille de son mari qu'avec la sienne.

Il lui restait cinq jours à tenir – cinq interminables journées. Elle repartirait ensuite jouer les nounous auprès de son beau-père. L'incapacité de Himal à faire face au handicap de *bua* lui procura un plaisir momentané, mais elle cessa rapidement de se réjouir – son mari se trouvait à Katmandou, où une foule de parentes le dispensait sûrement de ses devoirs filiaux. Himal menait une vie confortable.

Manasa oubliait aisément qu'elle était venue fêter le quatre-vingt-quatrième anniversaire de sa grand-mère – commémorer les quatre-vingt-quatre années qu'Aamaa avait passées à semer la pagaille autour d'elle. Il ne régnait pas la moindre ambiance de fête. Bhagwati et Agastaya semblaient incapables d'égayer ce morne événement. La vie de Bhagwati était certainement trop compliquée pour que celle-ci célèbre un stupide anniversaire avec une parfaite insouciance, mais Agastaya aurait dû être le plus jovial de tous. Il menait une vie si indépendante, si simple ! Il était libre de faire ce que bon lui semblait, n'avait pas d'enfants à élever, ni de lunette de toilettes à essuyer après le passage de son beau-père.

Lorsque Manasa émergea de la chambre d'amis pour le dîner, Agastaya et Aamaa étaient déjà assis autour de la table. En fin de compte, elle n'échapperait pas aux retrouvailles détonantes de sa sœur et de sa grand-mère belliqueuse.

Manasa choisit de s'asseoir à côté de son frère et se servit une louche de *murai* puis d'*aloo dum*. À peine eut-elle mélangé le riz soufflé à sa portion de curry de pommes de terre fortement assaisonné au *fenugrec* que Chitralekha s'exclamà : « Et celle-ci qui ne mange rien du tout !

— Je n'ai pas faim, répliqua Manasa. On peut savoir pourquoi ta petite protégée n'a préparé que ces en-cas pour le dîner ? »

Bhagwati entra d'un pas lourd sans prononcer un mot.

« Oh, tout le monde est là », lança-t-elle à la cantonade en s'asseyant sur la chaise la plus éloignée de sa grand-mère, à l'autre bout de la table.

Manasa avait de la peine pour sa sœur, qui ne trouvait pas le courage de saluer sa grand-mère.

« Celle-ci se laisse mourir de faim, celui-ci refuse de se marier ! s'écria Chitralekha. Voilà ce que sont devenus mes petits-enfants.

— C'est donc ça qui t'embête ? demanda Manasa. Tu as un problème avec Agastaya, mais tu ne peux pas t'empêcher de me mêler à vos histoires.

— Il prétend qu'il n'aura pas le temps de rencontrer des filles, alors qu'il va passer ici un mois entier !

— Non, je ne reste qu'une semaine. Je dois me rendre à Delhi, Bombay puis d'autres endroits.

— Une semaine seulement ? »

Aamaa fronça le nez.

« Qu'est-ce que c'est que cette histoire ? Pourquoi avoir pris la peine de venir dans ce cas ? Cette semaine sera terminée en moins de deux.

— Je sais. C'est à cause de mon travail. »

Aamaa ne regardait personne et remuait les lèvres, la bouche fermée.

« Si tu ne restes qu'une semaine, autant aller tout de suite nous coucher. Inutile de perdre du temps à dîner en famille.

— Pourquoi irions-nous dormir aussi tôt ? demanda témérairement Agastaya. Ce soir, c'est le bon moment pour parler.

— Je ne vois pas de quoi. »

Aamaa se leva.

« Je suis une vieille femme frêle. Il faut que j'aille me coucher.

— Aamaa, personne ne se couche à dix-neuf heures ! » s'impatienta Manasa.

Sa grand-mère n'avait pas attendu longtemps avant de commencer à faire des histoires. Manasa lui avait demandé d'être gentille mais Aamaa, toujours fidèle à sa parole, avait préféré ignorer Bhagwati. Comment Manasa aurait-elle pu deviner que sa grand-mère en voulait également à Agastaya ? Elle était bien bête de ne pas y avoir songé – la vieille femme avait des comptes à régler avec tout le monde.

« Moi, si. Je suis une vieille femme. Mes petits-enfants ne m'ont pas rendu visite depuis des années et ils sont déjà prêts à repartir. Un seul petit-fils, et il n'est même pas marié !

— Ne dis pas ça, Aamaa, la coupa Manasa. Tu en as deux.

— Un seul, répliqua Chitralekha.

— Reste ici, Aamaa. »

Manasa avait conscience qu'elle haussait le ton.

« Assieds-toi. Le monde ne tourne pas autour de ta personne. Je suis sûre qu'Agastaya a des raisons de ne pas s'attarder ici. Et il se pourrait qu'elles soient liées à tes manières autoritaires. »

Manasa vit Bhagwati et Agastaya échanger des regards anxieux.

« Vous voyez ? s'exclama Aamaa. Vous voyez comment elle me traite ? Voilà comment elle me parle depuis son arrivée. Je me sens aussi médiocre qu'une domestique. »

Manasa s'apprêtait à réagir lorsque Agastaya lui donna un coup de pied sous la table.

« Elle ne pense pas ce qu'elle dit, intervint Bhagwati d'une voix basse et tremblante. Soyons tous heureux. Ça fait si longtemps que nous n'avons pas été réunis ! Ce sont de vraies retrouvailles.

— Comment pourrais-je être heureuse alors que ma petite-fille est une *damaai* ? Je vais me coucher. Pour qui ai-je donc amassé cette fortune ? Un petit-fils qui, Dieu sait pourquoi, tient à rester célibataire, une petite-fille mariée à un *damaai* et une autre qui me traite encore plus mal que Prasanti. Pourquoi ai-je donc travaillé si dur après la mort de vos parents ? »

Aamaa s'en prenait à Bhagwati parce que c'était la plus faible ; celle-ci ne se permettrait jamais de contre-attaquer.

« Cette dispute nous opposait toi et moi, Aamaa ! cria Manasa. Pourquoi mêler Bhagwati à tout ça ? Arrête de critiquer la décision qu'elle a prise il y a des années. L'envierais-tu d'avoir un mari en vie ? »

Prasanti, qui n'aurait manqué une querelle pour rien au monde, choisit ce moment-là pour faire son apparition. Comme pour la protéger, elle se plaça à côté d'Aamaa.

« Emmène-moi, Prasanti. »

Aamaa prit la main de sa domestique.

« Emmène-moi dans ma chambre, afin que je puisse dormir et réfléchir aux erreurs que j'ai commises dans l'éducation de mes enfants.

— Tu es plus jolie qu'avant, Prasanti », constata

Agastaya, cherchant bien piètrement, de l'avis de Manasa, à tourner en dérision une situation qui ne risquait pas de s'améliorer.

Prasanti le foudroya du regard.

« Et toi, tu as moins de poils sur le caillou que je n'en ai sur le menton.

— Mais où a-t-elle appris à répondre comme ça ? s'écria Agastaya, avant d'ajouter en anglais pour que la domestique ne le comprenne pas : Quelqu'un devrait lui rabattre le caquet une bonne fois pour toutes, et je suis prêt à le faire.

— C'est ça, parle en anglais, dit Prasanti. Venez, Aamaa, allons-y.

— Prasanti, tu pourras débarrasser la table, dit Manasa. Et fais en sorte de bien nettoyer ces bols. Je n'aimerais pas devoir passer des heures demain à gratter un reste de *daal* au fond des miens.

— Tu veux donc que je travaille jusqu'à minuit ? »

Prasanti s'éloigna d'un pas rageur.

« Je ne me suis pas arrêtée une minute aujourd'hui par ta faute !

— Regardez ce que vous avez fait ! s'écria Aamaa. Voyez comme vous me rendez la vie difficile. Si vous la traitez de cette façon, elle partira, et plus personne ne s'occupera de moi. Vous êtes tous partis vivre loin d'ici et vous ne pouvez même pas passer un mois auprès de moi. Alors laissez au moins mes domestiques tranquilles. »

Aamaa s'en prenait maintenant à tous ses petits-enfants. Manasa savait que si sa grand-mère cherchait refuge dans le pluriel, c'était parce qu'elle avait peur de la pointer du doigt.

« Arrête de reporter sur Prasanti toute l'affection que

tu aurais dû nous témoigner, dit celle-ci en repoussant brutalement la table avant de se lever de sa chaise. Arrête de la défendre. »

Manasa sortit à son tour de la pièce, Aamaa sur ses talons. Toutes deux se retirèrent dans leurs chambres.

« Mais où dormons-nous ? Manasa entendit-elle sa sœur s'interroger. Prasanti ! Prasanti, est-ce que nous dormons dans nos anciennes chambres ?

— Vous avez vraiment besoin d'aller vous coucher à dix-neuf heures ? lança sèchement la domestique.

— Je suis fatiguée. Où est-ce que je suis censée dormir ?

— Dans la chambre de Manasa. Mais, comme elle vient de fermer sa porte à clé, je suppose que tu dormiras avec le chauffeur. »

Cette réponse agaça Manasa plus que tout ce qui s'était passé au cours de la journée. Elle sortit en trombe de sa chambre puis, saisissant un balai, partit à la recherche de Prasanti. L'eunuque, qui pressentait sans doute que de nouvelles remontrances l'attendaient, disparut dans les rues et ne revint que lorsque démarra le commérage volubile des coolies, assis autour d'un feu improvisé, un rien prématuré pour un mois d'octobre, devant l'oasis Neupaney.

•

Affalée sur son immense lit, dont les motifs de pachydermes rapetissaient son minuscule corps, Chitralekha se tourna vers le mur lorsque Prasanti entra timidement dans sa chambre.

« Tu n'as pas pris ma défense quand ils se sont acharnés sur moi », se plaignit Chitralekha.

Prasanti garda le silence.

« Ils me traitent tous comme un bébé. Mais qu'est-ce que j'ai fait de mal ? Je ne pense qu'à leur bien-être. Est-ce injuste de demander à son petit-fils de se marier ? Est-ce injuste de demander à sa petite-fille de prendre soin de son couple ? »

Prasanti hocha la tête.

« Es-tu d'accord avec moi ou pas, idiote ? Ou bien es-tu devenue comme le reste d'entre eux ? Vas-tu décider d'aller voir ailleurs, toi aussi ?

— En parlant d'aller voir ailleurs, vous savez que M. Bhattarai s'apprête à épouser une deuxième femme ? Apparemment, il n'arrive pas à s'occuper seul de la première, qui est attardée. »

Chitralekha gloussa sans retenue, incitant Prasanti à lui fournir davantage de détails sordides.

« Toutes ces années de mariage parties en fumée ! En moins de temps qu'il n'en faut au soleil pour se coucher. Il a commencé à fréquenter une femme de trente-cinq ans de moins que lui.

— Comment le sais-tu ? l'encouragea Chitralekha, sans relever l'image choisie par sa domestique, qui n'avait pas plus de sens que les autres. Le mois dernier, tu m'apprenais sa liaison avec la mère de Rakesh.

— Oh, mais je sais tout. Vous vous demandez ce qu'elle va faire maintenant ? D'après sa domestique, M. Bhattarai peignait des portraits de la mère de Rakesh. Mais elle est retournée auprès de son mari, et lui batifole maintenant avec sa jeune fiancée.

— Ah, les hommes de nos jours – ils ne respectent plus personne, déclara Chitralekha, avant d'ajouter d'une voix forte : Mais ils ne sont pas les seuls ! Hommes, femmes, fils, filles, petits-fils, petites-filles, ils sont tous pareils. Plus personne ne se préoccupe des besoins de ses parents. Et, quand la grand-mère n'est qu'une pauvre veuve, ces petits-enfants s'en soucient encore moins. »

Prasanti s'accroupit sur le carrelage avec un soupir.

« Bhola dit aussi que la jeune fiancée pourrait bien attendre un enfant. La pauvre petite est à peine formée. Comment peut-elle être enceinte ? Avec quoi nourrira-t-elle son bébé ? Le lait de l'épouse dérangée ? »

Chitralekha, pliée de rire, supplia Prasanti de se taire.

« Je vous jure, je suis plus développée que cette gamine ! »

Prasanti baissa les yeux vers sa poitrine.

« Je pourrais peut-être nourrir son pauvre enfant. Est-ce qu'un bébé allaité par une *hijra* en devient forcément une ? »

Faisant tournoyer sa *dupatta*, le foulard qu'elle utilisait pour cacher son maigre décolleté, Prasanti se leva d'un bond. Elle se balança d'un pied sur l'autre, secoua rythmiquement tout son corps et tourna sur elle-même. Elle sautilla sur place, remonta son pantalon jusqu'à le faire disparaître sous sa *kurta*, agita un sourcil de façon suggestive, frappa dans ses mains, tira sur l'élastique qui retenait ses cheveux, le lança à Chitralekha qui se tordait toujours de rire, sourit avec coquetterie, se trémoussa et caracola dans la pièce assez bruyamment pour qu'Agastaya s'approche de la chambre, perplexe.

« Qu'est-ce qu'on fête exactement ? »

Il jeta un coup d'œil à l'intérieur de la pièce.

« J'ai cru qu'il y avait un tremblement de terre.

— Non, c'était l'éruption d'un volcan », répondit Prasanti.

Chitralekha riait toujours.

« Nous avons beaucoup à faire, l'avertit Agastaya. Le *chaurasi* n'a lieu que dans quelques jours. Tu manques donc de travail, Prasanti ?

— Je ne veux pas de *chaurasi*, déclara Chitralekha en s'emmitouflant dans un édredon, avant de se rallonger. Je ne veux pas d'une *puja* dont tout le monde se fiche. La seule personne qui pleurera à mes funérailles, ce sera cette *hijra*. Personne d'autre ne me rend heureuse.

— Prasanti, tu peux aller voir si Manasa a besoin de quelque chose ? demanda Agastaya. Il faut que tu t'attaques aux préparatifs de Kukkur Puja.

— Pourquoi chercher des chiens à vénérer alors qu'il y en a autant dans cette maison ? Je reste auprès d'Aamaa, sinon vous allez recommencer à la faire pleurer. Je vous connais, vous autres. »

Chitralekha avait fait un effort. Elle avait tenté de bien se tenir. On ne pouvait pas lui reprocher son manque de patience. Cependant, tout s'était mal passé. Elle avait tant de fois répété la scène de ses retrouvailles avec Bhagwati. Devant le miroir de la salle de bains, celui de son armoire Godrej dans la chambre et même devant une vitre de son bureau, elle avait joué et rejoué le scénario qui se déroulerait quand sa petite-fille réapparaîtrait. Certaines fois, Chitralekha était sans pitié. D'autres, elle réagissait avec froideur. Toutefois, en de rares occasions, elle déclarait que le passé appartenait au passé. Et c'était après cette dernière prestation qu'elle se sentait le plus apaisée.

Sa lâche de petite-fille était enfin revenue. Dix-huit ans après le coup porté à sa famille, Bhagwati, celle qui s'était enfuie, qui avait tout abandonné pour un *damaai*, avait trouvé le courage d'affronter sa grand-mère. Malheureusement, ce sont toujours les parents qui se trouvent désavantagés : la grand-mère, elle, n'avait pas réussi à affronter sa petite-fille. Chitralekha était à peine parvenue à la regarder. De son côté, Bhagwati se gavait de *murai* comme si de rien n'était. À une autre époque – peut-être même était-ce encore la pratique quelque part –, sa simple présence à table aurait incité tout le monde à quitter la pièce.

Au dîner, Chitralekha, soudain pourvue d'une conscience accrue des faits et gestes de Bhagwati, n'avait pas réussi à manger. Elle entendait sa petite-fille mâcher. Elle entendait sa cuillère racler l'assiette. Elle entendait le bruit sourd du verre qu'elle posait sur la table. Elle sentait sa *naatini* agiter les jambes. Elle la voyait tourner la tête. Pourtant, la grand-mère était incapable de la regarder en face. Après toutes ces années, elle ne pouvait toujours pas se résoudre à le faire. Toutes deux devaient passer quelques jours sous le même toit – tôt ou tard, Chitralekha affronterait Bhagwati. Que ferait-elle alors ? Pleurerait-elle avec sa petite-fille ? Gémirait-elle sur le sort de Bhagwati ? Se lamenterait-elle sur le sien ? Sangloterait-elle pour la future progéniture des enfants de sa petite-fille ?

Chitralekha était née pendant la Première Guerre mondiale, bien avant que l'Inde n'obtienne son indépendance, bien avant la guerre sino-indienne, bien avant que le Sikkim ne soit absorbé par l'Inde au cours de ce que les historiens appelaient son « annexion brutale », bien avant que les rois du Sikkim ne soient rendus impuissants, bien avant que la reine américaine du Sikkim ne quitte le roi, bien avant la chute de Basnett. Chitralekha était une femme du passé. Comment pouvait-on attendre d'une personne aussi âgée qu'elle comprenne l'amour – cet amour alambiqué dont Bhagwati était tout imprégnée ? Chitralekha aussi avait aimé son mari. Elle avait aimé son fils. Elle avait même aimé sa belle-fille. Non, on ne pouvait pas l'accuser de n'avoir jamais aimé. Simplement, son amour respectait certaines limites, faisait preuve de prudence. Comment une femme qui se réclamait du pragmatisme, le prônait et diffusait ses idées, pouvait-elle avoir élevé une enfant qui avait fait le choix d'enfreindre les règles de la vie par amour ? Chitralekha était une ratée. Elle s'était peut-être bâti un empire, mais c'était une ratée. En amour, sa petite-fille n'avait pas le moindre bon sens.

Chitralekha demanda à sa domestique de lui masser la tête. Ponctuant ses réflexions amères de gloussements et de cris perçants, elle continua à se plaindre du métissage de ses petits-enfants, de l'impossibilité d'accueillir chez elle son beau-petit-fils et du célibat de ses deux petits-fils, dont un ne remettrait jamais les pieds dans sa maison. Après avoir lissé les cheveux blancs de Chitralekha, Prasanti commença à enfiler sans bruit des guirlandes d'œillets d'Inde tout en l'écoutant. Chitralekha sentait que même sa domestique n'était pas d'accord avec elle.

« Au fait, les voisins sont-ils en bonne santé ? »

C'était un message codé entre elles qui signifiait : « Fais-moi un compte rendu de ce qui se passe dans le reste du monde. »

« Gurung Aamaa prétend qu'elle ne fait aucune différence entre tous ses enfants. Je lui ai répondu qu'elle mentait.

— Absolument. On n'aime pas de la même façon tous ses enfants ou petits-enfants.

— C'est ce que je lui ai répondu, à cette grosse mocheté. Ensuite, elle m'a insultée.

— Tout le monde t'insulte. Ça n'a rien de nouveau.

— Elle a fait appel à Keepu, qui l'a soutenue. Même Keepu prétend aimer tous ses enfants de la même façon.

— Et tu crois tout ce que disent ces idiotes ? Toutes deux sont femmes au foyer et n'ont pas quitté le confort de leur maison depuis des décennies. Que connaissent-elles à la vie ?

— Mais elles doivent bien savoir de quoi elles parlent en matière d'amour maternel, non ? Ne sont-elles pas mieux placées pour en parler puisqu'elles restent chez elles au lieu de travailler ?

— Si ça te convient de penser comme une crétine, fais donc. Mais les parents n'aiment pas tous leurs enfants de la même façon.

— Est-ce que ça veut dire que c'est votre cas ?

— Oui. Ça dépend de qui est le plus faible. On éprouve plus d'affection pour lui, pour celui qui risque d'être brisé par la vie.

— Parmi vos enfants, il s'agit de Bhagwati, pas vrai ? »

Chitralekha la fixa durement.

« En ce qui la concerne, c'est différent.

— Pourquoi ne l'aimez-vous pas ? C'est elle la plus faible. Vous venez de vous contredire.

— Tu ne sais rien sur les castes, Prasanti. Il est temps que tu te taises.

— C'est la seule qui ne vous ait rien dit. Les autres vous traitent si mal ! Elle ne prononce pas un mot. Je suis une simple domestique, c'est vrai, mais je pense que vous devriez faire la paix avec elle. C'est une bonne personne, et je crois qu'elle souffre vraiment.

— En effet, tu n'es qu'une domestique. Et ça ne te ferait pas de mal de te comporter comme telle. Ne me dis pas ce que je dois faire.

— Je l'ai vue pleurer dans la cuisine ce matin.

— Elle pleure à cause de tout le mal qu'elle s'est infligé et qu'elle a fait subir à toute la famille. Elle mérite de pleurer.

— Elle m'a vraiment fait de la peine.

— Va-t'en, Prasanti. »

Chitralekha soupira.

« Fiche-moi la paix avant que je te chasse d'ici, espèce de guenon. »

Personne ne pouvait lui reprocher de ne pas faire d'efforts. Pendant près de quatre-vingt-quatre années d'intransigeance, quatre-vingt-quatre années d'existence, elle en avait tant fourni ! Chitralekha était un produit de son temps. Ses conversations téléphoniques avec sa petite-fille étaient tellement plus faciles à amorcer que ces retrouvailles, mais Chitralekha était décidée à persévérer. Il lui faudrait plus de temps qu'elle ne l'avait pensé, certes, mais elle ferait de son mieux pour lui parler.

Et ce sommeil qui ne venait jamais quand on en avait besoin ! Chitralekha allait avoir quatre-vingt-quatre ans dans quelques jours, mais il lui semblait qu'elle les avait déjà – elle se sentait plus vieille que d'habitude. Était-ce la sonnette qui venait de retentir ou ce bruit était-il le fruit de son imagination ?

« Aamaa ! »

Prasanti était à bout de souffle.

« Qu'est-ce qui se passe ? Je t'ai demandé de me laisser tranquille.

— Devinez qui je viens de voir.

— Comment le saurais-je ? Le nouveau fils des Sharma ? Cette espèce de singe ?

— Non.

— Qui ça alors ?

— Ne vous fâchez pas.

— Pourquoi ?

— Vous m'avez déjà crié dessus plusieurs fois.

— C'est parce que tu le méritais. Cesse de me faire perdre mon temps et dis-moi qui tu as vu.

— Ruthwa. Il est ici.

— Tu n'es qu'une idiote.

— Non, il est là, je vous le promets ! Est-ce que je dois le laisser entrer ? »

Tout à coup, la difficulté qu'éprouvait Chitralekha à affronter Bhagwati paraissait bien insignifiante.

DEUXIÈME PARTIE

Bon, pourquoi suis-je rentré à la maison ? Pourquoi retourner là où je ne suis pas le bienvenu ?

Je n'en sais rien.

Non, c'est faux. J'avais une bonne raison de revenir ici.

Je voulais voir Prasanti.

Et qui vois-je en premier ? Prasanti la *hijra*, après toutes ces années. Treize. Treize foutues années.

Ah, Prasanti. Nous nous connaissons depuis très, très longtemps.

Ah, Prasanti, l'eunuque, la demi-genre, la *hijra*. Les eunuques et moi, nous avons, comme qui dirait, des antécédents.

Avant que ma carrière d'écrivain ne prenne brutalement fin, j'étais grassement payé, surtout par les journaux occidentaux, pour écrire des articles superficiels sur tout et n'importe quoi, que je faisais passer pour des analyses culturelles. Au fond, tout ce que j'avais à faire, c'était vendre à ces magazines crédules les comptes rendus de mes voyages en Inde que je postais sur Facebook. Voici un article que j'ai écrit pour un de ses magazines masculins subversifs dont les lecteurs raffolent d'exotisme. Tout ce qui y est mentionné m'est arrivé.

Je sais. Moi non plus, je n'y croirais pas à votre place.

DÉTROUSSÉ PAR DES EUNUQUES

Dans la vie, rien ne vous prépare à l'assaut d'une bande d'eunuques.

Lors de mon récent passage à Delhi, je me suis déplacé en auto-rickshaw, un trois-roues pétaradant qui fonctionne au gaz naturel comprimé – et quand je dis « pétaradant » ! Le bruit de son moteur rend vraiment toute conversation impossible.

La configuration particulière de l'auto-rickshaw – qui n'a ni porte ni fenêtres, et dans lequel on grimpe par son côté ouvert, tandis que le côté fermé est équipé de deux barres horizontales – fait du passager une cible facile pour les mendiants et les lépreux, car il n'y a pas la moindre vitre à remonter lorsque des clochards approchent. Les mendiants peuvent vous toucher, s'enfuir avec vos affaires et vous importuner jusqu'à ce que vous leur donniez plus d'argent. Il arrive fréquemment qu'un bon Samaritain se fasse arracher son portefeuille alors qu'il essayait de sortir un peu de monnaie.

De ce fait, les eunuques en Inde aiment autant les auto-rickshaw que les feux rouges car, en présence d'un passager peu méfiant, les avantages combinés du véhicule et des feux rouges leur permettent de s'en mettre plein les poches.

Bon, pourquoi avoir-peur des eunuques ? me direz-vous. Dois-je vraiment leur donner de l'argent si je désapprouve leurs combines ? Enfin quoi, n'y a-t-il donc aucune loi contre la mendicité en Inde ?

Eh bien, si vous ne connaissez rien à la sous-culture des eunuques d'Asie du Sud, je vais vous éclairer : ce sont les personnes les plus puissantes de la région. Selon nos croyances, en rabrouer une, c'est s'attirer sa malédiction. Aussi ce groupe plein d'initiative tire-t-il profit de cette superstition largement répandue qui, presque partout en Inde, joue nettement en sa faveur lors de toute négociation.

Les eunuques transgenres sont absolument sans gêne – un jour, l'une d'elles est allée jusqu'à me montrer ses mystérieuses parties intimes dans un bus – et tirent le plus grand avantage de cette impudeur en vous demandant de l'argent.

Une naissance dans votre famille ? Un groupe de ces eunuques vient aussitôt bénir l'enfant – cela assurera son bonheur. Un mariage ? Elles sont présentes, bien sûr – on dit qu'elles portent chance. En revanche, si vous refusez de leur donner de l'argent, vous risquez d'être poursuivi par la malchance et l'embarras, principalement en dessous de la ceinture.

À peine avais-je parcouru un kilomètre que je me suis retrouvé coincé dans le pire embouteillage de toute ma vie. C'est alors qu'une eunuque s'est précipitée vers mon auto-rickshaw, est montée à côté de moi et m'a demandé de l'argent. Un client à bout de nerfs faisant la plus parfaite des proies, j'étais la cible idéale.

La circulation ne montrait aucun signe d'amélioration. Et je savais que ma nouvelle amie ne me lâcherait pas tant que je ne lui aurais pas donné de l'argent.

Gros malin que je suis, je lui ai tendu un billet de cent roupies avec une appréhension flagrante, dont elle a aussitôt tiré avantage.

J'étais loin de me douter que c'était une eunuque aux goûts de luxe : cent roupies ne lui suffisaient pas.

Elle exigea que je lui en donne mille qu'elle partagerait avec son amie, une eunuque mystérieusement apparue de nulle part qui déboutonnait fièrement sa *kurta*, une chemise ample indienne, dévoilant des seins à demi formés couverts de poils.

Finalement, alors que la circulation semblait reprendre, les eunuques sont reparties après avoir réussi à me délester de trois cents roupies et m'avoir offert leur bénédiction, se réjouissant probablement de cette journée productive.

Depuis mon arrivée en Inde, c'est hélas le contact le plus intime que j'ai eu avec une représentante de la gent féminine.

On croise plus couramment des groupes d'eunuques dans les plaines que dans les collines. Les différentes cultures des hauteurs désapprouvent leur présence aux mariages et célébrations – je ne me rappelle pas avoir vu une seule fois des eunuques danser à un mariage népalais. Leur tapage rentable convient moins à Gangtok qu'à, disons, Siliguri, ville vers laquelle elles migrent en grand nombre.

Dans les collines de Gangtok ou Kalimpong, il arrive qu'on en croise une ou deux, mais elles y sont souvent plus raillées que partout ailleurs, car elles ne sont pas assez nombreuses pour pouvoir faire bloc.

Prasanti faisait autrefois partie de ces eunuques.

Le récit qu'elle fait de son arrivée chez nous comme domestique diffère des versions des autres.

Aamaa soutient qu'elle l'a trouvée dans un train et prise en pitié. Prasanti prétend qu'Aamaa aimait tant sa façon d'égayer l'ambiance lors d'un mariage qu'elle l'a ramenée chez elle.

La version de l'eunuque est peu crédible car, premièrement, cette domestique est une menteuse-née. Deuxièmement, c'est une histoire que ni Aamaa, ni personne d'autre ne confirme. Troisièmement, rares sont les personnes à Gangtok qui font venir des *hijra* à leur mariage.

Quoi qu'il en soit, Prasanti a rapidement fait partie de la famille, contrairement aux autres domestiques comme Didi, la vieille femme qui l'avait précédée.

Aamaa a fait construire une petite maison pour Didi, lorsque son fils est devenu suffisamment compétent et de confiance pour s'occuper de notre usine à Kalimpong. Mon astucieuse grand-mère le rappelle souvent afin de démontrer son altruisme, mais elle a fini par se débarrasser de sa vieille domestique parce que cette femme percluse d'arthrite ne lui était plus utile. C'était devenu un boulet.

Peu après son arrivée, il parut évident qu'Aamaa ne se débarrasserait jamais de Prasanti, même si l'eunuque était brutalement réduite à l'état de légume.

Elle était devenue trop essentielle à la vie d'Aamaa pour qu'on l'expédie à Kalimpong lorsque son efficacité diminuerait, ce qui lui offrait beaucoup d'avantages.

Avant l'arrivée de Prasanti, aucun domestique ni chauffeur ni jardinier n'avait jamais obtenu le droit de s'asseoir sur nos chaises. Pour regarder la télévision, chacun apportait son propre tabouret en osier, sur lequel il s'asseyait dans un coin pour ne pas gêner, telle une figurine décorative. Prasanti, elle, enfreignit la règle trois semaines après son arrivée – selon elle, une *hijra* ne pouvait pas s'asseoir sur un *muda* à cause de son fessier sensible. Elle prit ainsi l'habitude de s'asseoir sur une chaise qu'elle ne partageait avec personne.

Celle-ci devint rapidement « la chaise de Prasanti ».

L'eunuque pouvait à peu près tout se permettre. Son langage aurait par exemple eu de quoi faire pâlir un proxénète de Khalpara.

La traduction népalaise du mot « fesses », *condo*, est souvent considérée comme un gros mot. Si celui-ci est accepté avec une certaine réticence dans certaines familles, il n'est absolument pas toléré dans d'autres.

Dans la hiérarchie des termes grossiers, on ne le place pas au même niveau que les mots « vagin », « pute » et « pénis », mais c'est tout de même un terme que les Neupaney n'utiliseraient jamais chez eux.

C'est également un mot qui, comme « pet », provoque l'hilarité.

Prasanti n'a jamais éprouvé le moindre scrupule à parsemer généreusement son discours du mot *condo*, aussi bien sous forme de nom – commun ou propre – que d'adjectif.

Au début, Aamaa la réprimandait, lui lançait des regards menaçants et allait même jusqu'à la gifler, mais comme rien ne semblait pouvoir calmer la passion de Prasanti pour ce mot, ma grand-mère finit par baisser les bras.

Condo devint ainsi un terme acceptable à la maison, ce qui épouvantait naturellement nos proches.

« Pourquoi n'arrêtez-vous pas de crier mon nom, oie *condo* ? criait-elle quand nous l'appelions. Vous voulez que je vienne vous gratter le *condo*, bande de *condo* ? »

Quand elle n'était pas maquillée, Prasanti ressemblait à n'importe quel homme ou bien à un travesti.

Elle tentait fébrilement de faire pousser ses cheveux qui se clairsemaient à vive allure. Elle avait peut-être des seins mais il nous était impossible d'en être sûrs.

Souvent, nous l'accusions de n'être rien de plus qu'un homme très féminin, une insinuation à laquelle elle menaçait de répondre en nous montrant ses parties intimes. Jamais elle ne mettait sa menace à exécution, mais nous étions tous curieux de les voir.

Nous tentions péniblement de déterminer si ces bosses sur son torse étaient bien des seins ou juste de la graisse.

Sa tenue préférée étant un *kurta*, pantalon informe, il me paraissait évident que sa tunique cachait des seins. Agastaya affirmait le contraire mais mon grand frère était très doué pour nier l'existence de tout ce qui se rapportait au sexe.

Un jour, j'entrepris de fouiller le coffre en étain de Prasanti, lui-même posé sur un autre, afin de voir ce que j'y découvrirais et je fus frappé par le nombre de soutiens-gorge en dentelle qu'elle possédait.

Lorsque je racontai ma découverte aux autres, tous refusèrent de me croire.

Vers l'âge de dix ans, époque où j'en savais déjà plus sur le sexe que mon grand frère, j'aperçus la bretelle de soutien-gorge de Prasanti qui dépassait de sa *kurta*. J'attirai aussitôt l'attention d'Agastaya et de Bhagwati sur cette bande d'élastique. Agastaya, fidèle à lui-même, détourna le regard. Bhagwati, en revanche, paraissait subjuguée.

« Pourquoi tu fais cette tête ? demanda Prasanti, agacée. Tu as le *condo* qui te démange ?

— Non, répondit ma sœur, toujours un peu stupéfaite.

— Ah, c'est ça que tu regardes ? »

Prasanti fit claquer sa bretelle.

« Il faut bien que nous, les femmes, prenions soin de nos atouts, pas vrai ? gloussa-t-elle.

— Quels atouts ? demandai-je avec humour.

— Oh, les hommes, vous êtes de vrais obsédés. Des obsédés et des chiens. »

Prasanti rougit. Agastaya quitta la pièce.

« Voilà toujours un chien de parti.

— Moi aussi, je suis un chien, dis-je.

— Tu veux voir le cadeau que j'ai reçu de Dieu ? demanda-t-elle à Bhagwati d'un ton faussement enjoué. Je peux seulement le montrer aux femmes. Ça exciterait trop les hommes.

— Non, même pas sous la menace ! répondit Bhagwati en se cachant le visage dans les mains, avant d'ajouter en anglais : Cette femme est folle. »

Nos remarques en anglais exaspéraient toujours Prasanti. Elle détestait se sentir exclue et les gens se servaient en permanence de cette langue pour la rejeter.

« Qu'est-ce que c'est que ces *phusuk-phusuk* en anglais ? Vous parlez de moi ? »

Bien sûr que nous parlions d'elle. Nous n'avions jamais, à ce stade de nos vies, entendu une seule personne parler avec une telle franchise de ses organes, immatériels ou non. Le fait que ces mots sortent de la bouche d'une domestique nous paraissait encore plus bizarre – qu'elle ait pris l'initiative d'accéder à un statut beaucoup plus élevé n'y changeait rien.

« Imagine un peu si nous étions comme elle, poursuivit Bhagwati en anglais. De qui tomberions-nous amoureux ? D'un homme, d'une femme, d'un yak ?

— C'est ça, c'est ça, moquez-vous de moi, grommela Prasanti. Je vous traite comme mes frères et sœurs, mais vous me prenez uniquement pour une *hijra*.

— Prasanti, ce n'est pas parce que j'ai refusé de jeter un coup d'œil à tes seins qu'il faut en profiter pour pleurer et te lamenter. Contente-toi de faire ton travail. »

Ce rappel à l'ordre révolta Prasanti plus que tout le reste. Elle partit aussitôt trouver Aamaa, suivie de près par Bhagwati et moi. Nous étions curieux de savoir ce que l'eunuque allait lui raconter et inquiets de la réaction d'Aamaa.

Assise à son bureau derrière une montagne de paperasse, notre grand-mère était à peine visible à travers l'épaisse fumée de son beedi.

« Ces deux-là m'embêtent, gémit Prasanti. Ils m'insultent. La merde ne sort plus de leur *condo* s'ils ne se moquent pas de moi au moins une fois par jour.

— Cesse donc de les écouter, répondit distraitement Aamaa. Contente-toi de faire ton travail.

— Aujourd'hui, ils m'ont jeté des serviettes hygiéniques à la figure et m'ont demandé si j'en avais besoin, mentit l'eunuque. Personne ne m'a jamais posé cette question, même quand je dansais dans les mariages. Je les traite comme mon frère et ma sœur. »

Aamaa trouva aussitôt une solution facile au problème.

Tihaar, la fête hindoue des lumières, devait avoir lieu un mois et demi plus tard.

Les hindous népalais célèbrent leurs frères le dernier

jour de cette fête. Tandis que les hindous non népalophones appellent Raksha Bandhan le jour où ils commémorent le lien sacré unissant les frères et les sœurs, nous autres commémorons Bhai Tika. Manasa estime que cette tradition repose sur un certain sexisme – elle répète souvent que l'idée même que des sœurs vénèrent leurs frères afin que ceux-ci les protègent est une insulte à son sexe, mais tout le monde se fiche de ses diatribes féministes.

Pour résumer, le jour de Bhai Tika, toutes les personnes ayant un frère ou une sœur reçoivent sa bénédiction. Celles qui n'en ont pas font appel à une cousine ou à un cousin.

« Puisque ce sont tes frères et sœurs, dit Aamaa à Prasanti, tu célébreras Bhai Tika avec eux. »

Bhagwati et moi échangeâmes un regard incrédule.

« Tu veux dire qu'elle appliquera la *tika* sur nos fronts ? » demandai-je.

Cela ne pouvait pas être vrai.

L'application de la *tika* scintillante sur mon front par mes sœurs était un événement amusant. Nous nous débrouillions pour rendre ce rituel religieux moins ennuyeux et en faisions un moment savoureux, joyeux voire hilarant.

Avec sept couleurs à notre disposition et quelques fronts en guise de toiles, nous nous éclations. La base de la *tika*, faite de pâte de riz, ne provoquait pas autant de démangeaisons sur ma peau que la mixture rouge préparée avec des grains de riz cru et du yaourt qu'Aamaa étalait sur nos fronts pendant Dashain.

L'année précédente, j'avais barbouillé un chien sur celui de Bhagwati, alors qu'un simple cercle tacheté de couleurs suffisait. Manasa avait peint un oiseau, ou quelque chose de ce genre, sur le mien, alors qu'elle était simplement censée appliquer un trait vertical de pâte de riz et le couvrir de couleurs.

« Oui, elle vous offrira la *tika* à tous », conclut Aamaa avant de partir pour son usine à Kalimpong.

Notre rituel préféré inclurait désormais Prasanti. Cette femme ne pouvait pas s'empêcher de s'incruster partout.

Il y avait cependant un problème : l'eunuque offrirait-elle la *tika* à Bhagwati et à Manasa, comme Agastaya et moi, ou Agastaya et moi lui offririons-nous la *tika* comme à nos sœurs ?

La question ne semblait pas inquiéter Aamaa outre mesure.

Ni Bhagwati ni moi ne reprochâmes à Prasanti d'avoir menti au sujet des serviettes hygiéniques. Ce n'était rien à côté de la nouvelle règle de Bhai Tika, que nous devions communiquer sur-le-champ à Agastaya et à Manasa.

Prasanti, quant à elle, repartit en se déhanchant triomphalement vers la cuisine.

Je crus même l'entendre faire claquer sa bretelle de soutien-gorge mais mon imagination me jouait peut-être des tours.

Le jour de Bhai Tika, après avoir allumé des pétards attachés à la queue d'un chien et nous être moqués des chanteurs de *deusi*, qui interprétaient des chants de joie et maintenaient une tradition à laquelle nous, élèves d'écoles privées, ne connaissions rien, nous nous assîmes pour échanger la *tika*.

Parée de ses plus beaux atours – le sari et le corsage jaunes qu'elle portait dans son ancienne vie de danseuse aux mariages qu'elle animait avec ses camarades –, Prasanti, notre sœur, prit son rôle sororal au sérieux. Quand elle eut terminé, nos têtes et nos oreilles dégoulinaient d'huile végétale – nous n'avions encore jamais utilisé d'huile lors de notre rituel, mais Prasanti prétendait mieux s'y connaître que nous puisqu'elle était la fille d'un prêtre. Sur nos fronts était tracée une ligne verticale parfaite, si méticuleusement couverte de couleurs que pas un point ne dépassait de la base. Manasa et Bhagwati décidèrent aussitôt que saccager l'œuvre de l'eunuque afin de la remplacer par un stupide chien serait un sacrilège. Il n'y eut pas plus d'animaux sur mon front cette année-là que de couleurs puérilement barbouillées.

Agastaya et moi rendîmes la pareille à Prasanti et à nos sœurs en appliquant la *tika* sur le leur.

Prasanti accepta notre don de cinquante roupies et s'exclama que la somme contenue dans les enveloppes de nos sœurs n'avait pas intérêt à dépasser la sienne.

Nous pensions que son rôle s'arrêtait là mais Prasanti déclara qu'elle n'avait pas terminé son travail. Comme nous, elle appliqua la *tika* sur le front de nos sœurs. Suivant un raisonnement incompréhensible – car les frères font un don financier à leurs sœurs –, Prasanti, notre frère, demanda ensuite de l'argent à Bhagwati et à Manasa.

« C'est un des avantages d'être une *hijra*, une entre-deux », annonça-t-elle en gloussant avant de coincer ses quatre enveloppes sous sa bretelle de soutien-gorge avec un bruyant claquement d'élastique.

La vue de cette *hijra* – qui apportera tant de détails nécessaires à mon troisième livre, mon premier ouvrage non romanesque, mon premier livre depuis mon naufrage – dès mon retour à la maison m'a fait remonter le temps. Curieusement, j'ai l'impression que tout va bien se passer.

•

Elle me regarde comme si j'étais une apparition.

Ensuite, elle me touche, d'abord avec l'index, puis toute la main.

La scène, presque poignante, n'est pas sans évoquer les retrouvailles d'amants maudits.

En réalité, c'est tout le contraire.

Prasanti me repousse quasiment.

« C'est… toi ! » dit-elle, si déconcertée qu'elle hésite sur le « toi » népali à employer et doute de la correction du pronom utilisé.

Je suis trop âgé pour qu'elle emploie *tan*, réservé aux intimes, aux voyous et aux personnes plus jeunes, un pronom qu'elle, à l'époque où j'étais adolescent, remplaçait avec une régularité inquiétante par *timi*, le grand niveleur entre *tan* et *tapaai*, ce dernier étant l'équivalent d'un « vous » respectueux.

Et elle me connaît encore trop bien, moi, le gamin insolent qui exigeait qu'elle lui montre ses seins et fouillait dans ses sous-vêtements, pour qu'elle m'honore d'un respectueux *tapaai*, bien que je paraisse adulte.

Elle se décide finalement pour un *timi* neutre avant de courir informer Aamaa de cette arrivée inattendue.

J'attends que le monde s'écroule et qu'on lâche une meute de chiens sur moi.

Mais rien ne se passe.

Agastaya est la première personne que j'aperçois. La dernière fois que je l'ai vu, c'était à New York il y a un an.

Gros, laid. Chauve, myope. À la vue de ses mains tremblantes, je me demande s'il est vraiment sage de le laisser opérer.

Quelques mots sont échangés. « Salut », « Salut ». Puis son regard demande : « C'est vraiment toi ? » Pas la moindre invitation à entrer. Je reste donc sur le seuil.

Manasa et Bhagwati entrent juste après lui. Bhagwati a la beauté d'une garce. Imaginez une femme angélique déguisée en pute pour Halloween. Une auréole de sueur apparaît sous son aisselle quand elle se gratte nerveusement la tête. Manasa a l'air d'une dame de compagnie. Nan, d'une grand-mère de compagnie. Ridée. Sombre. Malheureuse.

Au cours du séjour où j'ai rencontré Agastaya à New York, j'ai pris l'avion pour Denver et suis allé voir Bhagwati, mais je n'ai pas été présenté à son mari.

Vingt-quatre mois se sont écoulés depuis mon dernier tête-à-tête avec Manasa, et ces deux années en ont ajouté dix à son visage. Son homme doit s'envoyer en l'air avec une autre parce qu'il ne peut certainement pas prendre son pied avec une femme aussi hideuse.

Quelques mots sont échangés. « Salut », « Salut », « Salut », « Salut ». Puis leurs regards demandent : « Non, mais tu te fous de moi ? »

« Est-ce que quelqu'un va se décider à m'inviter à entrer ? »

Je pose tour à tour les yeux sur mes sœurs et mon frère.

« Nous ne sommes pas chez nous, Ruthwa, répond Manasa, pareille à son homonyme, cette foutue déesse serpent, pleine de fiel.

— Quelles manières occidentales ! lui fais-je remarquer.

— C'est bien à toi de dire ça.

— Ton beau-père te cause encore des soucis, Manasa ? Qu'est-ce qui se passe cette fois ? Il t'oblige à lui astiquer le manche avant de s'endormir ?

— Un connard, voilà tout ce que tu es ! Oh, ne faites pas cette tête-là, vous deux, lance-t-elle à Bhagwati et à Agastaya. C'est tellement américain de s'offusquer de ma grossièreté. Aucun mot ne le décrit mieux que celui-ci.

— Arrêtez de vous disputer. Entre, Ruthwa. J'espère que tu es prêt à affronter Aamaa », dit Bhagwati, la pacificatrice.

Bhagwati la déesse. La *bhaagney-keti*, la fille qui s'est enfuie. La réprouvée qui joue les médiatrices.

Je pénètre dans la maison où se déroulait mon premier roman.

« Je ne savais pas que tu venais. »

Ah, Agastaya. L'asexué. Sans amis. Sans vie. Le grand frère modèle dont j'étais censé suivre le parcours académique et dont on espérait que j'imiterais les exploits. Le plébiscite mondial de mon livre n'a pas suffi. Mon succès paraissait bien insignifiant à côté des prouesses de l'oncologue.

« Je n'aurais raté ces retrouvailles pour rien au monde », réponds-je en riant.

Les autres m'imitent nerveusement.

« Attendez, c'est le quatre-vingt-quatrième anniversaire d'Aamaa, je ne pouvais pas rater ça !

— Tu as conscience que ton arrivée va provoquer tout un drame, j'espère », m'avertit Bhagwati qui s'y connaît quelque peu en la matière.

Elle devrait songer à ajouter « Experte en drame » après son nom de famille, son nom de basse caste.

« Il est là pour ça, déclare Manasa, avant d'enfoncer le clou en répétant sa phrase. Ensuite, il écrira un livre là-dessus, le salaud.

— Nomme une seule maison d'édition qui veuille bien me publier.

— Un éditeur tenté par le genre "téléréalité", ça doit bien exister, réplique Manasa, la béquille de son beau-père, la chérie de *bua*, sarcastique, pleine de méchanceté. C'est exactement ton rayon.

— Nan, j'ai envie d'écrire un livre sur la meilleure façon de mettre à profit son diplôme d'Oxford, comme le fait une de mes sœurs. Mais l'intérêt que tu portes à ma carrière me touche beaucoup.

— Elle n'a pourtant aucune envie de toucher, tu peux me croire ! »

Agastaya rit de son propre trait d'esprit. L'Amérique l'a doté d'une bedaine tremblotante et d'une propension à exprimer des platitudes.

La *hijra* descend l'escalier comme une flèche, manifestement excitée à l'idée d'informer les autres de ma présence. Lorsqu'elle nous trouve tous dans la même pièce, elle s'immobilise, déçue.

« Aamaa ne veut pas te voir, déclare-t-elle.

— Quelle surprise. »

Je souris à tout le monde.

Peu importe qu'elle veuille me voir ou non.

Me voilà.

En famille.

•

Prasanti débarque dans la salle à manger, des fraises en conserve à la main, un cadeau sans nul doute apporté par mon frère ou mes sœurs de l'étranger, et les pose sur la table.

« Tiens. Nous avons tous fini de dîner. Tu dois être content, ta grand-mère n'a aucune envie de te voir. Alors autant fêter ça avec quelque chose de sucré. »

Avant que Manasa la gronde et lui demande des cuillères pour extraire les fraises du sirop ainsi que des coupes pour les manger, Prasanti disparaît.

« Cette domestique ne sait faire les choses qu'à moitié, râle Manasa.

— Normal, dis-je. Elle n'est pas tout à fait entière. »

Manasa et Bhagwati lâchent un rire bref.

« La maison n'a pas changé, hein ? »

Je balaie la pièce du regard.

« Le plafond est toujours ondulé et irrégulier. Et la table de la salle à manger est pour ainsi dire dans le même état que lorsque j'ai quitté Gangtok.

— À quoi t'attendais-tu ? me lance Manasa. Un escalier en marbre et un splendide plan de travail en granit ?

— En parlant de marbre, je suis passé à l'usine récemment. Elle est encore plus belle que quand nous étions petits.

— Attends, qu'est-ce que tu faisais là-bas ? demande Manasa. Quels nouveaux problèmes vas-tu encore attirer à toute la famille ?

— Ouais, qu'est-ce que tu faisais exactement à Kalimpong ? »

Agastaya attrape une fraise dans la boîte avec les doigts et la goûte avec délectation.

« À mon avis, tu n'y es pas seulement allé pour jeter un coup d'œil à l'usine. »

Les fraises sont des fruits magnifiques. Pourtant, elles sont presque toujours terriblement insipides. Selon une analogie tordue de mon invention, les fraises sont comme ces femmes extrêmement belles qui sont nulles au lit.

Dans *Crépuscule himalayen*, je développais cette analogie sur près d'une page.

« Non, j'y suis allé comme ça. »

Trouverai-je un exemplaire de mon livre dans cette maison ?

« Pour me détendre. »

Il est tard. Tout le monde aimerait se réfugier dans le sommeil.

Les sujets sans danger sont épuisants. Le reste est explosif.

Manasa la revêche, Agastaya le catatonique et Bhagwati la conciliante regardent fixement devant eux.

Seul contre mon frère et mes sœurs, je me sens nerveux – la nécessité de faire le pitre se fait plus forte à mesure que diminue le nombre de mots échangés.

« Est-ce que l'un de vous veut bien me raconter ce qui s'est passé jusqu'à maintenant ?

— Pas moi.

— Moi non plus.

— Pareil.

— Où est la bibliothèque ? »

Je me dirige vers le salon.

« Je devrais peut-être jeter un coup d'œil aux livres.

— Elle n'a pas bougé depuis que tu as quitté Gangtok. »

Manasa se dirige vers l'escalier.

« Je vous laisse, je vais m'abrutir devant la télé. »

Dans l'intimité relative du salon, je fais glisser la porte de la bibliothèque afin de vérifier si celle-ci conserve au moins un de mes livres.

Le voilà : *Crépuscule himalayen*. Couverture jaune. Le soleil qui apparaît derrière les montagnes et se couche sur l'Empire britannique. Comme il était facile d'écrire à l'époque – comme les mots me venaient facilement !

« Un roman brillant », disaient les critiques. En réalité, l'histoire reposait uniquement sur des stéréotypes. Les brahmanes de *Crépuscule himalayen* étaient plus radins et plus conservateurs que ceux de ma vraie vie, ses eunuques, plus extravagants, ses homos occidentaux, plus libérés, ses homos indiens, encore plus refoulés, ses Américains, bien plus ethnocentriques que ceux que j'avais croisés, et ses réfugiés travaillaient tous comme plongeurs. Dans mon livre, les toiles d'araignée indiennes pendouillaient plus librement, les moustiques suçaient le sang de leurs victimes avec plus d'ardeur, et les cafards se reproduisaient plus activement.

Il faut évidemment s'en tenir à des clichés quand on écrit : autrement, on vous rabâche que votre livre manque d'authenticité.

En Orient, mes portraits peu flatteurs de différents membres de ma communauté faisaient bouillir les lecteurs de rage, on m'accusait de trahison mais, lorsque le sceau d'approbation occidental fut apposé sur le livre – avec l'aide complice des critiques littéraires –, l'Orient changea rapidement d'avis. Aux yeux des Occidentaux, l'Inde est cool, et l'ancienne royauté himalayenne du Sikkim, encore plus.

Comme je le faisais dans ma jeunesse, je laisse le livre s'ouvrir à la plage la plus lue. À la bibliothèque de la Tashi Namgyal Academy, c'était le moyen le plus sûr de tomber sur des obscénités. À l'oasis Neupaney, *Crépuscule himalayen* s'ouvre aussi sur une scène de sexe. Il s'agit du passage sur le viol d'Aamaa.

Qui peut bien avoir lu et relu ce livre écorné ? Qui peut bien prendre son pied grâce à cette scène de viol saluée par la critique ? Le coin de chacune des pages évoquant l'agression est plié.

Aamaa ne lit pas vraiment l'anglais. Pourrait-il s'agir de Prasanti ? Elle connaît à peine les lettres de l'alphabet.

S'il peut être étrange de découvrir son livre à l'endroit où se déroule son intrigue, il est encore plus troublant de tomber sur les pages qui décrivent le viol de la propriétaire de la maison dans laquelle on se trouve.

Je repose le livre sur l'étagère puis le pousse jusqu'à ce que je l'entende tomber sur le sol derrière la bibliothèque.

Prions pour que ce soit le seul exemplaire de la maison. Prions aussi pour ne pas tomber sur l'autre livre. Si *Crépuscule himalayen* m'a rendu célèbre, son successeur m'a apporté la pire notoriété qu'on puisse imaginer.

•

Manasa entre sans bruit derrière moi et s'installe confortablement sur le canapé.

« Voyez-vous ça, notre grand écrivain occupé à chercher ses livres dans la bibliothèque – comme s'ils n'avaient pas suffisamment pollué le monde.

— Je croyais que tu étais partie regarder tes séries sur Star Plus. C'est pendant ton MBA à la Saïd Business School que tu y as pris goût ?

— J'ai changé d'avis. Est-ce que tu as recommencé à écrire ? »

Les deux autres entrent à leur tour dans le salon, comme s'ils ne supportaient pas de se retrouver en tête à tête une seule seconde.

« Oui.

— C'est vrai ? (Bhagwati)

— Un roman ? (Agastaya)

— Nan, un ouvrage documentaire.

— Notre grand écrivain tombe bien bas. (Manasa)

— Qu'est-ce qu'il y a de mal à écrire un texte réaliste ?

— Il y a déjà tellement de faits réels dans ta fiction qu'on aura du mal à faire la différence. (Manasa)

— Merci pour ton soutien.

— De quoi parle ce livre ? (Agastaya)

— Je ne me suis pas encore décidé. »

Mon livre parlera des eunuques, mais mieux vaut ne pas vendre la mèche.

« Pour le moment, j'essaie simplement d'écrire. Je n'avais encore jamais eu une telle panne d'inspiration. Je reste assis devant mon ordinateur pendant des heures, mais rien ne me vient. J'ai suivi tous les conseils des maîtres de la littérature : je prends des notes, je tente d'écrire tous les foutus trucs qui me passent par la tête, je me fixe un nombre de pages à rédiger par jour, j'ai essayé la poésie, les scénarios, j'ai retravaillé mes anciennes interviews. Rien ne marche.

— Tu crois vraiment qu'on va avaler ça ? (Manasa)

— Tu as essayé de bousculer tes habitudes ? » (Agastaya).

Il s'y connaît évidemment, parce que la médecine et l'écriture, c'est kif-kif.

« Vous voulez que je vous lise un texte de ma composition ? C'est un court poème.

— Ha ! Mais qui était donc cet écrivain qui répétait sans cesse que la poésie est le genre littéraire le plus artificiel ? (Manasa)

— Comme tu es drôle. Je te trouve en grande forme aujourd'hui.

— Bien sûr, lis-le-nous. (Bhagwati)

— Non ! Pourquoi l'encourager alors qu'il écrit pour se venger de nous ? » (Manasa)

Dans mon roman, c'était pourtant le viol d'Aamaa que je décrivais, non le sien.

C'était Aamaa que je compromettais, non elle. C'était du sexe poilu d'Aamaa que les lecteurs de *Crépuscule himalayen* avaient un aperçu, non du sien. Et c'était au personnage d'Aamaa que s'en prenait mon narrateur fantaisiste, si sensible et respectueux des femmes, en déclarant que cette matriarche d'âge mûr « avait dû aimer cela. Depuis des années, elle n'avait eu aucune relation sexuelle. Ses seins s'étaient peut-être affaissés, mais son désir n'avait pas tellement faibli ».

Mais, à l'évidence, c'était de Manasa que je parlais. Cette femme est parfois une horreur, une vraie garce.

« Ce n'est pas ton viol que j'ai décrit, dis-je en

détournant les yeux de ma sœur. C'était celui de la vieille. Qu'est-ce qui t'arrive au juste ?

— Tout le monde a compris que c'était elle. Tout le monde a compris de quelle famille tu parlais.

— Tu ne m'as pas dit que tu appartenais désormais à une autre famille quand on s'est vus à Londres ?

— Ne joue pas à ce petit jeu-là. Tu sais très bien ce que je veux dire.

— J'ai décrit le viol d'une femme qui avait acheté sa première usine avec de l'argent qu'elle avait soutiré par les moyens les plus douteux. Elle mériterait d'être en prison. »

Cette partie de l'histoire est vraie. Après la mort de mes parents, survenue lorsque la jeep dans laquelle ils se trouvaient est entrée en collision avec un car et que leur véhicule est tombé dans la Teesta, Aamaa est allée crier sur le ministre en chef de l'époque et lui a menti : son fils et sa belle-fille, raconta-t-elle en sanglots, étaient partis pour Kalimpong afin d'y acheter des terres. La grosse somme d'argent qu'ils transportaient avait disparu avec la jeep et ses passagers. L'argent qu'avait offert le charitable ministre aux familles des défunts ne compensait pas suffisamment leur perte, selon Aamaa. Elle sortit finalement de ce rendez-vous avec la somme qu'il lui fallait pour acheter l'usine de Kalimpong.

« C'est peut-être la personne la plus méchante sur terre mais tu n'avais pas le putain de droit de décrire son viol, sale connard. Tu n'as donc aucune conscience ? (Manasa)

— Parce que Aamaa en a une peut-être ?

— Tu ne comprends rien. Aucun putain d'homme

dans ce pays ne prend le viol au sérieux. Il est impossible de faire appel à ta raison.

— Je monte.

— Où vas-tu ? (Bhagwati)

— En enfer.

— Ça pourrait bien être pire que l'enfer. Aamaa fait des histoires pour tout depuis notre arrivée. (Agastaya)

— Ah bon ? Je croyais que j'étais le seul à l'énerver.

— Tu oublies sa petite-fille *damaai*. (Bhagwati)

— Son petit-fils célibataire. (Agastaya)

— Et moi. (Manasa)

— Qu'est-ce qu'elle te reproche au juste ?

— Tout. Je n'ai pas amené mon mari à son horrible *chaurasi*.

— Pourquoi ? »

Mon affreuse sœur me foudroie du regard en silence.

« Bon, je vais affronter le dragon. »

Le grand comédien que je suis salue son public.

« Pas ce soir. Il est trop tard. Attends jusqu'à demain. (Bhagwati)

— Où est-ce que je dors ?

— Sur le canapé sans doute. Tu as droit au traitement VIP. » (Manasa)

•

Le matin de Kukkur Puja, je suis réveillé par les cris des chiens errants.

Gangtok héberge une population canine considérable dont les gens pensent à tort qu'elle ne ternit pas vraiment la beauté de l'endroit. Les chiens, galeux, baveux, couverts de puces ont colonisé toute cette foutue ville.

Le jour, la capitale appartient aux humains. La nuit, les bâtards règnent en maîtres.

La plus grande partie de l'année, les chiens sont soit ignorés soit maltraités. Le jour de Kukkur Puja, cependant, les fidèles courent après eux, les couvrent de guirlandes et les gavent de nourriture.

Demain, les chiens pourront forniquer en paix mais, aujourd'hui, l'orgasme va devoir attendre, car quelques pieux humains ont besoin d'expier leurs péchés.

Il ne fait même pas encore jour. Personne n'est réveillé.

Je n'arrive pas à dormir, car le canapé de ma jeunesse n'a plus rien de confortable. Des tas de plumes et d'éponge échappés des coussins jonchent désormais le sol.

Sur la table est posé ce qui ressemble à un marque-place à mon nom. Impossible de ne pas reconnaître les fioritures de Manasa. Un message est inscrit à l'intérieur du carton :

> *Cher Ruthwa, puisque tu recommences à écrire, j'ai pensé que tu aurais besoin d'un livre pour t'inspirer. Tu trouveras sur la table* La Moitié d'une vie *de V.S. Naipaul, que tu aimes tant. Ton amour pour cet auteur a été largement prouvé dans* Dans les contreforts himalayens. *Bon séjour, mon frère.*
>
> *Bien à toi,*
>
> *M.*

Quel culot ! Cette garce mériterait que je l'étrangle à mort.

•

Courageuse. Profonde. Triste. D'une justesse absolue. Effrayante. Parfaite. Poignante. Réelle. Viscérale.

Selon un journal de droite londonien, la description de l'agression d'Aamaa dans *Crépuscule himalayen* était « la plus viscérale qu'on ait faite du viol ces cinquante dernières années ».

J'ai pris ça comme un énorme compliment. Je ne pense pas que j'y aurais eu droit si j'avais reconnu que ce passage était une reproduction à la lettre du récit de ma grand-mère – la longue suite d'ellipses évoquant ses pauses douloureuses.

De toute façon, j'ai toujours douté de la véracité de l'histoire du viol d'Aamaa.

Elle est, par conséquent, meilleure conteuse que je ne le suis.

Voilà pour *Crépuscule himalayen*. J'ai ensuite écrit un deuxième roman au titre tout aussi régional, *Dans les contreforts himalayens*, mais pour lequel les choses n'ont, disons, pas aussi bien fonctionné.

•

J'entre dans la chambre de l'horrible Manasa à l'étage dans l'intention de lui jeter à la tête *La Moitié d'une vie* mais c'est Bhagwati que je trouve endormie dans son lit.

« Où est cette garce ?

— Tu n'arrives pas non plus à dormir ?

— Nan. Je viens de me réveiller. Le moins qu'on puisse dire, c'est que ce canapé est inconfortable.

— Il fait encore nuit. Quelle heure est-il ? Tu cherches Prasanti ?

— Non, Manasa, cette connasse mal baisée.

— Qu'est-ce qu'elle a fait ?

— Elle a retourné le couteau dans une vieille plaie. En laissant un livre de Naipaul sur la table.

— Celui que tu as plagié ?

— Raaah ! Oui, celui-là !

— C'est drôle ! »

Bhagwati rit. Même quand elle vient de se réveiller ou n'a pas fermé l'œil de la nuit, ma sœur est rayonnante.

« Elle n'a aucun sens moral.

— Elle pense la même chose de toi.

— Ma foi, nous sommes les descendants de la grande Chitralekha Neupaney. Comment pourrions-nous avoir une conscience ?

— Rappelle-moi pour quelle raison tu es là exactement ? »

Bhagwati se frotte les yeux et bâille.

« Seulement si tu promets de ne le répéter à personne.

— C'est promis.

— Un vieil ami qui travaille pour une maison d'édition indienne – je ne te dirai pas laquelle – m'a demandé de lui soumettre un projet d'ouvrage documentaire.

— Après le scandale du plagiat ?

— Ouais. Il vient de Darjeeling, tu vois. Solidarité entre Népalais, quoi.

— Sur quel sujet vas-tu écrire ?

— Les eunuques des collines. »

Son regard ensommeillé exprime un certain scepticisme.

« Réfléchis – on a écrit un tas de livres sur les eunuques qui vivent dans les plaines, mais aucun sur celles des collines. Personne ne sait qu'elles existent.

— Tu penses que ce livre se vendra ?

— Logiquement, oui. Je suis en train de l'écrire. Je ne peux pas le savoir.

— Pourquoi es-tu allé à Kalimpong ?

— Je voulais y faire des recherches – sur la famille de Prasanti pour commencer.

— Et qu'est-ce que tu as découvert ? »

Bhagwati se redresse dans son lit.

« Rien du tout à vrai dire, mens-je. Du moins rien d'important. »

La mère de Prasanti est morte. Son père aussi. Sa belle-mère, dont j'ignorais l'existence, également. Quand j'ai enfin retrouvé la trace de sa misérable demi-sœur, celle-ci a refusé de me parler. Mon accent en népali n'a pas produit l'effet escompté. Je lui ai donc offert de l'argent. Cent roupies. Quatre cents. Mille.

« Allez, viens-en au fait.

— Eh bien, j'ai fini par retrouver sa sœur. Mais elle n'a rien voulu me raconter. »

En réalité, sa demi-sœur m'a révélé qu'elle se rappelait deux ou trois choses de l'enfance de Prasanti.

Prasanti – enfin, Prasant, car c'était un garçon à l'époque – avait reçu tout l'amour et l'affection qu'on peut attendre de ses parents. Le père était prêtre, la mère, folle. C'était celle de Prasanti, non de sa demi-sœur. Prasanti s'était apparemment enfuie de chez elle à onze ans. À ce stade du récit, quelques voisins qui s'étaient rassemblés autour de nous avaient déclaré que toute cette histoire était vraie. Oui, c'était aux funérailles de son oncle à Melli qu'on avait vu Prasanti pour la dernière fois.

Cette femme cupide n'étant pas spécialement volubile, je lui ai demandé si je pouvais rencontrer ses autres sœurs. Toutes trois avaient été mariées à des hommes originaires du Népal. Après que l'une d'elles s'était enfuie avec un *jaisi*, un brahmane de catégorie inférieure, le reste de la famille avait coupé les ponts avec elle. J'aurais dû continuer à agiter des billets de mille roupies sous le nez de la sœur à mesure que le voile du secret se levait sur l'enfance de Prasanti jusqu'à ce que sa vie entière me soit enfin jetée en pâture.

« J'aurais pu harceler les voisins dans l'espoir qu'ils parlent, les amis et la famille afin qu'ils me racontent des ragots, mais je suis parti.

— Tu t'ennuyais ?

— On peut dire ça comme ça. »

Je décris à Bhagwati l'étrange tension qui montait à ce moment-là à Kalimpong. Les habitants de la ville voyaient d'un bon œil le regain de vitalité insufflé au mouvement du Gorkhaland, mais les plus instruits en parlaient entre eux d'un air inquiet. Il avait été « suggéré » par le Gorkha Jana-shakti Morcha, le parti politique qui promet beaucoup, mais ne tient jamais parole, que toute la population porte la tenue traditionnelle pendant la fête de Tihaar.

Dans cette région du monde, une suggestion est souvent un ordre, que des exécuteurs autoproclamés se chargent de faire appliquer. Ajoutez à cela la brigade des mœurs des collines, une bande de jeunes hommes – que dis-je, de garçons – nommés par le parti, et Kalimpong était en train de devenir un endroit méconnaissable. Une dictature.

Les gardiens de notre culture – ces hooligans de la politique – prononçaient des discours d'encouragements ? Les gens les applaudissaient. Bruyamment. Les gardiens de notre culture prohibaient la consommation d'alcool ? Les gens en achetaient sous le manteau. Fréquemment. Les gardiens de notre culture rejetaient le népali au profit du gorkhali ? L'optimisme des gens augmentait. Malheureusement. Les gardiens de notre culture faisaient d'innombrables promesses et juraient que le Gorkhaland verrait bientôt le jour ? Les gens choisissaient de les croire. Encore une fois.

Comme les gardiens de notre culture me reprochaient de porter des shorts et des T-shirts, nos querelles étaient de plus en plus fréquentes. Après une expérience particulièrement mauvaise, j'ai fait mes valises et pris la route du Sikkim.

« Tu as donc recommencé à écrire sur l'un d'entre nous ? Tu ne pourrais pas trouver d'autres sujets – la situation tendue à Kalimpong par exemple ?

— C'est une bonne idée.

— Réfléchis-y – c'est un sujet pertinent. Et ça vaut mieux que d'écrire un livre sur Prasanti.

— Cette idée t'inquiète ?

— Franchement, non.

— Alors pourquoi me demander de changer de sujet ?

— Tes écrits semblent importuner les autres. Le viol d'Aamaa…

— Qui peut très bien avoir été inventé.

— Quand bien même…

— Au fait, comment se porte ton couple ?

— Je vois où tu veux en venir mais je ne peux pas réparer les dégâts, Ruthwa. Je ne peux pas revenir en arrière. Toi, tu le peux, mais je ne crois pas qu'écrire un livre de plus sur l'un de nous soit la meilleure façon de s'y prendre.

— Je tente de relancer ma carrière, Bhagwati. Imagine ce que ça fait d'être proclamé "nouveau talent de la fiction sud-asiatique" à la parution de mon premier roman et déclaré fini dès celle de mon second. Cet ouvrage documentaire arrangera sûrement les choses.

— Pourquoi as-tu fait ça ?

— Quoi ?

— Copier ce passage du livre de Naipaul ?

— Je ne l'ai pas fait exprès. Qui plagierait volontairement un livre ? Surtout celui d'un auteur lu dans le monde entier ! Ce qui est fait est fait. J'ai lu et relu le livre de ce vieil excentrique dans l'espoir de découvrir sur quoi reposait la magie de son œuvre. Les mots se sont infiltrés dans ma mémoire, je les ai enregistrés – et ils sont devenus les miens. J'ai fait une énorme connerie, c'est vrai, mais je ne suis pas le seul. L'éditeur n'a rien vu. Le correcteur et le relecteur non plus. Mais moi seul ai dû encaisser les coups.

— Et tu écris quand même un nouveau livre ?

— Un ami m'a fait une faveur, Bhagwati. Je ne peux pas me permettre d'imposer mes propres sujets. J'ai trente et un ans. Je ne vais pas laisser cette erreur gâcher le reste de ma vie. Je n'avais encore jamais travaillé aussi dur. J'essaie tout. J'écris de la poésie – du moins j'essaie. C'est affreux. Je rédige des listes de souvenirs sans intérêt. Je n'avais encore jamais fait autant d'efforts pour recommencer à écrire. Il n'est pas question que je gâche cette occasion.

— Tu pourrais essayer un autre métier.

— Et me demander jusqu'à la fin de ma vie ce qui se serait passé si je n'avais pas abandonné l'écriture ?

— Tu crois qu'en te faisant accuser de plagiat Dieu a voulu te donner une leçon pour avoir raconté ce viol dans ton précédent livre ?

— Je ne pensais pas que cette histoire était vraie – c'est pour ça que je l'ai ajoutée. Et je suis toujours convaincu qu'il s'agit d'un mensonge.

— Dans ton livre, tu le tournes en dérision.

— Tu penses vraiment que je suis insensible au problème du viol ? Crois-moi, c'est tout le contraire. Simplement, je vois mal une personne aussi redoutable qu'Aamaa se faire violer.

— Ce n'est pas un argument très convaincant.

— Dis-moi, tu crois vraiment que ça lui est arrivé ?

— Non.

— Tu vois ! Moi non plus. C'est vrai, certaines femmes se font violer. Même celles qui sont fortes. C'est tragique. Exaspérant. Dégueulasse. Mais je sais que personne ne violera jamais Aamaa. Elle est trop…

— Quoi ? Laide ?

— Non. Ça n'a rien à voir, merde. Elle est trop forte. Trop… C'est Aamaa, quoi. Tout en elle évoque le pouvoir. Qui oserait lui faire une chose pareille ?

— D'accord. Mais, dans ce cas, pourquoi insiste-t-elle sur le fait que ça lui est arrivé ?

— C'est du Aamaa tout craché. Sans doute pour nous faire comprendre que même les meilleurs subissent des revers ? Pour nous prouver combien elle est robuste ? Tout est possible avec Chitralekha Neupaney. Cette histoire de viol est peut-être censée pimenter le récit de son ascension fulgurante.

— Parlons d'autre chose.

— Comment tu t'en sors financièrement ?

— Pourquoi tout le monde me croit-il pauvre ? s'emporte Bhagwati. Si tu veux voir Aamaa, il vaut sans doute mieux y aller maintenant, pendant que tout le monde dort encore. »

Là-dessus, ma sœur remonte l'affreux édredon sur son joli visage.

J'en déduis qu'il est temps de la laisser tranquille.

•

Dans le salon du rez-de-chaussée, je décide d'interroger Agastaya, à moitié endormi, sur ce qu'il pense de ma carrière. Comme Bhagwati, il estime que mon prochain livre devrait porter sur le mouvement du Gorkhaland.

Il se dirige ensuite vers les toilettes en titubant. Ce qui me rappelle que j'ai moi aussi envie de pisser.

Agastaya n'ayant pas fermé la porte derrière lui, je le rejoins.

« Mais qu'est-ce que tu fous ? s'écrie-t-il, le pénis à moitié sorti du caleçon.

— Ma vessie va exploser. »

Je sors ma bite et arrose le lavabo d'un jet d'urine.

« Non, mais dites-moi que je rêve ! s'énerve mon frère en rangeant son attirail. Tu ne pouvais pas aller aux toilettes de l'étage ?

— Mais c'est comme au bon vieux temps ! »

Mon jet semble intarissable.

« Et puis tu crois vraiment qu'Aamaa allait m'ouvrir sa porte pour que je puisse pisser dans ses toilettes ?

— C'est gênant.

— Qu'est-ce que tu racontes ?

— Nous sommes des hommes adultes maintenant. »

Mon frère sort de la salle de bains.

Je laisse couler l'eau du robinet et crache dans le lavabo.

Lorsque j'ai terminé, Agastaya retourne aux toilettes, détourne les yeux du lavabo et verrouille la porte derrière lui.

À son retour, je lui demande s'il veut bien que je lui lise un texte de ma composition, mais il refuse.

« Tu penses donc que je devrais écrire quelque chose sur le mouvement du Gorkhaland ?

— Écris sur tout ce que tu veux, putain. »

Agastaya claque la porte de sa chambre.

Non, mais pour qui se prend-il ? Manasa ?

•

Je tente d'ouvrir la porte d'Aamaa, cogne avec insistance à sa porte puis la pousse de toutes mes forces.

Personne ne frappe aux portes dans cette famille.

Personne ne respecte la vie privée des autres. Personne ne comprend la notion d'espace vital.

La porte est verrouillée de l'intérieur. Aamaa, qui a toujours traité le respect de l'intimité avec mépris, qui a toujours soutenu que c'était inutile, y tient tout à coup fermement.

« Aamaa, tu m'entends ? Aamaa ! »

Je l'appelle une, deux, trois fois.

La porte rouge s'ouvre en grinçant, avec incertitude, réticence.

Par l'entrebâillement, Prasanti, l'homme-femme, la femme-homme, jette un coup d'œil dehors.

« Hé, le revenant, il fait encore nuit, chuchote-t-elle. Elle est couchée.

— J'ai faim. Tu pourrais me donner autre chose que des fraises à manger ?

— À cette heure-ci ? »

Prasanti continue à chuchoter, comme si Aamaa dormait vraiment.

« Oui, je crève de faim, dis-je comme elle à voix basse.

— Descends. J'arrive dans une minute. »

Je l'attends à côté de la porte. Bon sang, l'oasis Neupaney aurait bien besoin d'un coup de peinture.

Prasanti sort de la chambre en couvrant sa poitrine imaginaire à l'aide d'un foulard. Rapidement, avant que je comprenne ce qu'elle fait, l'eunuque glisse une clé dans la serrure et verrouille la porte. Cette clé rejoint ses sœurs tintantes à l'intérieur de son corsage – ce saint des saints où tout est bien protégé.

Celle qui n'éprouve que mépris pour l'intimité des autres est maintenant enfermée dans son sanatorium privé.

Moi qui comptais me glisser dans sa chambre, c'est raté. Il va falloir que je trouve un autre moyen d'affronter la vieille chouette.

Quelqu'un ronfle.

« Je ne peux rien te préparer de compliqué, dit Prasanti. Des nouilles, ça ira ?

— Des Wai-Wai ?

— Non, Maggi.

— Pas des Wai-Wai ?

— Non. »

Je traîne une chaise de la salle à manger jusqu'à la cuisine.

« Quoi ? Tu vas me regarder cuisiner ?

— J'ai juste envie de discuter.

— Personne n'a envie de discuter avec toi. Je suis surprise que les autres t'adressent la parole. Aamaa n'est pas très contente.

— Tu n'as pas pris une ride.

— Je sais. Je suis une vraie reine de beauté. »

Prasanti verse de l'eau dans une casserole, casse le paquet de nouilles Maggi en deux et jette les morceaux dans le récipient avec l'inélégance qui l'a toujours caractérisée.

« Qu'est-ce qui est arrivé à ton *dara* ?

— Je suis allée voir le dentiste, il m'a fait porter un appareil – c'est ce qui a redressé mes dents.

— Ces dents droites doivent plaire à ta *gas*. »

Là d'où je viens, *gas*, en plus de désigner l'appareil qu'on utilise pour cuisiner, ainsi que la bonbonne grâce à laquelle fonctionne ledit appareil et dont on manque toujours dans le coin, signifie « petite amie ». Ne me demandez pas pourquoi. Les personnes instruites l'emploient moqueusement, de façon désobligeante. Les masses, elles, prononcent ce mot avec solennité, comme si aucun synonyme ne pouvait rendre justice à l'amour de leur vie.

« Tu ne dis plus *condo* maintenant ?

— Non, j'ai grandi, répond Prasanti avec un sourire. Je n'utilise plus de gros mots.

— Je ne te crois pas. *Condo* était ton mot préféré.

— Maintenant, c'est *laro*. »

Stupéfait, je ris de son culot, car Prasanti vient d'employer la traduction la plus humble du mot « pénis ».

« Ouah ! m'exclamé-je, parce que je ne vois pas comment exprimer autrement mon contentement. Ouah. Ouah.

— Quoi, ouah-ouah ? râle Prasanti. Ouah-ouah-ouah – on dirait un *Angrez* qui ne connaît aucun autre mot. Alors, tu vas faire de moi le nouveau sujet de ton livre ? »

Ah, le sujet. Un mot sur lequel je tombe tous les jours, mais dont le sens est maintenant très éloigné de la connotation qu'il revêtait pendant mon adolescence. Le terme « sujet » désignait à l'époque l'objet de votre affection sexuelle.

« Le sujet de ton *chattisey*, hein ? » demande Prasanti.

Je reste bouche bée.

Chattis signifie « trente-six ».

Chattisey, avec son suffixe, désigne en quelque sorte les trente-six mouvements de la main sur le pénis lors d'une séance de masturbation. C'est le nombre de caresses qui suffit soi-disant à votre membre pour éjaculer. Bien que je le trouve moche, le mot *chatti-sey* est le plus créatif de la langue népalaise que je connaisse. En réalité, ce n'est qu'un des nombreux termes astucieux que nous avons créés. Nous, les népa-lophones, utilisons ingénieusement notre langue. Nous sommes fous de néologismes.

« Je peux te proposer des *sel-roti*. Je les ai préparés il y a quelques jours. Tu en veux ?

— Nan, pas de si bon matin. J'en mangerai plus tard. Les nouilles me suffiront pour le moment.

— Tu adorais les *sel-roti* quand tu étais petit.

— J'aimais tout ce qui se mangeait quand j'étais petit.

— Et ça a changé ?

— Nan, c'est toujours pareil.

— Dans ce cas, pourquoi refuser mes *sel-roti* ?

— Parce que je n'aurai plus faim après toutes ces nouilles.

— Tu m'as pourtant dit que tu avais très faim.

— D'accord, donne-moi un *sel-roti*.

— Pas question. Je n'offre pas mes *sel-roti* aux personnes difficiles. Je vais envoyer la moitié de ma production à ces idiots d'ouvriers de l'usine de Kalim-pong. Ils affirment qu'ils n'en ont jamais mangé de meilleurs. »

Prasanti se comporte comme une femme impossible à mettre dans son lit.

« Tu danses toujours ? »

Un comédien en reconnaît toujours un autre. Nous ne sommes pas assez idiots pour laisser passer une occasion de nous produire.

« Seulement pour les personnes spéciales comme Aamaa. »

Elle me tend un bol rempli de nouilles.

« C'est chaud, idiot. Fais attention.

— Tu ne danseras donc pas pour moi ?

— Tu es l'ennemi d'Aamaa. Donc le mien aussi.

— Divertis-moi pendant que je mange.

— D'accord, je vais chanter. »

Prasanti ne peut se retenir de se donner en spectacle plus d'une minute.

Elle se racle plusieurs fois la gorge, place son poing fermé devant la bouche et interprète un *deusi*, ce chant de joie qu'entonnent des groupes d'hommes pendant Tihaar.

« *Jhilimili*, *jhilimili*, chante-t-elle à voix basse, avant de hurler : *Deusurey*. »

Les premiers mots sont à peine audibles, mais le niveau de décibels augmente avec *deusurey*, le refrain, et continue à monter jusqu'à ce que Manasa apparaisse dans l'entrée. L'intensité du chant de l'eunuque faiblit peu à peu.

« Arrête. »

Manasa est furieuse.

« Arrête ça tout de suite. J'essaie de dormir.

— C'est lui qui m'a demandé de chanter, réplique Prasanti en feignant d'avoir peur.

— Tu es vraiment obligée de faire tout ce qu'il te demande ?

— Oui, je suis une domestique.

— Seulement quand ça te chante. Dès qu'on te donne du vrai travail, tu te comportes comme une *maharani*.

— Ou une *maharandi*. »

Ce jeu de mots malin, qui la fait passer de reine à putain, me donne le fou rire.

« Arrête toi aussi, me dit Manasa en anglais. Ne l'encourage pas. Prasanti n'est pas une de tes putes.

— *Maharani*, *maharandi*, quelle différence ? s'interroge Prasanti. Au fond de son âme, même une *maharani* peut être une *maharandi*. *Randi*, *rani*. *Rani*, *randi*. »

C'en est trop. Il faut que je pose mon bol de nouilles pour pouvoir rire sans renverser de la soupe sur mes vêtements.

« Regarde-le rire *galala*. »

Prasanti me pointe du doigt en utilisant cette délicieuse onomatopée à laquelle aucune traduction – « à gorge déployée » peut-être ? – ne rend justice.

« Allez, donne-moi ton bol. Ris autant que tu veux. Tes rides ne sont pas aussi laides que celles de ta sœur. »

Pour Manasa, c'est la goutte d'eau qui fait déborder le vase.

Résonne alors une de ces gifles parfaites : retentissante à souhait, elle laisse les magnifiques empreintes de quatre doigts et prend totalement de court la giflée. Si quelques petites claques l'avaient précédée, ainsi que des pincements, cette gifle n'aurait pas atteint une telle perfection. Pas un mot ne la banalise. Aucune justification ne l'altère. C'est une claque prompte, d'une demi-seconde, et l'endroit où elle atterrit restera douloureux pendant des heures. Bon sang, chaque partie du corps de la giflée risque même de l'élancer pendant des heures !

L'auteure de la gifle parfaite retourne se coucher, tandis que la parfaitement giflée court se réfugier dans sa chambre.

« Aamaa, tu m'entends ? » crié-je du rez-de-chaussée, avant de rire tout seul de l'absurdité de ma question, de l'absurdité de la situation.

Il n'est même pas six heures.

La journée promet d'être longue.

TROISIÈME PARTIE

LE PARADIS DE PRASANTI

Prasanti avait cessé de cracher dans l'assiette des gens depuis longtemps. L'idée que ses victimes ignorent le traitement réservé à leur nourriture ne lui procurait plus aucune satisfaction. Ces temps-ci, elle préférait jeter quelques cailloux dans leur riz. Choisir ces petites pierres était tout un art, car celles-ci devaient être bien blanches, minuscules, à peine visibles. Prasanti les cachait ensuite dans les petits tas de riz, mais après seulement que la nourriture avait été répartie sur les assiettes. Elle ne pouvait pas jeter les cailloux dans le cuiseur à riz, car ils se mélangeraient aux grains dès que l'eau bouillirait, et les personnes qu'elle ne souhaitait pas attaquer avec son arme préférée finiraient par en croquer elles aussi.

L'inconvénient de ce plan de vengeance infaillible, c'était qu'elle ignorait toujours quelle place et quelle assiette allait choisir la proie de ses manigances. Prasanti attendait donc de resservir la tablée pour distribuer ses cailloux. Lorsqu'une personne qu'elle haïssait à mort redemandait du riz, elle la servait à l'aide du petit bol qu'elle utilisait parfois en guise de louche et dans lequel elle avait déjà placé quelques cailloux.

Prasanti restait généralement fidèle à son plan.

Au lieu de le mettre à exécution le jour exact où on l'avait rudoyée, elle attendait un jour ou deux, se montrait gentille à l'égard de cette personne, faisait semblant d'avoir tout oublié du mauvais traitement que celle-ci lui avait infligé, puis elle passait à l'attaque. Aujourd'hui, cependant, il n'était pas question de remettre sa vengeance à plus tard. Sa joue la brûlait encore, et l'idée de recevoir une gifle à son âge était si humiliante qu'il lui était impossible de digérer l'arrogance de Manasa.

Après cette confrontation matinale, Prasanti avait disparu dans l'obscurité et s'était cachée derrière le garage pour pleurer. L'agressivité de Manasa faisait resurgir ses mauvais souvenirs l'un après l'autre. Prasanti agit par conséquent comme elle le faisait toujours quand elle était démoralisée : elle eut une conversation avec Dieu.

« Comment ose-t-elle me traiter ainsi ? lui demanda-t-elle.

— Tu n'aurais pas dû te moquer d'elle, répondit Dieu par la bouche de Prasanti.

— Mais cette femme est horrible. Elle me traite comme une domestique.

— Mais tu es une domestique, et tu ne vas devoir la supporter que quelques jours. Elle sera bientôt partie.

— Je la déteste.

— C'est réciproque.

— Pourquoi suis-je faite ainsi ?

— Parce que tu es spéciale.

— Est-ce ainsi que se sentent les personnes spéciales ?

— Oui, même les personnes spéciales se sentent parfois malheureuses.

— Pourquoi ne puis-je pas être l'un ou l'autre – un homme ou une femme ?

— Parce que tu es spéciale.

— J'ai parfois l'impression que tu dis ça juste pour me rendre heureuse.

— Réfléchis : combien de personnes dans le monde peuvent prétendre être comme toi ? Combien le sont à Gangtok ?

— Deux, peut-être.

— Oui, sur la centaine de milliers d'habitants que compte cette ville, il n'y a que toi et la naachneywalli, la danseuse qui s'est enfuie à Siliguri.

— Et elle est la cible de toutes les plaisanteries.

— En effet.

— Pourquoi sommes-nous si drôles ? Pourquoi se moque-t-on tout le temps de nous ? Pourquoi personne ne nous prend-il au sérieux ?

— Si tu te comportais sérieusement, ils te prendraient au sérieux. Mais tu ris, tu danses, tu sautilles sans arrêt. Si tu veux être prise au sérieux, comporte-toi différemment.

— J'essaie de le faire. Parfois, je cesse totalement de sourire. Mais ça me rend malheureuse. J'ai envie de redevenir comme avant. Suis-je vraiment spéciale ?

— Absolument. Je voulais que tu fasses l'expérience d'une vie que très peu d'humains ont l'occasion de connaître. Tu mènes une belle existence. »

C'était un mécanisme qui avait toujours fonctionné et qui fonctionnerait toujours.

Aujourd'hui, en ce jour de vénération des chiens, Prasanti était bien décidée à offrir à cette chienne de Manasa le meilleur repas de sa vie.

Manasa mangeait peu et demandait rarement à être resservie, aussi Prasanti devrait-elle modifier légèrement son plan d'action habituel. Les minuscules pierres, que l'eunuque avait ramassées étaient de forme, de taille et de couleur si parfaites qu'elles ressemblaient en tout point aux grains de riz. Elles ne tinteraient même pas dans son assiette. À présent, tout ce qu'elle avait à faire, c'était deviner où Manasa allait s'asseoir.

Manasa fut la première à arriver après que Prasanti eut informé la maisonnée d'une voix perçante que le déjeuner était prêt. Lorsque la petite-fille de sa maîtresse se tourna vers l'évier pour se laver les mains, Prasanti parsema furtivement de cailloux le riz posé sur l'assiette la plus proche du dos de Manasa. Encore plus contente d'elle maintenant qu'elle était certaine que Manasa s'installerait à son endroit habituel, juste devant l'assiette pleine de cailloux, l'eunuque mélangea légèrement les petites pierres au riz. Celles-ci se mêlaient parfaitement aux grains.

Manasa s'assit sur sa chaise habituelle, fit la grimace en découvrant d'énormes fleurs de chou-fleur dans son curry, examina l'assiette devant elle et demanda à Prasanti si sa portion de riz était destinée à un éléphant. Elle poussa ensuite l'assiette vers sa gauche, sortit une petite louche de riz du cuiseur et déposa son contenu dans un bol vide. Aamaa, qui s'était enfermée dans sa chambre pour le petit déjeuner sans qu'aucun membre de sa famille s'y oppose, entra en même temps qu'Agastaya et s'assit à côté de Manasa.

« Comment était-ce ? demanda la vieille femme en ajoutant du chou-fleur et du *daal* au monticule de riz sur l'assiette prévue pour Manasa. Le monastère, je veux dire. Tu y as rencontré Dieu ? Tu n'aimes pas les temples ? Que trouves-tu de plus aux monastères ? Ce *daal* a l'air trop liquide.

— Si je visite les *gumpa*, c'est pour observer leurs peintures, Aamaa, répondit Agastaya, qui déposait du yaourt sur un mélange de riz, de curry et de *daal* semblable à celui de Chitralekha. Bouddha, Kaali, je ne crois en aucun dieu.

— Est-ce ainsi que je t'ai élevé ? T'ai-je appris à douter de ta propre religion et à tout remettre en question, y compris le mariage ? »

Bhagwati entra d'un pas hésitant comme si elle ne savait toujours pas très bien quelle était sa place dans la salle à manger. Prasanti était insupportablement mal à l'aise. Elle n'avait jamais soumis Chitralekha au traitement des cailloux. Sa maîtresse ne le méritait pas. Pire encore, Prasanti lui avait un jour avoué, lors d'un de ces moments de rapprochement entre maîtresse et domestique, qu'elle avait mélangé des cailloux à la nourriture de leur voisin ministre quand il était venu discuter avec Chitralekha de ses projets d'agrandissement vertical. Aamaa l'avait légèrement réprimandée mais avait paru plus amusée qu'agacée par cette infraction aux lois de l'hospitalité. Elle allait probablement deviner ce que Prasanti avait manigancé.

Ruthwa entra en se pavanant et s'assit en face d'Aamaa. L'idéal serait que les tensions avec son petit-fils fassent oublier à Aamaa qu'elle avait une assiette devant elle.

« Toute la famille est là », constata Ruthwa.

Les autres gardèrent le silence.

« Personne ne dit rien ? C'est donc que je suis pardonné. »

Pendant un moment, tout se passa comme Prasanti l'espérait. Aamaa forma une petite boule de riz, de chou-fleur et de *daal* puis l'écrasa. Elle répéta ce procédé plusieurs fois, trop distraite par la présence de Ruthwa pour manger.

« Alors que je n'avais pas commis la moindre faute, tout le monde avait cessé de me parler. À présent, plus personne ne semble m'en vouloir. Aamaa, j'ai raté ce qui s'est passé dans ta vie ces dernières années. Raconte-moi : qu'est-il arrivé depuis que ton petit-fils prodigue a fait passer la famille de l'anonymat à la gloire ? »

Prasanti entendit Manasa rire. Cette idiote aurait dû être en train de grimacer si son plan n'avait pas été contrecarré.

Bhagwati regarda brièvement Manasa puis demanda un verre d'eau à Prasanti.

« Tu manges toujours du riz aux trois repas, Aamaa ? interrogea-t-elle sa grand-mère. Tu as toujours été une vraie *bhaatey*.

— Tous les Népalais adorent le riz, lui fit remarquer Aamaa, soudain enjouée. Tous les brahmanes l'adorent. Ta famille n'aime pas ça ? Les Bhoutanais, les *damaai*, ils n'en mangent pas ? Je pensais que si.

— Bhagwati va bientôt devenir américaine, déclara Manasa. Elle consommera alors du pain – tu sais que c'est ce qu'on mange en Amérique, Aamaa ? Mais non, évidemment. Tu n'as jamais quitté l'Inde et, pourtant, tu crois tout savoir.

— En effet, je sais tout. Je sais ce que c'est que d'être la grand-mère d'un homme de trente-trois ans qui n'est toujours pas marié. »

Restée sur le seuil de la cuisine, Prasanti priait pour

que Chitralekha s'emporte et jette son assiette à la figure de Manasa. Cela réglerait deux problèmes d'un coup : les cailloux et l'attitude de Manasa.

Celle-ci but une gorgée d'eau et reposa son verre assez brutalement sur la table.

« Bientôt, nous aurons… » dit Aamaa.

C'est alors qu'on entendit le premier craquement sous sa dent.

« Un caillou ? Voilà longtemps que ça ne m'était pas arrivé. »

Elle recracha la nourriture sur la table et déplaça son assiette afin de dissimuler le petit tas visqueux.

« Mais que savons-nous, nous, les vieux croulants ? Notre opinion ne compte pas. »

Nouveau crissement, légèrement plus fort que le premier. Chitralekha recracha sa bouchée et cacha la petite bouillie de riz sous son gobelet en métal.

« Un seul petit-fils, et il est célibataire.

— Arrête, Aamaa, s'impatienta Manasa. Tu as deux petits-fils, et ils sont autour de cette table.

— Ce n'est pas grave si elle me rejette, dit Ruthwa. J'ai toujours su que j'avais été adopté.

— Un seul », insista Chitralekha avant de prendre une nouvelle bouchée.

Une seconde plus tard, on entendit ses dents écraser bruyamment un caillou.

« Est-ce un aveugle qui a préparé le riz aujourd'hui ? Comment est-il possible de tomber sur trois cailloux en trois bouchées ?

— Oh, est-ce ta façon de nier que tu as deux petits-fils ? demanda Manasa, plus hostile que jamais.

— Qui fait la cuisine ici ? balbutia Chitralekha. Trois cailloux, Prasanti ? Viens ici, idiote. »

Prasanti se força à avancer.

« Je crois que j'ai besoin de consulter un ophtalmologue, dit-elle, penaude.

— J'ai tout compris. »

Lorsque Chitralekha se leva, son assiette atterrit avec fracas sur le sol, répandant son contenu jusque sur les murs.

« J'ai compris ce qui se passe. Oui, le ministre, tu as fait la même chose au voisin. Tu es en colère contre moi parce que je t'ai demandé de te mêler de tes affaires, espèce de sorcière.

— Non, c'était une erreur. Je vous assure.

— C'est bon, je sais tout. Elle voulait défendre cette *damaai*. Et la *damaai* a sans doute ensorcelé cette *hijra* avec sa magie noire. Ma domestique n'arrête pas de la soutenir. Tu m'as donné des arrière-petits-enfants métis, tu as traîné le nom de cette famille dans la boue, puis embrigadé ma fidèle domestique afin de reconquérir mon affection. Comment ai-je pu te laisser entrer dans cette maison ?

— Non, ce n'était pas elle, intervint Prasanti. Ce n'était pas son idée.

— Tais-toi, tu n'es qu'une domestique, cracha Chitralekha. Tu l'as sans doute oublié à cause de la belle vie que tu mènes ici. Une erreur de plus, et tu te retrouveras à faire la manche dans la rue. Ça ne va pas du tout. Tout le monde profite de moi, même cette bonne à rien de *hijra*. Dis-moi, espèce de chienne, tu m'as punie parce que je t'ai dit que je n'avais pas besoin de ton avis, c'est ça ? Qu'est-ce que tu vas faire ensuite ? M'empoisonner ? Je devrais appeler la police. Tu vas sûrement essayer de m'intoxiquer. »

Prasanti n'aimait pas le mot « police ». Il faisait

resurgir des souvenirs, les mêmes que lorsqu'elle discutait avec Dieu.

« Pardon, sanglota-t-elle. Ces cailloux étaient destinés à Manasa. Elle m'a giflée ce matin. C'était pour elle. Demandez-lui. Je vous en prie, demandez-lui. Elle a préféré manger dans ce stupide bol aujourd'hui. Elle m'a giflée comme si j'étais une enfant. J'ai plus de trente ans mais on me bat encore, vous vous rendez compte ? Je voulais juste lui donner une leçon. »

Tandis que Chitralekha montait dans sa chambre d'un pas rageur, les autres finirent de manger et de se rincer la bouche en silence. Le voile de larmes qui embuait les yeux de Prasanti se leva et son regard rencontra celui de Manasa. L'eunuque y lut un profond dégoût. Cherchant désespérément à s'attirer un peu de compassion, elle se tourna vers Bhagwati qui, figée sur sa chaise, regardait fixement l'assiette que Chitralekha avait jetée sur le sol.

Même un dialogue avec Dieu ne résoudrait pas son problème. Il fallait vraiment être stupide pour détruire toute la confiance qu'elle avait peu à peu gagnée. Sa maîtresse, la seule personne qu'elle avait toujours rendue heureuse, ne la supportait plus. Manasa savait que Prasanti la haïssait. Étant donné la nouvelle dynamique familiale, elle n'aurait aucun mal à convaincre sa grand-mère de se débarrasser de l'eunuque. Qu'était-elle à part une domestique ? Facile à congédier, dispensée des tâches lourdes, une *hijra* aux si faibles compétences serait aisément remplaçable par n'importe quelle incapable d'*adivasi* de Doars après une journée de formation. Toutes ces années de joie qu'elle avait apportée dans la maison avaient été effacées par l'humiliation qu'elle venait d'infliger à Aamaa.

Prasanti comprenait Aamaa, et Aamaa la comprenait. L'eunuque savait que le secret pour égayer la vieille femme, c'était l'humour cochon. La moindre allusion au sexe, aux attributs sexuels, aux excréments et aux flatulences, la réjouissait au plus haut point. Prasanti savait émoustiller sa maîtresse. Elle connaissait Aamaa aussi bien qu'elle se connaissait elle-même.

Si la vie de Prasanti était différente de celle des *naachneywalli*, c'était uniquement grâce à Aamaa. Son existence n'avait rien à voir avec celle qu'elle menait à Bombay, où elle vivait dans un *koti*, dansait chez les gens, consciente qu'un jour elle devrait se prostituer. Les *hijra* avec qui elle vivait mentaient en lui promettant qu'un véritable esprit de camaraderie imprégnait leur société et leur mode de vie. Aujourd'hui, Prasanti avait un toit au-dessus de la tête, un beau toit solide, de la bonne nourriture à manger – la même que sa maîtresse – et de jolis vêtements à porter. Pourtant, elle avait fini par considérer cette vie comme acquise.

Les *hijra* de son passé, dans l'espoir de se rassurer sur leur vie pitoyable, s'inventaient des histoires niaises. Elles prétendaient être bénies par le dieu Ram et se considéraient comme ses élues. Dans une des nombreuses versions ridicules de l'histoire qu'elles adoraient répéter – comme si cela la rendait plus vraie –, les eunuques braillaient que leur capacité à porter malheur à autrui leur avait été transmise par Ram lui-même. C'était une histoire idiote qui remontait à l'époque où Ram avait été contraint à l'exil. Ses sujets l'avaient suivi jusqu'à la forêt mais Ram, en prince bienveillant, leur avait demandé à tous de repartir, de le laisser faire pénitence seul. Quatorze ans plus tard, en rentrant à son royaume d'Ayodhya, il avait découvert que des gens l'attendaient à l'extérieur de la forêt.

« Pourquoi êtes-vous encore là ? leur avait-il demandé.

— Seigneur, vous avez prié tous les hommes et femmes de faire demi-tour. Mais nous ne sommes ni hommes ni femmes, aussi vous avons-nous attendu. »

Touché par leur piété, le dieu leur avait offert le pouvoir de maudire les autres – quiconque les trahirait verrait sa vie anéantie.

Voilà en quoi croyaient les *hijra*. Prasanti, malgré tous ses efforts, n'avait jamais pu se résoudre à faire sienne cette histoire.

Elle avait échangé cette vie contre une autre, et cette dernière était bien meilleure.

Sa chambre se trouvant juste sous l'escalier, son plafond était incliné – assez bas au-dessus de l'entrée, il s'élevait très haut à l'autre bout. Prasanti avait suggéré à Aamaa de déplacer la porte vers l'extrémité la plus élevée, mais celle-ci avait répondu qu'elle lui offrirait plutôt une vraie chambre – l'une de ses petits-enfants – si elle continuait à bien se comporter. Prasanti ne pouvait arpenter la pièce sans se cogner la tête à un endroit ou à un autre. Pourtant, en balayant son petit espace du regard, l'eunuque ne put s'empêcher de se demander si elle avait vraiment raison de se plaindre de sa difformité. Au lieu de dormir sur le sol, elle possédait un beau lit sur lequel était posé un matelas moelleux ; rien à voir avec les loques qu'elle entassait pour dormir dans la maison des *hijra*. Les draps étaient propres et sans trous. Elle ne se rappelait pas avoir dormi sur des draps chez les *hijra* – celles-ci manquaient sans doute autant de linge de lit que de dignité et d'estime de soi. Prasanti possédait aujourd'hui tant de vêtements, neufs ou de seconde main, qu'elle était parfois tentée d'en jeter.

L'eunuque ne parvenait plus à pleurer. C'était comme si elle avait épuisé toutes ses larmes.

La garde-robe Godrej, qu'elle avait récupérée sans permission dans l'une des chambres de l'étage, faisait un bruit de ferraille quand on l'ouvrait. Prasanti inspecta le contenu de son coffre-fort : une enveloppe renfermant une épaisse liasse de billets de cinq cents roupies, certains gagnés, d'autres volés ; trois paires de boucles d'oreilles en or, l'une reçue en cadeau, les deux autres volées ; une douzaine de bracelets en or, la moitié offerte, l'autre volée ; et un collier volé. Prasanti caressa chaque billet tout neuf comme si elle examinait un beau coupon de tissu, puis elle les compta. Elle avait accumulé plus de quarante mille roupies.

Prasanti n'était pas une femme pauvre. Elle possédait plus que tous les domestiques de sa connaissance. Même si on la chassait de la maison, elle aurait assez d'espèces et d'or pour vivre. Si elle décidait d'aller vivre dans un village, elle y serait même considérée comme aisée. Mais, soudain, la dure réalité de ce changement d'existence lui apparut : il lui serait impossible de vivre en dehors de cette maison. Elle n'aurait pas un moment de tranquillité à l'extérieur de la propriété. On la raillerait, on la battrait, on la détruirait sous le seul prétexte qu'elle possédait un organe trop développé aux yeux de certains, mais pas suffisamment pour d'autres. Prasanti était obligée de vivre ici. Elle le serait toujours. Elle ne pouvait plus prendre le risque de provoquer une altercation comme celle qui venait de se produire.

Prasanti prit une décision. Elle ferait son travail. Elle contenterait tout le monde – même Manasa, bien qu'il fût impossible de ne pas se disputer avec elle. Prasanti ne sèmerait plus la zizanie. Elle allait même commencer dès maintenant à répandre le bien autour d'elle. Le moment était venu de suspendre des guirlandes d'œillets autour des fenêtres. Tant pis si Bhagwati avait dit qu'elle le ferait. Tant pis si Aamaa avait confié à Prasanti qu'elle préférait que Bhagwati s'en charge avec Agastaya, afin que sa petite-fille en profite pour pousser son frère à rencontrer quelques femmes. Prasanti s'occuperait de tout dans la maison. Elle montrerait à tout le monde qu'elle pouvait travailler dur, qu'elle était irremplaçable.

Dans le salon, se trouvait le panier contenant les guirlandes que Bhagwati et elle avaient enfilées ensemble le matin même. Prasanti en saisit une et décida de l'utiliser pour décorer la porte d'entrée. Ruthwa lui demanda si elle avait besoin d'aide. Sa condition avait tant ému ce démon égoïste, sans cœur ni cervelle, qu'il avait pitié d'elle. Prasanti n'avait pas besoin de son aide, mais elle ne répondit pas.

« Tout va bien ? demanda Ruthwa. Comment te sens-tu ? »

Ce signe d'inquiétude – si insincère fût-il – déclencha un nouveau torrent de larmes.

« J'ai du travail. Beaucoup de travail. »

Prasanti ne pouvait recommencer à vivre seule comme une *hijra*. Elle ne pouvait retourner vivre avec ses semblables.

Elle ne pouvait retourner à son ancienne existence – à aucune de ses anciennes vies.

QUATRIÈME PARTIE

C'est le moment parfait pour passer aux actes. Prasanti est vulnérable à souhait.

Elle ne cesse de répéter que son histoire n'a rien d'extraordinaire, que c'est l'histoire d'une personne *lambda* – enfin, d'une *hijra lambda*.

Étant donné que je lui donne un coup de main – et qu'elle est d'humeur à se lamenter sur son passé, ce qui ne ralentit nullement le rythme auquel elle suspend les *mala* autour des fenêtres –, nous décorons toutes les fenêtres et portes de la maison (à l'exception de celles de la chambre d'Aamaa) de guirlandes d'œillets en un rien de temps.

Il m'en faut cependant beaucoup plus pour rédiger mon texte sur Prasanti. Mais je n'aurais pu imaginer meilleur chapitre type pour accompagner ma proposition de livre sur les *hijra* des collines.

HISTOIRE D'UNE *HIJRA*

Fils d'un prêtre brahmane et de sa seconde épouse, elle était née sous le nom de Prasant Acharya.

Six courtes années après son premier mariage, le

pandit Acharya était le père accablé de quatre filles. Presque âgé de soixante ans et sujet à des maladies dont le diagnostic variait d'un médecin à l'autre, le prêtre craignait de mourir sans le moindre fils pour lui administrer les derniers sacrements.

La pensée qu'un inconnu incinère son corps replet l'ennuyait sincèrement. Il s'agirait d'un parent, d'une personne du même sang que lui, certes, mais d'un parent très éloigné. Le pandit était certain que son crémateur ne s'abstiendrait pas de consommer du sel pendant treize jours après sa mort. L'idée que cet homme plante les dents dans un morceau de poulet dix minutes après avoir mis le feu à son bûcher désespérait l'érudit.

Le pandit Acharya tentait sans relâche de féconder sa femme, mais celle-ci s'isolait consciencieusement mois après mois dans l'étable afin de saigner en paix. Plus aucun enfant – même de sexe féminin – ne se développait dans son ventre.

Lorsqu'il avait épousé sa première femme, Nirmala, juste un peu plus âgée qu'une adolescente, mais encore un peu jeune pour être une femme, ses cuisses lui avaient paru si prometteuses ! Il ne pouvait d'ailleurs rien lui reprocher : elle avait accompli sa mission quantitativement parlant. Mais à quoi bon avoir autant d'enfants si aucun n'était autorisé à l'incinérer ?

Rien ne brisait davantage son cœur malade que la vue des jumeaux de son jeune frère se promenant tout nus, leurs minuscules pénis luisant au soleil. Le pandit Acharya voyait rarement ses neveux habillés en dessous de la taille. C'était comme si Dieu, par le biais de la vessie suractive des petits garçons qui occasionnait un premier changement de tenue dès le petit matin, et de la grande pauvreté de son frère, en raison de laquelle la mère exténuée était à court de vêtements propres pour ses fils dès le troisième accident de la journée, cherchait à rappeler moqueusement au prêtre ce qui lui manquait.

S'il adoptait un de ses neveux, cela n'aurait rien de comparable à la procréation d'un fils.

Par conséquent, le pandit Chavi Raman Acharya finit par convoquer ses confrères prêtres à une réunion afin de débattre avec eux de son problème. Généralement du même avis, tous avaient pitié de ce pauvre homme qui ne recevait que de vagues diagnostics des médecins et dont l'épouse ne lui avait toujours pas donné de fils.

Le pandit avait toutefois une idée.

« Serait-ce inconvenant si je vous disais que je souhaite épouser votre fille, Parajuli-*ji* ? » demanda-t-il à l'un des hommes de l'assemblée.

Parajuli était un jeune prêtre qui s'était marié très jeune, tandis que le pandit Acharya était un vieux prêtre qui s'était marié très tard. Parajuli avait une fille de dix-neuf ans qui parlait toute seule. Une semaine auparavant, elle avait coupé les cheveux de sa mère à l'aide d'un couteau alors que celle-ci, épuisée, s'était endormie.

La jeune fille, presque adulte, jouait encore avec des enfants de sept ans.

« Il y a cependant un problème », dit le pandit Acharya.

Et il ne s'agissait pas de la déficience mentale de la future mariée.

« Un problème de caste. »

Tous les prêtres avaient déjà commencé à hocher la tête d'un air compréhensif.

« Je suis un Acharya. »

Les prêtres continuaient à hocher la tête d'un air compréhensif.

Ce n'était pas la différence de leurs castes mais leur similarité qui posait problème. Les futurs mariés appartenaient au même clan – tous deux, issus du clan Kaundinya, descendaient du *rishi* Kaundinya. Cette union serait une forme de mariage consanguin, la plus complexe qui soit, même s'il fallait remonter soixante-dix-sept générations en arrière pour lier le pandit Acharya et le pandit Parajuli par leur ADN.

« Mais il ne s'agit pas d'un problème insoluble, dit Acharya. C'est nous qui créons les règles ici. Je suis le plus vieux pandit de Kalimpong. Et je déclare cette union non consanguine. »

Les autres l'écoutaient avec grand intérêt. Acharya-*ji* était un érudit.

Les six autres pandits l'approuvèrent. Tous avaient, à un moment ou à un autre, été soumis à la tutelle d'Acharya. Le pandit avait marié des centaines d'hommes à des centaines de femmes et accompli les rites funéraires de centaines de personnes décédées. Tout le monde étant d'accord sur le fait que le prêtre avait besoin de se remarier pour que son futur fils puisse incinérer son corps, les rares murmures sceptiques sur la nature d'un mariage entre un Acharya et une Parajuli furent rapidement étouffés par les spécialistes de la question.

Ce fut un mariage simple.

La jeune mariée attardée était vêtue de rouge, tandis que le marié portait un *daura-suruwal*. La première épouse était vêtue de vert. Le père de la mariée portait un *dhoti* en bas et son cordon sacré en travers du torse. C'était le frère du marié qui dirigeait la cérémonie. Les quatre filles du marié portaient quant à elles des robes à volants. Les fils du frère, les deux neveux du marié, jouaient au soleil, pour une fois habillés de la tête aux pieds.

Dieu avait enfin cessé de se moquer de pandit-*ji*.

Sumitra, sa nouvelle épouse, dut être réprimandée plusieurs fois par son père pendant la cérémonie.

Quand on lui demanda de saupoudrer de riz le feu sacré autour duquel son futur époux et elle étaient assis, elle en jeta une poignée à la figure de ses futures belles-filles et éclata de rire. Quand on lui demanda d'effectuer les sept tours autour du feu sacré, elle refusa qu'on attache l'extrémité libre de son sari à la ceinture de tissu de son mari. Après avoir péniblement terminé le premier, poussée par les pincements de son père, Sumitra refusa de commencer le deuxième.

Le pandit Parajuli regarda le pandit Acharya d'un air désolé et lui confia qu'il ne fallait pas hésiter à donner une gifle ou deux à son enfant attardée afin de la discipliner quand elle agissait ainsi.

Le pandit Acharya demanda à sa première épouse d'en prendre note.

Dix mois plus tard, Sumitra donnait naissance à un enfant, entre les jambes fragiles duquel pendait un pénis.

De joie, le pandit Acharya faillit embrasser le petit appendice.

Il montra ses minuscules bijoux de famille à ses quatre filles et se retint de gifler la deuxième quand elle essaya de toucher son petit frère.

Sumitra pleurait à chaudes larmes. Son jouet préféré, la plus grande poupée qu'elle ait jamais vue, lui avait été confisqué pour être confié à la première épouse.

Sumitra était toutefois autorisée à jouer quelques minutes d'affilée avec cette poupée qui pleurait sans arrêt quand elle l'allaitait.

Le reste du temps, personne n'était autorisé à toucher Prasant, à part le prêtre et sa première épouse.

Prasant était un bébé charmant qui portait des vêtements tout aussi charmants – des shorts à frous-frous, des chemises à frous-frous ainsi que des pantalons à frous-frous, tous fabriqués à l'aide de morceaux de robes récupérées dans la garde-robe de ses sœurs.

Le père avait de grandes ambitions pour Prasant. Il refusait que son fils de trois ans devienne enseignant, policier ou chauffeur comme bon nombre des fils de ses confrères prêtres. Non, Prasant serait pandit.

« Tel père, tel fils », diraient ainsi les gens.

Le pandit Acharya ne parvenait pas vraiment à différencier ses filles. L'une d'elles avait quitté l'école parce qu'elle était stupide. Une autre s'était peu à peu rapprochée de sa belle-mère. Avec l'âge, le prêtre oubliait souvent le nom de ses filles.

Avec son fils, il s'en sortait mieux. Le pandit Acharya se sentit très fier le jour où Prasant mangea sa première cuillerée de riz gluant. L'enfant la recracha aussitôt.

À trois ans, lorsqu'on coupa ses longs cheveux brillants pour la première fois avant de lui raser la tête, Prasant ressembla soudain trait pour trait à son père. Toutes les personnes assistant au chewar notèrent que c'était son portrait craché.

Prasant pleura quand il découvrit son crâne rasé dans le miroir. Évidemment, il ne se reconnaissait pas, déclara l'assemblée.

Le pandit voulait célébrer la cérémonie du cordon de Prasant peu après le chewar de sorte que, s'il venait à mourir, il s'éteindrait en sachant que son fils pourrait l'incinérer. La cérémonie de bratabandha, au cours de laquelle Prasant commencerait à porter le cordon sacré, donnerait le droit à son fils d'administrer les derniers sacrements à ses parents.

Le pandit ne remarqua pas que sa fille aînée avait commencé à effectuer ses séjours mensuels dans l'étable. Distrait, il cherchait la date la plus propice pour la cérémonie de son fils.

Sumitra adorait le feu. À plusieurs reprises, elle

tenta de brûler des choses à la combustibilité douteuse, des goyaves entre autres. Un jour, elle mit le feu à ses cheveux. Si une de ses belles-filles ne l'avait pas vue courir en tous sens la tête enflammée, l'épouse attardée du pandit serait morte. La tête entièrement nue, comme son poupon préféré, elle fut renvoyée chez ses parents, mais sans son jouet.

« Je ne peux tout simplement pas m'occuper d'un enfant supplémentaire. J'en ai déjà cinq ! » expliqua le pandit à son confrère qui le comprit.

Tandis que Sumitra se réinstallait dans la maison de son enfance, son fils dansait sur une chanson qui passait à la radio.

Contrairement à ses sœurs, Prasant fut bientôt envoyé à Rockvale, une école anglophone.

Mais l'enfant refusa catégoriquement d'enfiler le short de son uniforme. Sa belle-mère et lui parvinrent à un compromis, et Prasant put porter un pantalon, qu'il se mit à souiller avec une régularité tenace.

À l'école, Prasant refusait d'écrire.

Prasant refusait de sauter à cloche-pied quand on le lui demandait.

Il refusait de courir.

Il refusait de faire des bonds.

Il refusait de sauter à la corde.

Il refusait de cesser de danser.

À la fin de l'année, Prasant ne put passer dans la classe supérieure car il n'avait appris à écrire aucune des lettres de l'alphabet.

Le prêtre se demanda si son fils n'avait pas hérité du crétinisme de sa mère.

Prasant refusa de retourner à Rockvale l'année suivante. Il commença à fréquenter l'école du village comme ses sœurs.

Lors de la cérémonie du cordon, au cours de laquelle il était censé se raser la tête, Prasant refusa de se laisser approcher par les grands ciseaux. Chaque fois qu'une main tentait de le toucher, il crachait dessus, la pinçait, la griffait ou la mordait.

Jamais le prêtre n'avait supervisé une cérémonie de *bratabandha* dont le participant n'était pas tondu.

Avec le tissu blanc prévu pour être enroulé autour de sa taille comme un *dhoti*, son fils se fabriqua rapidement un petit sari. Tout le monde déclara que le pauvre garçon était si habitué à la compagnie des femmes que son esprit d'enfant n'avait pas saisi que les saris leur étaient réservés.

À huit ans, Prasant rentra de l'école, tous ses ongles vernis.

Les *shloka* en sanscrit que le prêtre essayait de lui faire ingurgiter se transformaient régulièrement en chanson chorégraphiée.

Quand il avait neuf ans, une bande de camarades d'école plus âgés le rouèrent de coups et le menacèrent de faire pire s'il déclarait s'appeler Prasant.

Très obligeamment, le fils du pandit Acharya répondit, à partir de ce jour-là, qu'il s'appelait Prasanti.

Puisqu'il ne répondait plus au nom de Prasant et affirmait gaiement qu'on lui donnerait des coups de poing dans la figure s'il le faisait, tout le monde se mit à l'appeler Prasanti.

À dix ans, l'enfant enfila la robe verte de sa sœur, beaucoup trop courte pour lui, et se promena ainsi vêtu dans le quartier.

Certaines personnes affirmaient qu'il était fou, comme sa mère. D'après les brahmanes, le problème de cet enfant était qu'il avait pour parents deux sagotri, deux membres d'un même clan.

À onze ans, lorsque mourut son oncle – le père des bébés nus qui narguaient le pandit Acharya –, Prasant s'enfuit des funérailles et disparut dans la petite ville de Melli.

Un an plus tard, le pandit Acharya s'éteignit dans son sommeil. Ce furent ses neveux jumeaux qui allumèrent son bûcher. Désormais, ils n'étaient nus qu'audessus de la taille.

Prasant-Prasanti monta dans un car pour Siliguri. La ville ne se trouvait qu'à trois heures de route, mais elle était grande – bien plus que Kalimpong – et située dans les plaines.

« D'où viens-tu, mon ange ? demanda le conducteur.

— De Kalimpong.

— Et tes parents ?

— Ils m'ont accompagnée jusqu'au car. C'est mon frère qui viendra me chercher à Siliguri.

— Où ça, à Siliguri ?

— À la gare routière.

— Tu t'exprimes comme une fille.

— Je sais. C'est parce que je suis une fille.

— Je t'ai pris pour un garçon. À cause de tes vêtements.

— Il arrive que les gens se trompent.

— Que voulez-vous ? demanda le conducteur aux passagers. C'est l'époque. Les filles ressemblent aux garçons, et les garçons aux filles.

— Tes cheveux ressemblent à ceux d'une fille.

— Comment t'appelles-tu, ma fille ?

— Prasanti.

— À quelle caste appartiens-tu ?

— À celle des *baahun*. Je m'appelle Prasanti Acharya.

— Es-tu de la famille du pandit de Pudong ?

— Non, je viens de Lava.

— Ce pandit a mangé tellement de *kheer* quand il est venu célébrer une *puja* chez nous ! raconta le conducteur aux passagers. Il n'arrêtait pas de s'empiffrer. »

Les autres se moquèrent du père de Prasanti, ce qui procura à l'enfant une étrange satisfaction.

Prasanti s'était déjà rendue plusieurs fois à Siliguri, mais jamais seule. Quand le car s'arrêta dans la gare ferroviaire Tenzing Norgay, elle fit bonjour à une silhouette imaginaire.

Personne ne la soupçonna d'avoir inventé ce frère.

Prasanti erra dans les rues, s'imprégna des sons et apprit à se repérer.

Certaines personnes semblaient népalaises. Mais la plupart venaient d'ailleurs.

Les klaxons retentissaient sans cesse. Les voitures roulaient plus vite qu'à Kalimpong.

Ici, la foule était plus dense – plus encore qu'un jour de *haat* dans sa ville natale. Peut-être que c'était aujourd'hui jour de marché à Siliguri.

Il faisait chaud, très chaud. Avril n'était jamais aussi étouffant à Kalimpong.

Le moment était venu de tester la crédibilité de sa nouvelle identité.

Dans un petit magasin qui vendait des bonbons dans des bouteilles en verre, elle dit en népali : « Aamaa m'a demandé de vous acheter pour dix roupies de Lacto-King. »

Le commerçant, qui se moquait de savoir qui elle était, ne rechigna pas à la servir quand elle lui tendit un billet de cent roupies.

« Je prendrai aussi ce vernis à ongles.

— Autre chose ? grogna-t-il en bengali.

— Auriez-vous des crayons pour les yeux ?

— Ce n'est pas une boutique de cosmétiques ici.

— Comment se fait-il que des filles aussi jeunes portent de l'*eye-liner* ? s'étonna une femme en hindi. Tu es si jolie au naturel ! »

Prasanti rougit de plaisir.

Elle aurait voulu serrer cette femme dans ses bras et

lui raconter l'histoire de sa vie, mais la cliente souleva ses sacs pesants et essaya de traverser la rue. La circulation l'en empêcha.

« Où allez-vous ? demanda témérairement Prasanti.

— Faire la cuisine à un mariage.

— À Pradhan Nagar ? »

C'était le seul quartier que Prasanti connaissait à Siliguri.

« Non, juste là. »

De l'autre côté de la rue, se dressait une grande maison décorée de lumières colorées. Celles-ci n'étaient pas encore allumées.

Aux mariages, on servait de la nourriture. On jouait de la musique. Et les invités étaient si nombreux que personne ne se demanderait qui étaient ses parents.

Prasanti n'avait encore jamais vu une telle fête.

Elle avait assisté à de nombreuses cérémonies à Kalimpong, présidées par son père, mais celle-ci était la plus grandiose de toutes. On y servait du Coca-Cola, du Fanta et du Sprite.

Le jus d'orange Sikkim Supreme faisait figure de luxe aux mariages auxquels elle avait assisté.

Prasanti vidait un verre de boisson pétillante après l'autre tout en se balançant sur les chansons que crachait le haut-parleur.

Arriva bientôt un groupe de femmes turbulentes qui ressemblaient à des hommes. Le bruit de leur procession dépassait presque celui des proches du jeune marié.

Toutes avaient les cheveux longs, portaient des saris, du maquillage et dansaient avec une énergie débridée. Pourtant, la plupart avaient un visage d'homme.

L'une d'elles frappait un tambour suspendu à son cou à l'aide d'un tissu rouge, tandis que ses amies dansaient sur des chansons de Bollywood.

Lorsque le marié leur donna de l'argent, elles en réclamèrent davantage.

Quand il obéit, elles lui en demandèrent encore plus.

Certains invités les acclamaient. D'autres les huaient.

« Qui sont-elles ? demanda Prasanti à un couple qui semblait népalais.

— Des *hijra*, répondit le mari. De qui es-tu la fille ?

— Ma mère fait la cuisine ici. Je suis venue assister au mariage. »

Cette explication lui suffit.

« Est-ce que ce sont des hommes ou des femmes ? demanda Prasanti.

— Les deux », répondit le mari, furieux.

Prasanti sut immédiatement ce qu'elle allait faire.

Au début, les *hijra* essayèrent de la renvoyer à la maison où avait lieu le mariage. Mais elle refusa de lâcher le sari de la plus jolie.

« Je veux être comme vous, dit Prasanti en népali.

— Et tes parents alors ?

— Ils sont morts.

— Nous ne pouvons pas te garder. Quel âge as-tu ?

— Treize ans, mentit Prasanti.

— Es-tu un garçon ou une fille ?

— Une fille, mentit-elle de nouveau.

— Menteuse, dit la jolie *hijra* en regardant fixement le relief de son *soo-soo*.

— Je suis un garçon, mais je veux être une fille.

— Comme nous, dit tristement une autre *hijra*.

— Je sais danser », dit Prasanti.

Elle se mit à se déhancher comme elle les avait vues faire, en frappant fréquemment dans ses mains. Les *hijra* sourirent. Au bout d'un moment, elles rirent toutes.

« Tu es très douée, mais nous ne pouvons pas te

garder, dit la jolie *hijra*. Tu attirerais trop l'attention à cause de ton âge. Imagine la réaction de la police !

— On pourrait dire que je suis ta fille.

— Cette petite pourrait être ma chela, mon élève, proposa la jolie *hijra* aux autres.

— Trop dangereux, répliqua celle qui semblait la plus âgée du groupe. Il faut que tu partes.

— Je n'ai nulle part où aller. »

Prasanti les suivit jusqu'à leur cabane, où se trouvaient davantage de *hijra*.

« Tout s'est bien passé ? » demanda une femme âgée.

Au lieu de répondre à ses questions sur la fête, les *hijra* qui avaient dansé au mariage lui parlèrent du curieux garçon qu'elles y avaient rencontré.

« Nous ne pouvons pas prendre le risque de le garder ici, répondit la doyenne. La police nous accuse sans cesse de kidnapper de jeunes garçons pour les forcer à devenir *hijra*. Cet enfant est trop jeune, et regardez ses cheveux.

— Mais je les laisserai pousser ! s'écria Prasanti désespérée.

— Ce pourrait être ma *chela*, suggéra de nouveau la jolie *hijra*.

— Ça fait à peine un mois que tu es là, répliqua la cheffe. Il est beaucoup trop tôt pour que tu prennes une élève en charge.

— N'oublie pas que ce garçon est comme nous. Il endure exactement ce que nous avons enduré. Regarde comme il est beau. Sa peau est si claire !

— Tu es népalais ? demanda la cheffe.

— Oui, murmura Prasanti en se demandant quelle était la meilleure réponse.

— Du Népal ?

— Non.

— D'où alors ? »

Cette fois encore, elle se demanda quoi répondre.

« De Siliguri », mentit-elle.

Prasanti devina, à l'inquiétude qui se lut aussitôt sur le visage des *hijra*, que ce n'était pas une réponse satisfaisante.

« De Siliguri, répéta la cheffe. Vous avez entendu ? Sa famille viendra le chercher ici. Nous passerons le reste de nos vies en prison. Il faut vous en débarrasser.

— Laisse-le au moins rester cette nuit, protesta la jolie *hijra*.

— Et s'ils viennent le chercher ce soir ? »

La cheffe lui demanda de ramener le garçon là où elle l'avait trouvé.

« Je n'irai nulle part ! s'écria Prasanti.

— Tu n'as pas le choix.

— Je veux que tu sois ma mère, dit Prasanti à la jolie *hijra* lorsqu'elles furent dehors.

— C'est d'accord. Tu peux être ma *chela*. Je serai ta gourou.

— Mais que vont dire les autres ?

— Ne t'en fais pas pour ça. »

La *hijra* coiffa Prasanti d'une perruque. Jamais celle-ci ne s'était sentie aussi jolie.

Ensemble, elles montèrent dans un train.

« Où allons-nous ? » demanda Prasanti.

C'était la première fois qu'elle prenait le train.

« Loin – quelque part où les autres ne nous retrouveront jamais.

— J'ai de l'argent, tu sais. »

Prasanti tendit un billet de cinquante roupies à sa nouvelle maman, sa nouvelle gourou.

« Ne t'en fais pas, nous en gagnerons assez pour vivre. »

La *hijra* s'assit sur le sol près des toilettes. Prasanti l'imita.

Le train démarra.

« Tu as faim ?

— Non, j'ai beaucoup mangé au mariage.

— Petite maligne.

— Où allons-nous ?

— Qui sait ? Delhi ? Bombay ? Avec moi, tu seras en sécurité partout où tu iras.

— Et que mangerons-nous là-bas ? Est-ce que mes cinquante roupies suffiront ?

— Nous sommes des *hijra* – nous gagnerons de l'argent. »

Les personnes qui passaient prudemment devant elles pour aller aux toilettes les regardaient avec méfiance.

« Ces gens pensent que je t'ai kidnappée.

— Imagine qu'ils essaient de m'emmener ?

— Oh non, ils ne feront jamais ça », répondit la *hijra* avec assurance.

Un homme à l'inquiétante moustache et au badge intimidant leur demanda leurs billets.

« Oh, saahab, vous devriez avoir honte de demander des billets à une *hijra* et à sa sœur, le gronda gentiment la gourou de Prasanti. Nous sommes là pour bénir les passagers. Nous irons les trouver demain matin. Pour le moment, je suis fatiguée, j'ai besoin de dormir.

— Qui est-ce ? demanda l'homme.

— Ma sœur.

— Ta sœur *hijra* ou ta vraie sœur ?

— Ma vraie sœur qui est aussi *hijra*.

— Ta peau est beaucoup plus foncée que la sienne.

— Elle tient son teint clair de notre mère. Je tiens ma peau noire de notre père.

— Je vais tout de même devoir vous donner une amende. Ou alors tu pourrais m'offrir un peu d'argent pour que je m'achète une tasse de thé ? »

La *hijra* bondit sur ses pieds.

« Écoutez-moi, vous tous ! Cet homme me demande de le soudoyer. Maudite soit ta famille. Maudits soient tes enfants. »

Elle souleva son sari jusqu'aux genoux et frappa dans les mains, comme ses amies et elle l'avaient fait au mariage.

Mais là-bas, l'ambiance était gaie. Ici, les réactions étaient agressives.

Les passagers des compartiments voisins se pressaient autour d'elles afin d'assister à la scène.

« Cet homme extorque de l'argent aux pauvres ! poursuivit la *hijra*. Maudits soient ces *babu* censés servir notre nation. »

Elle laissa son sari remonter sur ses cuisses.

« Bon, pas la peine de provoquer un scandale, dit l'homme moustachu. Ne fais pas autant de bruit. »

Embarrassé, il s'éloigna, tandis que les passagers ricanaient et retournaient à leurs occupations.

La *hijra* acheta deux œufs à un marchand ambulant.

« Tiens, mange ça, dit-elle à Prasanti.

— Je ne peux pas. Je suis végétarienne.

— Tu ne manges même pas d'œufs ?

— Non. Je suis brahmane. »

La *hijra* rit avec amertume.

« C'est fini, ça. Tu n'es plus hindoue. Tu es une *hijra*. Et, nous, les *hijra*, nous sommes musulmanes. »

Prasanti garda l'œuf dans sa main et le jeta dès que sa gourou eut le dos tourné.

Quand elles atteignirent Bombay trois jours plus tard, elles avaient gagné mille cent roupies à elles deux. La professeure – la gourou de Prasanti – mettait dans l'embarras les hommes qui refusaient de lui donner de l'argent en les touchant, en les pinçant et en les menaçant de soulever son sari.

L'élève, sa *chela*, récoltait l'argent dans un sac à main noir. À peine arrivée au cinquième compartiment, elle avait déjà appris à rendre leurs pièces de cinquante *paisa* aux passagers radins.

Lorsqu'elle tombait sur une famille avec des enfants, la gourou bénissait les bébés en touchant leur tête avec les deux mains. La *chela* couvrait leurs joues de baisers.

Si elle tombait sur des personnes âgées, la gourou s'asseyait un moment avec elles et leur demandait si la vieillesse les faisait souffrir. La *chela* posait les deux paumes sur leur tête.

Aux marchands ambulants dont les articles lui plaisaient, la gourou demandait des bindi, des tubes de rouge à lèvres et des porte-clés gratuits. La *chela* exigeait qu'ils lui donnent les mêmes choses.

La gourou et sa *chela* évitaient les compartiments pour femmes.

« Elles nous feraient perdre notre temps – elles sont souvent malcommodes », expliqua la *hijra*.

Toutes deux passaient la majeure partie de leur temps dans un compartiment d'adolescents. D'après les estimations de Prasanti, ils avaient à peine trois ou quatre ans de plus qu'elle.

« Nous vous donnerons plus d'argent si vous nous montrez avec quoi vous faites pipi, dit un jour l'un d'eux.

— Je le fais avec ça », répondit la gourou en désignant son derrière.

Les garçons rirent.

« Montre-nous, montre-nous ! s'écrièrent-ils en chœur. Dépêche-toi, notre professeur va bientôt revenir des toilettes.

— Vous ne savez donc pas que celui qui voit le zizi d'une *hijra* est maudit ?

— Tant pis, répondit l'un d'eux. Montre-nous. Montre-nous. Montre-nous. »

Les autres joignirent leurs voix à la sienne.

« D'accord. Pour toi, c'est vingt roupies, pour toi aussi, pour toi aussi, pour toi aussi et pour toi c'est cinquante, dit la gourou en anglais.

— Pourquoi je paierais cinquante roupies ? demanda le plus insistant d'entre eux.

— Parce que tu es sexy. »

Les garçons poussèrent des cris d'encouragement.

« Si vous voulez le voir, il faut payer avant. »

Les adolescents remirent l'argent à Prasanti qui déposa un baiser sur leur joue en récoltant les billets.

Des hourras bruyants suivaient chaque baiser.

La *hijra* souleva son sari et, pour la première fois de sa vie, Prasanti vit un homme sans *soo-soo*. Il ne restait que les racines où se trouvait autrefois son arbre.

« Est-ce qu'il peut le toucher ? »

Le garçon insistant pointa son ami du doigt et rit.

Tout le monde s'esclaffa.

« Qu'est-ce que tu en as fait ? demanda-t-il ensuite.

— Je me suis fait opérer. »

La *hijra* laissa retomber son sari.

« Une question, un billet. »

Les garçons se consultèrent puis répondirent qu'ils en avaient assez vu et entendu pour aujourd'hui.

« Attendez que notre professeur revienne, dit le garçon insistant. Vous devriez le harceler jusqu'à ce qu'il vous donne un billet de cent roupies.

— Les professeurs n'ont pas d'argent, répondit la *hijra* en s'apprêtant à partir. Ne faites pas de cochonneries avec votre *laro* après ce que vous venez de voir.

— Beurk ! s'exclama le garçon insistant.

— Beurk ! » l'imitèrent les autres.

Prasanti n'avait jamais été aussi heureuse de sa vie.

Deux ans plus tard, Prasanti s'enfuit de sa maison à Bombay.

Sa gourou et elle étaient devenues membres d'une nouvelle maison de *hijra* près de la gare ferroviaire de Dadar.

Sa gourou avait maintenant sa propre gourou qui lui avait fait découvrir le monde de la prostitution.

« J'ai une dette envers elle, avait-elle expliqué à Prasanti. Je n'aime pas faire ça, mais je dois la rembourser car elle a payé mes dettes à mon ancienne maison de *hijra*. Elle m'a également permis de te garder comme *chela* même si j'étais nouvelle ici. Je dois lui témoigner ma reconnaissance. »

La gourou de Prasanti devait remettre cent cinquante roupies par jour à sa gourou, que la journée ait été bonne ou non.

« Avant, j'étais une *badhaai hijra* – ma présence était indispensable aux fêtes des gens, grommelait-elle. Maintenant, je suis une pute. Qu'ai-je donc fait de ma vie ? »

On envoya Prasanti réclamer de l'argent aux commerçants installés autour de la gare avec les autres *hijra*.

Les hommes faisaient souvent des remarques sur sa beauté.

Prasanti était consciente d'avoir la peau claire comme les gens des montagnes. Ici, c'était un critère de beauté. Sa gourou lui semblait beaucoup plus séduisante qu'elle mais elle avait la peau foncée. Les habitants de Bombay qui la trouvaient à leur goût étaient donc peu nombreux.

« La maison s'occupera bientôt de ton *nirvanan*. Finie cette vilaine chose qui pendouille entre tes jambes, expliqua sa gourou. Ensuite, tu pourras avoir des clients, comme moi. »

Prasanti avait beaucoup entendu parler de l'opération.

Toutes les *hijra* respectaient celles qui l'avaient subie.

Quelques mois après l'arrivée de Prasanti, la *nayak*, la cheffe de la maison, avait déclaré qu'elle devait être circoncise.

« Nous sommes musulmanes, lui avait expliqué sa gourou. Nous ne pouvons pas garder cette peau de tortue au bout du sexe. »

L'opération avait été douloureuse.

La gourou de Prasanti lui faisait avaler de nombreux comprimés.

Les gros servaient à faire pousser ses seins.

Les petits, à empêcher sa voix de muer.

Les moyens, à ralentir la repousse des poils de son visage.

Prasanti commença à porter des soutiens-gorge.

Sa voix mua, devint plus forte, plus rauque, plus masculine.

Les poils de son visage repoussaient vite. Ayant un jour essayé de les raser, Prasanti avait reçu une bonne correction de la part de ses colocataires. Elle devait les arracher à la pince à épiler, disaient-elles. Seuls les hommes se rasaient.

Prasanti apprit à s'envelopper dans un sari.

Elle apprit à manger de la viande – uniquement halal.

Elle apprit à épiler ses sourcils qui se rejoignaient.

Une somptueuse *puja* aurait lieu avant que sa camarade *hijra* Kalyani et elle se rendent dans une ville du Karnataka pour se faire enlever le pénis.

La communauté vénérerait le dieu des *hijra*, Pothiraj Maharaj. Étonnamment, il s'agissait d'un dieu hindou.

Il y aurait des danses, des chants et une grande fête, à laquelle seraient invitées les *hijra* des maisons voisines.

Mais Prasanti aimait bien son pénis.

Elle appréciait sa présence.

Ce pénis faisait partie de son identité.

Prasanti aimait bien ces seins qui poussaient rapidement, et elle aimait bien son pénis.

Mais un pénis est de trop sur le corps d'une *hijra*.

Prasanti fit donc ce qu'on attendait d'elle. Kalyani et elle prirent le train pour Bangalore car l'hôpital où elles devaient se faire opérer se trouvait dans la périphérie de cette ville.

L'opération ne fut pas douloureuse. Totalement consciente, Prasanti observa avec fascination le médecin qui pratiquait l'ablation, angoissée à la perspective de cette nouvelle vie sans membre.

Deux heures après l'opération, elle réveilla tous les patients de la clinique clandestine en hurlant que sa plaie la brûlait, la démangeait, lui faisait mal. Kalyani prit la main de son amie et tenta de lui couvrir la bouche afin d'étouffer ses cris. Elle la força ensuite à avaler du thé noir. Une tasse, puis deux, puis trois. Mais rien n'y faisait. Finalement, après avoir crié pendant des heures, Prasanti tomba dans un sommeil perturbé.

À son réveil, Kalyani faisait ses bagages.

« Je ne peux pas rester, dit-elle. Je ne veux pas me faire opérer. »

Prasanti ne pouvait pas lui mentir. Il était impossible de dire à son amie que cette opération avait bouleversé sa vie. Ce n'était pas le cas. Lorsque Kalyani l'interrogea du regard, aucune parole de soutien ne lui vint.

Prasanti souffrait quand elle urinait dans la sonde. Elle souffrait quand elle bougeait.

Elle réapprit à marcher, sans l'aide de Kalyani. À l'époque où elle avait un pénis, Prasanti faisait déjà pipi assise. Elle continua à le faire dans cette position. Mais ses sensations étaient différentes maintenant.

Personne ne lui pardonnerait l'évasion de Kalyani.

Ses amies *hijra* diraient que Prasanti aurait dû la convaincre de se faire opérer.

Prasanti n'était pas à sa place chez les *hijra*, même si elle en était une. À la maison, ses amies venaient de partout – de Madras et Hyderabad, de Lucknow et Nagpur. Certaines avaient souhaité s'éloigner le plus possible de l'endroit où elles étaient nées. Parmi toutes ces personnes, Prasanti aurait aimé en trouver une qui parlât népali. Sa gourou le parlait un peu mais elle était absente la plupart du temps, occupée à se soûler et à se faire violer par des hommes qui ne la payaient pas.

L'esprit de communauté qui avait tant impressionné Prasanti l'étouffait à présent.

Elle brûlait d'envie d'être un individu à part entière. Elle voulait retourner vivre au milieu des gens ordinaires, même si ceux-ci étaient déterminés à l'exclure.

Prasanti finit donc par s'enfuir. Elle laissa ses saris à la clinique, ne gardant que celui qu'elle portait. Avec le peu d'argent qu'elle avait réussi à économiser, elle prit le premier train prêt à partir, sans se soucier un seul instant de l'endroit où il l'emmènerait.

Le convoi se rendait à Guwahati. Parmi les centaines de trains qu'elle aurait pu prendre, Prasanti était montée dans celui qui se dirigeait vers sa région natale.

À Howrah, elle commença à s'ennuyer et passa de compartiment en compartiment en quémandant de l'argent.

Un groupe d'écolières se moqua d'elle et refusa de lui donner un seul billet.

Un groupe de vieillards l'ignora ouvertement.

Un bel homme effrayé lui donna dix roupies, et Prasanti le bénit même si sa naïveté était risible.

Une femme tirant sur un *beedi* réprimanda son compagnon de voyage qui venait de lui donner un billet.

« C'est ça, donnez-leur de l'argent, gâtez-les ! C'est

à cause des personnes comme vous qu'elles ne travaillent pas. »

Cette femme s'exprimait comme si le hindi n'était pas sa langue maternelle. Comme si cette langue lui donnait du fil à retordre. Elle s'exprimait comme si le népali lui était plus familier.

C'est pour cette raison que l'eunuque mendiante et la fumeuse de *beedi* commencèrent à parler.

Prasanti lui raconta tout. La femme l'écouta.

Prasanti lui apprit qui était son père. La femme tira sur son *beedi* et admit qu'elle le connaissait.

Prasanti pleura. La femme la consola.

Prasanti – sans pénis, sans abri, sans communauté – lui confia qu'elle avait besoin de protection. Et c'est ainsi que Chitralekha, ma grand-mère, la ramena chez elle.

•

Manasa fait irruption dans ma chambre d'enfant, où j'ai osé m'aventurer aujourd'hui car Prasanti l'a bienveillamment nettoyée.

« Ce n'est pas le moment, dis-je.

— Qu'est-ce que ça peut me faire ?

— Mon éditeur estime que ce que j'ai écrit est irrévérencieux, ironique.

— Et c'est mal ?

— Apparemment. Il ne veut pas que mon ouvrage documentaire ait l'air d'une farce.

— Pauvre Ruthwa. Tout le monde s'acharne sur toi.

— Au fait, merci pour le livre de Naipaul, lancé-je

à ma sœur sans lever les yeux. J'ai trouvé ça très attentionné de ta part. »

Elle ne répond pas à mes remerciements.

« Qu'est-ce qui t'a pris ?

— Quoi ?

— Je parle de ton attitude totalement je-m'en-foutiste au déjeuner.

— Je ne vois pas ce que tu veux dire.

— Aurais-tu l'intention de créer des problèmes ? demande-t-elle, comme si elle n'en était pas certaine.

— Ouais, c'est ça. Dis donc, j'ai l'impression que tu as beaucoup trop de temps libre maintenant que tu n'as plus de beau-père à torcher.

— Comment se fait-il que ta chambre soit aussi propre ?

— J'ai fait le ménage.

— C'est elle, pas vrai ? L'eunuque a nettoyé ta chambre. Cette peste mériterait une deuxième gifle. C'est pour ça que tu l'as aidée à accrocher les *mala* ?

— Ouais, mens-je.

— Arrête – tu voulais quelque chose. Qu'est-ce que c'est ? Dis-le-moi.

— Qu'est-ce que je pourrais bien vouloir de Prasanti ?

— Aucune idée. Comment le saurais-je ? Tu coucherais avec n'importe qui, alors pourquoi pas elle ?

— Elle est plus séduisante que toi. »

Manasa me regarde, l'air d'attendre que je modère mes propos. Comprenant que je suis sérieux, elle examine son visage dans le miroir du placard et soupire.

« Cette vipère a même essuyé ta glace.

— Elle bosse bien quand elle veut.

— Sur quoi travailles-tu ? »

Manasa essaie de déchiffrer le texte affiché sur mon écran d'ordinateur.

« Bhagwati pense que je devrais écrire quelque chose sur le mouvement du Gorkhaland, sur ce qu'il fait subir à son peuple avec ses grèves générales et ses injonctions en tout genre.

— J'aime bien cette idée.

— C'est vrai ?

— Bon, assez parlé de toi. Je frôle déjà l'overdose. »

Bhagwati entre à son tour et me demande si j'étais ivre au déjeuner.

« Où trouverais-je de l'alcool dans cette maison ?

— Je n'en sais rien – tu as pu en rapporter de Kalimpong ou d'ailleurs.

— La vente d'alcool est interdite à Kalimpong – règle du Gorkhaland.

— Et tous ces gens de culture népalaise pour qui l'alcool fait partie des célébrations ?

— Bla-bla-bla, j'en ai marre d'entendre parler du Gorkhaland, intervient Manasa. À propos, qu'est-ce que tu faisais à Kalimpong ? »

Je lui explique qu'une de mes ex préférées, une jolie Écossaise aux dents gâtées, fait du bénévolat à Dr Graham's Homes, un foyer pour les enfants défavorisés, et que je me suis arrêté à Kalimpong pour lui faire une surprise.

Et pour la sauter, cela va de soi.

« Tu es effrayant, dit Manasa.

— Bon, ravi que ça réponde à ta question. J'ai du boulot maintenant. Mon connard d'éditeur, qui pense que je n'ai aucun talent pour les récits documentaires, a parlé à un de ses amis du *Telegraph* de Kolkata afin que celui-ci me propose une rubrique, ce qui pourrait relancer ma carrière d'écrivain crédible. J'ai comme l'impression que vous allez bientôt l'avoir, votre article sur le Gorkhaland. »

Bhagwati garde le silence, tandis que Manasa prend un air renfrogné.

« Maintenant, si vous pouviez foutre le camp de cette chambre, ça m'arrangerait. »

Toutes deux sortent sans prononcer un mot.

LETTRE OUVERTE
AUX CHEFS DU GORKHALAND

Pour commencer, je vais vous dire une bonne chose : je viens du Sikkim, mais je crois en la cause du Gorkhaland.

Je ne vois pas pour quelle raison une région à majorité népalaise vivrait sous le régime d'un État à majorité bengalaise.

Je compatis à votre malheur. J'ai peut-être été élevé dans la grande ville de Gangtok, mais, pendant mon enfance, j'ai passé toutes mes vacances d'hiver à Kalimpong, la ville où est née ma grand-mère et où elle possède sa plus grande usine. Nous ne sommes pas très différents après tout. C'est juste que nous, les Sikkimois, nous avons eu de la chance, contrairement à vous.

J'ai vu vos espoirs augmenter. Je les ai vus s'amenuiser. Je me sens tout chose quand je vois la carte proposée du Gorkhaland – elle est si colorée et prometteuse.

Mais trop c'est trop.

Vous savez parfaitement que nous devons emprunter

vos routes pour nous rendre à l'aéroport de Bagdogra. Et, pourtant, vous décrétez qu'elles sont fermées.

Vous forcez les internats à fermer leurs portes pendant des jours et cela nuit à nombre de nos enfants qui y étudient.

Si vous nous importunez, cela attirera l'attention du gouvernement – c'est compréhensible. Paralyser la vie dans les collines est le meilleur moyen de vous faire entendre – je l'ai bien saisi.

Mais, aujourd'hui, vous allez trop loin et nous ne vous soutiendrons plus. À vrai dire, même votre peuple ne vous suivra pas, vous verrez.

J'ai récemment séjourné à Kalimpong. Je ne m'étendrai pas sur le fait que cette ville, au charme jadis si sophistiqué, étape incontournable sur la route de la soie, n'est plus que l'ombre d'elle-même. Et qu'on y manque cruellement d'eau.

Un groupe de garçons vêtus de jaune a arrêté mon taxi près de la célèbre échoppe de *paan* Munnu. Il s'agissait d'adolescents – certains avaient à peine quitté l'enfance – et tous étaient très polis. Ils souhaitaient vérifier le contenu du coffre.

« Pour quoi faire ? ai-je demandé en anglais afin de les intimider.

— Nous devons vérifier si vous transportez de l'alcool. Le Gorkha Jana-shakti Morcha interdit la consommation d'alcool en ce moment.

— Nous sommes népalais. La consommation d'alcool fait partie de la culture de bon nombre de nos tribus », ai-je répliqué.

Ces policiers *gorkha* en herbe ont bientôt été rejoints par une bande de jeunes vêtues du *gunyu-cholo*.

Tant de belles femmes en tenue traditionnelle – c'était magnifique à voir.

Mais ce délice visuel a tourné à l'écœurement

lorsque l'une d'elles m'a demandé pourquoi je n'étais pas habillé correctement.

« Mais ma tenue est tout ce qu'il y a de plus correct », ai-je répliqué avec une certaine insolence.

Cependant, ce n'était pas un jean ni un T-shirt que ces femmes voulaient me voir porter. Selon elles, toute personne de sexe masculin devait revêtir le *daura-suruwal* et le *dhaka*.

C'était apparemment obligatoire.

Euh… pardon ?

Oui, obligatoire.

Le Gorkha Jana-shakti Morcha avait déclaré que tout habitant du district de Darjeeling, bientôt nommé Gorkhaland (bientôt, bientôt, bientôt… nous répète-t-on depuis les années quatre-vingt) et État distinct du Bengale-Occidental, devait porter la tenue traditionnelle ce jour-là.

J'aurais pu leur répondre que j'étais originaire du Sikkim, mais elles avaient éveillé ma curiosité.

« Et que se passera-t-il si je refuse de la porter ? »

Avant qu'elles puissent répondre, un pseudo-policier prépubère s'est écrié avec jubilation : « Il a une bouteille de whisky Teacher's ! »

On m'a aussitôt confisqué mon alcool et nonchalamment rappelé d'acheter un *daura-suruwal.*

« Si vous avez les moyens de voyager en taxi, vous avez de quoi vous acheter ces vêtements », m'a lancé une des femmes en saisissant ma bouteille de whisky.

Avant de leur dire au revoir, je leur ai demandé de vider la bouteille. Avec une certaine hésitation, la cheffe de la bande a fini par la jeter sur la chaussée.

L'alcool s'est mis à couler de tous les côtés. Sans direction précise, à l'instar du mouvement du Gorkhaland. Personne n'a essayé de réprimer ses écarts, de la même manière que personne ne fait d'effort particulier pour réprimer ceux du mouvement.

À ce rythme, vous nous demanderez bientôt de porter des sous-vêtements aux couleurs de votre parti.

Le peuple ne vous suivra pas, monsieur Moktan. Ce n'est pas ainsi qu'on procède. Ceci est le Gorkhaland, non le Hitlerland.

CINQUIÈME PARTIE

FEUX D'ARTIFICE

La piété de Bhagwati atteignait toujours son paroxysme le jour de Lakshmi Puja. Bien que la déesse de la fortune gratifiât sa fidèle d'abondantes difficultés financières en retour, la tendresse qu'éprouvait celle-ci pour cette fête, héritée de générations de Neupaney, ne faiblissait nullement.

Des feux d'artifice – pétards en forme de fusées, bombes atomiques miniatures et engins explosifs pareils à des oignons – s'apprêtaient à pétarader dans le ciel de Gangtok, mais aussi sous le toit d'Aamaa. Bhagwati espérait simplement que l'inévitable règlement de comptes entre la grand-mère calomniée et le petit-fils coupable n'aurait pas lieu aujourd'hui. Certes, ce serait un soulagement de ne pas être la pire traîtresse de la maison pour une fois, mais tout cet esclandre, ce *tamasha*, pouvait bien attendre la fin de Lakshmi Puja. Les hostilités de la veille avaient été éprouvantes. Prasanti et Aamaa s'étaient violemment brouillées. Toute interaction entre Ruthwa et Aamaa aujourd'hui ne ferait qu'aggraver la situation.

Le jour de Lakshmi Puja, les gens vénéraient les vaches, mais, comme ils n'en possédaient aucune, les Neupaney ne participeraient qu'au rituel du soir. Ils inviteraient la déesse de la fortune dans la vie de leur famille – cette famille de cinq qu'ils s'efforçaient de redevenir. Ils allumeraient des lampes à huile en terre cuite et les poseraient sur les rebords des fenêtres. Prasanti et Ruthwa, alliés les plus improbables, avaient déjà décoré les portes et fenêtres de guirlandes d'œillets d'Inde L'espace de prière, qui occupait toute une pièce de la maison, avait besoin d'un bon nettoyage. Le rapide coup de serpillière passé par Prasanti et son essuyage approximatif des statues en marbre des différents dieux et déesses ne suffiraient pas aujourd'hui. Bhagwati se mit donc au travail. Tout en faisant le ménage, elle ne cessa de comparer l'autel de chez elle à celui d'ici. Son mari avait sûrement déjà fait le ménage dans leur petit appartement de Boulder dans l'espoir de bénéficier enfin de l'altruisme de Lakshmi cette année. Chaque fois qu'elle se trouvait entourée des dieux et de tout l'arsenal religieux, chaque souvenir de Ram restait indissociable, même après toutes ces années, de la dure réalité de sa caste. Bhagwati songea par conséquent que l'idée qu'elle participe aussi activement à la *puja* déplairait sans doute à Aamaa. Elle n'était plus une Neupaney après tout. Elle demanderait à Prasanti de faire le ménage et se contenterait de la regarder faire. C'était un sort auquel Bhagwati était résignée.

Prasanti ne se trouvait pas dans sa chambre mais de son autel personnel, sur lequel étaient posées de minuscules statues impeccablement époussetées de Ganesh, Shiva et Lakshmi, s'élevait une odeur d'encens. Curieuse de savoir si la propreté de son espace personnel importait aussi peu à l'eunuque que celle du reste de la maison, Bhagwati examina rapidement la chambre et fut frappée par son aspect soigné. Prasanti savait très bien faire le ménage. Le drap de son lit était le plus propre de la maison. Le sol avait été balayé et lavé à la serpillière. Dans la garde-robe Godrej, les vêtements étaient soigneusement pliés. Certains étaient même repassés. Un coffret renfermait une liasse de billets de cinq cents roupies. Et, tout au fond, se trouvaient quelques bijoux – boucles d'oreilles, bracelets, collier.

À en juger par la valeur de son patrimoine, l'eunuque possédait assurément plus d'argent qu'elle. Bhagwati trouva bien cruel qu'on lui fasse prendre conscience du large écart entre les revenus de cette domestique et les siens un jour comme aujourd'hui. Sa foi en la déesse de la fortune ne faiblit pas pour autant. Bhagwati prierait Lakshmi avec encore plus de ferveur cette année.

Ruthwa s'affairait dans la cuisine en pantalon d'intérieur et T-shirt déchiré. Son frère portait la même tenue pour dormir, pour traîner à la maison et pour sortir. Celui-ci ne voyait aucun intérêt à être impeccablement habillé.

« Bonjour, dit Bhagwati.

— Oh, salut, tu es bien matinale.

— Toi aussi.

— Est-ce que tu t'es levée tôt pour que nous puissions profiter d'un moment seul à seul comme hier matin ?

— C'est le jour de la fête que je préfère.

— Ouais… Je me disais justement que j'irais bien faire une balade en ville ou admirer le panorama depuis les différents points de vue », dit Ruthwa en étalant du beurre Amul sur une tartine.

Après avoir mordu dedans, il recracha le pain avec une grimace et le jeta dans la poubelle déjà pleine.

« De si bon matin ?

— Pourquoi pas ? J'ai envie de savourer la beauté matinale de Gangtok.

— Et tu seras rentré à temps ?

— À temps pour quoi ?

— C'est Lakshmi Puja. Je t'en prie, ne me dis pas que tu l'as oublié !

— Ah ouais, Lakshmi Puja, répondit Ruthwa d'un ton légèrement moqueur. Je serai probablement de retour dans la soirée pour la *puja*.

— N'es-tu pas venu ici pour te racheter auprès d'elle ? Va discuter avec elle en tête à tête.

— Nan, je l'ai déjà vue au déjeuner hier. Tu ne t'attends quand même pas à ce que je traîne ici toute la journée dans l'espoir d'apercevoir la reine !

— Je disais ça comme ça. C'est Lakshmi Puja aujourd'hui. J'espère qu'il n'y aura pas de disputes.

— Comme celle qui a éclaté entre la maîtresse de maison et sa domestique hier ? »

Ruthwa rit.

« Ce n'était pas joli à voir.

— Ah, comme c'est bon de ne plus être au centre de ces querelles familiales !

— Je ressens exactement la même chose. Je suis soulagée de ne plus être à l'origine de toutes les disputes.

— Comme Aamaa n'avait plus personne avec qui se quereller, elle s'est dépêchée de trouver une cible hors de la famille.

— Mais Prasanti fait quasiment partie de la famille. »

Bhagwati fit bouillir de l'eau pour le café.

« Elle en fait peut-être même plus partie que moi.

— Et que moi, dit Ruthwa.

— Tu es un tyran. Et les tyrans craignent leurs semblables. Aamaa a peur de toi.

— Au fait, je croyais qu'elle ne voulait pas de toi dans sa cuisine. Tu as la permission d'y entrer maintenant ?

— J'ignore quelles sont les règles. J'ai bien songé à aller faire le ménage dans la salle de *puja*, mais je m'en suis abstenue parce que je n'ai aucune connaissance des usages en la matière.

— Celle qui a épousé un paria a osé toucher nos dieux – quel culot !

— C'est dommage. J'adore Lakshmi Puja.

— Et la déesse est si bonne avec toi.

— Elle le sera bientôt.

— Tu refuseras sans doute mon aide financière parce que, voilà, je suis Ruthwa, et puis je ne possède pas grand-chose, mais tu devrais laisser les autres t'aider. »

Bhagwati refusait de parler d'argent aujourd'hui.

« Oui, mais voilà, moi, je suis Bhagwati, et je suis encore moins bien vue que toi. Tu n'as fait que décrire Aamaa sous un jour peu flatteur, et très peu de personnes extérieures à la famille savent que c'est sa vie que tu racontais dans ton roman. En vérité, les gens qui nous connaissent ont à peine compris le livre. Il paraît qu'ils ont dû se munir d'un dictionnaire dès la lecture de la première page à cause de tous les grands mots que tu as utilisés.

— Après ce que tu m'as dit hier – tout ce baratin pour que j'évite de mettre le nez dans le passé de

Prasanti –, je pensais que mon livre avait eu un impact bien plus important que ça.

— Ce que j'essaie de te dire, c'est que sur l'échelle des erreurs impardonnables, je me situe plus haut que toi, et Aamaa me parle, alors elle finira par te parler aussi. Fais simplement un effort. »

Ruthwa s'éloigna en direction de la salle de bains.

« On se voit plus tard ? demanda Bhagwati d'un ton plein d'espoir.

— Ouais, avec un peu de chance. »

Ces dix-huit dernières années, tandis qu'on la forçait à quitter un pays pour un autre, une maison pour une autre, un camp pour un autre, Bhagwati s'était souvent demandé si ses frères et sœurs étaient heureux.

Quand on avait connu la grande pauvreté aussi longtemps qu'elle, on avait tendance à penser que les personnes qui ne manqueraient jamais d'argent étaient bien plus heureuses qu'on ne le serait jamais. De plus, aucun d'eux n'était aux prises avec un problème de caste. Malgré un parcours scolaire effectué dans des établissements huppés, que Bhagwati mettait souvent en avant afin de se démarquer des autres au camp, elle n'était pas allée plus loin que le lycée. Ses frères et sœurs, eux, avaient poursuivi leurs études jusqu'à l'obtention de diplômes universitaires. Bien qu'elle, l'aînée, préférât l'anonymat, le benjamin de la fratrie était devenu un célèbre écrivain. Bhagwati avait toujours été certaine que ses frères et sœurs étaient beaucoup plus heureux qu'elle.

Mais, à présent, tandis qu'elle explorait la maison de son enfance, le foyer d'où elle s'était enfuie, Bhagwati réalisait qu'elle s'était trompée. L'insatisfaction de

Manasa se lisait sur son visage. Sa sœur, jadis toujours heureuse, toujours contente de son sort, était devenue l'antithèse de celle qu'elle était adolescente. Son mariage allait dans la mauvaise direction et sa carrière était au point mort. Dans ce cas, pourquoi avoir travaillé aussi dur toute sa vie ? À quoi bon s'être démenée pour obtenir 93,75 % au bac ? Manasa avait-elle décroché un diplôme d'Oxford, dont le cadre était fièrement posé sur le rebord de la fenêtre près du palier, pour devenir l'aide à domicile de son beau-père ? En épousant un brahmane d'une famille connue, comme le souhaitait Aamaa, Manasa avait gagné le gros lot. Mais, en général, les gagnants de la loterie paient cher leur coup de chance une fois passée la joie initiale, et c'était exactement ce qui arrivait à Manasa.

Agastaya, quant à lui, était médecin – n'aurait-il pas dû mener la vie la plus épanouissante de toutes ? Il était si réservé, si prudent. Bhagwati voulait bien admettre que l'âge adulte rend facilement cynique, mais mener une existence aussi plate que celle d'Agastaya, ce n'était certainement pas vivre.

Et Ruthwa ? Malgré ses grands airs, ce n'était qu'un garçon coincé dans un corps d'homme. Était-il heureux ? Bhagwati ne le pensait pas. Il faisait des efforts, trop d'efforts, pour se montrer à la hauteur de l'image qu'il s'était créée. Il avait sans nul doute traversé un certain nombre d'épreuves à cause du scandale de son plagiat mais il ne paraissait pas regretter son erreur. Au contraire, son frère n'exprimait aucun remords – mais quel bonheur un criminel impénitent peut-il vraiment espérer ?

Bhagwati était peut-être plongeuse – sans emploi –, mais elle avait maintenant la quasi-certitude d'être plus heureuse que ses frères et sa sœur. Il lui avait fallu effectuer ce long voyage pour comprendre qu'elle était idiote de douter de sa qualité de vie, de considérer le bonheur – inexistant – de ses frères et sa sœur comme une référence.

Pleine de remords à l'idée de n'avoir envoyé qu'un e-mail rapide à son mari juste après son arrivée à Delhi et de ne pas avoir communiqué avec lui depuis, Bhagwati l'appela avec le téléphone fixe. La fête de Lakshmi Puja n'avait pas encore commencé à Boulder, mais Ram serait content qu'elle pense à lui. Autant profiter de ce rare moment d'optimisme pour lui téléphoner.

« Est-ce que c'est déjà l'heure de la *puja* ? demanda-t-il juste après avoir décroché.

— Non, non, c'est le matin ici. Encore onze ou douze heures avant la cérémonie. Je viens juste de faire une magnifique découverte. Vous allez être ravi, monsieur l'idéaliste.

— D'accord, je te rappelle tout de suite. »

En effet, il coûtait beaucoup moins cher d'appeler l'Inde d'Amérique que l'inverse.

« Joyeuse Lakshmi Puja ! lança Ram quand Bhagwati décrocha après la première sonnerie.

— À vous tous aussi. Comment vont Virochan et Aatish ?

— Disons qu'ils sont égaux à eux-mêmes, répondit Ram en riant. Ils ne veulent pas entendre parler de Lakshmi Puja.

— Comment se fait-il que tu ne sois pas au travail ? »

Bhagwati craignit soudain que son mari ait été une nouvelle fois renvoyé.

« Je pars dans vingt minutes.

— Comment ça se passe ?

— Bien – enfin, pas aussi mal que la dernière fois. Au fait, tu t'en sors financièrement ?

— Oui, je te rappelle que je suis à Gangtok. »

Il était un peu étrange que Ram lui pose cette question.

« Je n'ai rien dépensé pour le moment puisque je n'ai pas mis le nez dehors depuis mon arrivée.

— Tant mieux. »

À présent, Bhagwati était certaine que quelque chose clochait.

« Attends, qu'est-ce qui se passe ?

— Rien, ne t'inquiète pas.

— Tu mens terriblement mal. Dis-moi ce qui se passe.

— Dis-moi d'abord combien il reste sur ton compte à la Chase Bank.

— Je dois avoir environ mille dollars.

— Oh, Dieu merci.

— Enfin, ce n'est pas tout à fait exact – je dois encore huit cent cinquante dollars à Agastaya. Il a payé mon billet d'avion, tu te rappelles ? Il n'a pas encore encaissé le chèque que je lui ai envoyé. »

Un silence régna sur la ligne pendant quelques pesantes secondes.

« Je peux te demander un service ? »

Mais que se passait-il donc ?

« Je t'écoute.

— Tu pourrais demander à Agastaya de ne pas encaisser ce chèque ? »

Ram avait toujours catégoriquement refusé d'avoir recours à l'argent de sa famille. Par conséquent, cette demande était déconcertante. Bhagwati ne répondit pas.

« Je suis vraiment désolé mais il est arrivé quelque chose.

— À un des enfants ?

— Non, non, ils vont bien.

— Alors de quoi s'agit-il ?

— J'ai pris une leçon de conduite.

— Tu es blessé ?

— Non, grâce à Dieu, je vais bien.

— Tu as finalement obtenu un permis de conduire provisoire ? »

Molly, leur amie chrétienne de l'Organisation internationale pour les migrations, leur avait maintes fois répété qu'il ne fallait pas prendre de leçons de conduite sans vrai permis, qu'ils pouvaient facilement en obtenir un en passant un examen écrit. Mais Bhagwati et Ram n'avaient cessé de remettre cette démarche à plus tard.

« Je suis vraiment navré, mais Ravi *daai*, notre voisin du deuxième étage, et moi, nous sommes allés faire un tour avec sa voiture.

— Et tu n'avais pas de permis. »

Bhagwati avait déjà cerné le problème.

« Qu'est-ce qui s'est passé ?

— Rien de grave. Je n'ai pas suffisamment ralenti avant de prendre un virage et nous avons fini dans le fossé. Je suis vraiment désolé, Bhagwati.

— Mais Ravi *daai* a bien une assurance, non ?

— Il craint que sa prime ne saute s'il prévient sa compagnie d'assurances. Il a eu la gentillesse d'accepter d'attendre ton retour pour que je le rembourse.

— Il aurait quand même pu appeler sa compagnie d'assurances.

— Le garage a estimé les dégâts à environ huit cents dollars.

— Huit cents dollars que nous n'avons pas.

— Je suis vraiment désolé, Bhagwati.

— Moi aussi. C'est une excellente nouvelle pour un jour de Lakshmi Puja.

— Je ne conduirai plus avant d'avoir passé l'examen du permis.

— Sage décision, Ram – dommage que tu la prennes trop tard. Il faut que j'y aille.

— Attends, quelle est cette magnifique découverte que tu as faite ? »

Cela n'avait plus aucune importance. Pendant quelques instants, Bhagwati s'était enfin sentie heureuse, mais qu'est-ce que cela pouvait faire ? Curieusement, sa gaieté s'était envolée.

•

Agastaya avait une boule dans le creux de l'estomac. À trois reprises, Bhagwati lui avait demandé de rencontrer une jeune femme – une pédiatre de six ans de moins que lui – récemment diplômée de JIPMER, son ancienne université. La troisième fois, il s'était montré moins patient avec sa grande sœur et lui avait demandé d'arrêter de se prendre pour la porte-parole d'Aamaa, une accusation qui avait semblé la blesser. Elle ne l'avait cependant pas réfutée. Agastaya était par conséquent certain qu'Aamaa et elle s'étaient alliées pour le marier.

Mais à vrai dire, ceci n'était pas le plus grave de ses problèmes.

Ce qui l'inquiétait le plus – encore une fois –, c'était Nicky. Depuis des jours, son petit ami ne répondait à aucun de ses messages ou appels. Le premier SMS qu'Agastaya lui avait envoyé après avoir posé ses valises à Gangtok l'informait qu'il était enfin arrivé. Dans le deuxième, il lui demandait de ses nouvelles. Dans le troisième, si tout allait bien. Dans le quatrième, Agastaya demandait à son petit ami s'il était malade. Dans le cinquième, il le suppliait de l'appeler. En plus de cela, Agastaya avait tenté plusieurs fois de lui téléphoner, mais était tombé chaque fois sur la messagerie vocale de Nicky.

La dernière fois qu'Agastaya s'était senti aussi nauséeux, c'était le soir de leur premier anniversaire, quand Nicky avait claqué la porte du restaurant One If by Land, Two If by Sea. La raison ? Agastaya lui avait demandé d'y aller doucement sur le Dom Pérignon.

« Je n'ai aucun putain d'ordre à recevoir de toi !

— Mais tu as déjà du mal à articuler. »

Et dire qu'ils n'avaient même pas entamé le plat de résistance !

« Normal que je boive. C'est notre dîner d'anniversaire.

— Parle moins fort, s'il te plaît. »

Agastaya sentait que les autres clients, qui dînaient eux aussi en amoureux, étaient distraits par la hargne de Nicky.

« Je crois qu'on devrait faire une pause tous les deux, avait déclaré celui-ci sans crier gare. Tu es ennuyeux et tu veux toujours tout contrôler. »

Agastaya avait perdu tout appétit pour sa bisque de

homard. Avant qu'il ait pu prononcer quelques mots pour l'apaiser, son petit ami avait effectué une sortie théâtrale. Le message, attendu pendant deux longues journées, que Nicky lui avait ensuite envoyé pour expliquer sa mauvaise conduite informait Agastaya qu'il étouffait depuis longtemps et que tous deux devraient peut-être envisager de fréquenter d'autres personnes. Agastaya était agacé. Rien dans le comportement de son compagnon n'indiquait ces derniers temps que tout ne marchait plus comme sur des roulettes entre eux.

Nicky était parfois pénible, et Agastaya avait lui-même songé à le quitter. Cependant, c'était non seulement le premier homme avec qui il sortait, mais également la toute première personne. Avant Nicky, les relations les plus intimes qu'avait vécues Agastaya sur le plan physique se résumaient à deux séances de pelotage avinées avec des femmes à peine conscientes, à l'époque où il était étudiant. Agastaya n'avait jamais flirté avec une seule femme, ni un seul homme, et n'était jamais sorti avec personne. Nicky, un des infirmiers de son unité à Beth Israel, l'avait initié aux secrets des relations non platoniques et lui avait montré comment s'y prendre.

Plus Nicky évoquait les difficultés qu'éprouvaient ses amis à rencontrer la « bonne » personne, plus Agastaya était convaincu qu'il serait peu judicieux de fuir cette relation pour plonger dans l'inconnu. Il n'était pas intéressant ; il n'était pas beau non plus. Financièrement, il s'en sortait bien mais il détesterait sortir avec une personne qui considérerait la taille de son portefeuille comme son plus gros atout. Agastaya avait conscience d'être un homme difficile à fréquenter, non parce qu'il piquait des crises ou se montrait exigeant, mais parce que son compagnon devait accepter de cacher leur relation aux autres. Il était impossible de dévoiler leur idylle au monde d'Agastaya – ni présentations à ses amis, ni soirée cinéma avec sa famille. Il s'agissait d'une relation solitaire, exclusive. Cela demandait à son compagnon un grand sacrifice et, pendant trois ans, Nicky y avait consenti.

Afin de le reconquérir après l'incident du restaurant, Agastaya lui avait demandé d'emménager chez lui, ce qui avait exigé de gros ajustements – il avait fallu, entre autres, renvoyer Sabitri, sa domestique népalaise. Car ce que souhaitait Nicky, c'était qu'ils vivent ensemble. Agastaya l'avait découvert en vérifiant leurs e-mails, sur ce compte qui n'appartenait pas seulement à Agastaya, ni seulement à Nicky. Nickagastaya@gmail.com, c'était l'adresse qu'Agastaya avait créée quelques mois plus tôt en accolant leurs prénoms. Nicky avait prétendu que ce nouvel identifiant était à vomir, mais il était rudement content que celui-ci commence par son prénom. C'était par besoin de fureter, non par sentimentalisme nunuche, qu'Agastaya avait créé cette adresse commune : il pourrait désormais suivre les activités de son petit ami. Nicky était rapidement passé de Hotmail à Gmail quand il avait découvert à quel point cette messagerie était plus conviviale.

Nickagastaya@gmail.com était ainsi devenue la principale adresse de Nicky sans que celui-ci éprouve le besoin d'en modifier le mot de passe. De fil en aiguille, ce compte était également devenu une source d'angoisse et de stress illimitée pour Agastaya. Il lisait et relisait les e-mails qu'échangeaient Nicky et ses amis, essayait de repérer le moindre sous-entendu suspect et se demandait si Nicky le trompait. Lorsque le contenu des e-mails de son petit ami lui donnait des insomnies, Agastaya essayait de se sevrer du besoin de vérifier leur compte. Mais il faisait invariablement une rechute quelques jours plus tard : tel un possédé, il se mettait à parcourir tous les e-mails qu'il avait manqués et s'angoissait à cause de leur contenu.

Quand les choses allaient très bien ou très mal, Agastaya se connectait à leur compte deux fois par jour. Et chaque fois que leur relation revenait à la normale, un état à mi-chemin entre grand amour et haine profonde, il restait à distance de nickagastaya@gmail.com, mot de passe : gastayanick. Mais les choses allaient mal à présent. Son petit ami ne répondait ni à ses messages ni à ses appels. Agastaya avait désespérément besoin de se connecter à leur compte mais, à huit heures du matin, un jour de Lakshmi Puja, il était certain qu'aucun cybercafé ne serait ouvert. Agastaya regretta de ne pas avoir emporté son ordinateur portable. Au dernier moment, cédant à la paranoïa typique de ceux qui mènent une vie secrète, il avait laissé son MacBook Air à New York. À Gangtok, la notion de vie privée cessait d'exister à la minute où on franchissait le seuil de la maison de sa grand-mère. Jamais Agastaya n'irait vérifier ses e-mails sur son ordinateur vieux de dix ans, même si l'appareil était connecté à Internet, ce dont il doutait fort. Il n'était pas prêt à prendre le risque de se faire démasquer par son frère ou ses sœurs et de devoir révéler son homosexualité à tous les autres membres de la famille. Agastaya décida qu'il activerait Internet sur son portable pour le reste de son séjour.

Dans le jardin, l'air absorbé par des pensées aussi complexes que les siennes, Bhagwati tenait une tasse de café dans le creux de ses mains et regardait fixement le balcon de l'étage.

« Quelle magnifique journée, dit-elle en le voyant approcher.

— Oui, il fait plus froid. »

Agastaya frissonna.

« Veux-tu du café ?

— Pas maintenant, merci.

— Tu es en colère contre moi ? »

Bien sûr qu'il l'était !

« Pour quelle raison le serais-je ?

— Parce que je t'ai parlé de cette pédiatre.

— Je t'avais pourtant bien expliqué que je ne voulais pas me marier, dit Agastaya, soulagé de pouvoir régler la question en privé, avant que les autres ne se mettent aussi à le harceler. Il faut en avoir envie pour se marier. Et ce n'est pas ce que je souhaite maintenant. Je serai peut-être partant dans quelques années.

— Très bien. Mais quel mal y a-t-il à déjeuner avec une fille ou deux ? Imagine que tu aies le déclic ?

— Et en quoi cette histoire te regarde exactement ?

— Tu as raison, ce ne sont pas mes affaires. Mais j'ai envie de te voir heureux. Et le mariage m'a rendue heureuse.

— Hein ?

— Quoi ?

— Non, rien. Je risque d'être méchant. Passons.

— Non, non, exprime-toi.

— Si tu tiens vraiment à le savoir, tu n'es pas tout à fait l'archétype de la femme heureuse à mes yeux.

— Parce que je suis pauvre ?

— Entre autres. Regarde-toi – quelle moralisatrice

tu es devenue ! Et si tu commençais par faire le ménage dans ta vie au lieu de t'occuper de la mienne ? »

Bhagwati se renfrogna. Il avait sans doute trop parlé.

« Je suis désolé. Je manque autant de tact que Ruthwa. C'est juste que je suis fatigué de toutes ces histoires de mariage.

— Tu ne devrais pas considérer le mariage comme une prison, Agastaya. Tu as trente-trois ans. Ça te ferait du bien.

— Je sais. Ce n'est simplement pas le bon moment.

— Non, mais regarde-toi – tu es si malheureux ! Tu as besoin de t'amuser un peu. »

Agastaya serra les poings.

« Encore une fois, qu'est-ce qui te faire dire que je suis malheureux ?

— Je le devine. Comme tout le monde.

— Et si ce que tu voyais de moi n'avait rien à voir avec la réalité ?

— Si c'est le cas, tu as décidé de présenter au monde un visage bien malheureux.

— Mais qu'est-ce que ça peut te faire, Bhagwati ? Franchement, je comprendrais si c'était une femme entretenue qui sondait mon mal-être. Mais tu n'as pas déjà assez de chats à fouetter ? Tu devrais commencer par inscrire tes enfants dans une école privée. Personne ne t'a dit à quel point les écoles publiques étaient mauvaises aux États-Unis ?

— D'après ce que je sais, elles sont bien meilleures que les établissements privés du Bhoutan.

— C'est donc tout ce que tu vises ? "Si c'est mieux qu'au Bhoutan, ça suffit pour mes enfants" ? Tu devrais voir les choses en grand.

— Nous étions en train de parler de la femme qui te conviendrait, il me semble.

— Et la conversation a dévié vers ta pauvreté. Le mariage est un sujet qui me donne envie de hurler, la pauvreté est un sujet qui te fait voir rouge. Nous sommes quittes.

— Si tu préfères voir les choses ainsi, dit Bhagwati avant d'avaler une grande gorgée de café. Si c'est ce que tu veux – très bien. »

Il fallait qu'il parte. Tant pis si les cybercafés n'ouvraient pas avant quelques heures. Il fallait qu'il foute le camp d'ici.

Sur MG Marg, au sommet d'une volée de marches branlantes et gorgées d'eau se trouvait un cybercafé qui venait d'ouvrir pour la journée. Vu le calot que portaient les trois employés sur la tête, cette ouverture matinale n'avait rien de surprenant. C'est marrant, on est toujours plus pratiquant pendant les fêtes religieuses des autres communautés, pensa Agastaya, surpris par sa propre méchanceté.

Des marmonnements monotones en ourdou lui parvenaient du fond de la pièce. L'ambiance du côté des ordinateurs était encore plus soporifique.

Nom d'utilisateur : nickagastaya

Mot de passe : gastayanick

Agastaya avait des remords à l'idée de parcourir les derniers e-mails échangés, mais ce compte leur appartenait à tous les deux après tout.

Et il était bien là, l'e-mail auquel il s'attendait. La réponse à tout. L'explication du comportement de Nicky. Mais, en même temps, cette explication soulevait un grand nombre de questions supplémentaires.

Elle déclenchait en lui une foule d'émotions contradictoires. Au début, Agastaya fut ravi. Puis, brusquement, il eut la bouche sèche. Les poils de ses mains se dressèrent. Avec un peu de chance, les hommes du cybercafé ne voyaient pas les torrents de larmes qui coulaient sur ses joues. Agastaya avait besoin de comprendre un tas de choses, mais il ne trouverait pas leur explication dans la cacophonie en ourdou qui se faisait plus bruyante chaque minute.

L'air grave, plongé dans ses pensées, Agastaya marcha jusqu'à la fenêtre et contempla la place sur laquelle, fumant une cigarette assis sur un banc, il aperçut son petit frère, les jambes écartées, les cheveux en bataille, les yeux rivés au postérieur de chaque passante. Gangtok était une si petite ville !

Agastaya appela son frère mais celui-ci continua à fumer sans le regarder.

« Hé, Ruthwa, lève les yeux !

— Ah ! »

Ruthwa plissa les yeux à cause du soleil.

« Qu'est-ce que tu fais là ?

— Je suis venu vérifier si j'avais reçu des mails. Tu viens prendre un café ?

— Nan. Je préfère le soleil.

— Et si j'allais nous chercher des cafés avant de te rejoindre au soleil ?

— Ouais, bonne idée. »

Les hommes aux calots n'ayant pas d'argent sur eux, Agastaya leur dit de garder la monnaie sur ses cent roupies.

« Un petit peu plus pour Lakshmi Puja ? demanda l'un d'eux.

— Ah non, si vous n'avez pas de monnaie, je n'en ai pas non plus. »

Agastaya se dépêcha de sortir. Il détestait les musulmans aujourd'hui. Il ne supportait pas les autres religions. Il haïssait tout le monde.

Le Baker's Café étant fermé en raison de la fête, Agastaya acheta une bouteille de Coca dans un des magasins bordant MG Marg et rejoignit à grandes enjambées son petit frère qui se grattait l'entrejambe.

« Toi aussi, tu as craqué, hein ? » demanda Ruthwa.

Agastaya ne répondit pas.

« La maison et ses célébrations forcées – tu n'as pas supporté, c'est ça ?

— J'ai dû sortir pour vérifier mes mails. Et j'ai eu une petite dispute avec Bhagwati.

— Ouais, je me suis aussi pris le bec avec elle. Je n'appellerais pas ça une dispute cependant. C'était davantage une discussion – désagréable, certes, mais ce n'était pas une véritable dispute.

— Elle n'arrête pas de me parler de mariage », lâcha Agastaya, soudain disposé à aborder le sujet avec Ruthwa, dont il n'avait pourtant jamais été très proche.

Chaque fois qu'un gros problème survenait, son réflexe était de se laisser absorber par les petits. Autant faire passer l'angoisse dans laquelle le plongeait Nicky pour un véritable énervement contre les manigances de Bhagwati. Cela lui éviterait de penser à son petit ami.

« Et elle n'arrête pas de me parler de mes relations avec Aamaa.

— Elle s'est apparemment mis en tête de raisonner tout le monde, alors qu'elle devrait plutôt chercher le moyen de nourrir, vêtir et loger sa famille convenablement.

— Je ne pense pas que sa situation est aussi désespérée qu'on le croit. Je me demande si elle tente aussi de convaincre Manasa de sauver son mariage.

— Je la soupçonne fortement d'avoir été recrutée par Aamaa pour me convaincre de me marier. Je lui ai dit ses quatre vérités aujourd'hui, et maintenant, je me sens coupable.

— Heureusement que personne ne me demande de me marier.

— Pourquoi tu es venu ici déjà ?

— Pour revoir ma tendre famille. »

Agastaya demanda à Ruthwa s'il avait une cigarette.

« J'ai besoin de fumer. »

Ruthwa haussa le sourcil gauche.

« Depuis quand tu fumes ?

— Maintenant – je suis stressé.

— Ouais. Vive la famille.

— Alors, tu es vraiment venu ici pour éviter Aamaa ?

— Est-ce que tu vas vraiment te marier ?

— Est-ce que tu cesseras un jour de te comporter comme un connard ?

— Est-ce que tu cesseras un jour de parler avec la voix de Bhagwati ? Et de Manasa ? »

Les frères rirent entre deux bouffées. Ce fou rire et la nicotine aidèrent brusquement Agastaya à se sentir beaucoup plus léger. Mais ensuite, presque aussi vite qu'elles s'étaient envolées, ses réflexions liées à Nicky resurgirent. L'abattement fit son retour.

•

Manasa s'était elle aussi réveillée tôt mais avait préféré rester au lit en entendant Bhagwati parler à Ruthwa dans la cuisine. Ensuite, elle avait perçu des voix dans le jardin, juste devant la fenêtre de la chambre d'amis ; cette fois, Bhagwati décrivait les joies du mariage à Agastaya. Sa sœur étant d'humeur à pontifier, Manasa songea qu'elle n'était pas près de quitter sa chambre.

Mais, environ une heure plus tard, quelqu'un tambourina à sa porte. Lorsque les coups se firent plus pressants, Manasa sortit finalement de son lit.

Derrière la porte se trouvait Prasanti, visiblement surexcitée.

« Qu'est-ce qu'il y a, Prasanti ? Tu vas me jeter des pierres parce que ton plan d'hier s'est retourné contre toi ?

— Quelqu'un a sonné au portail. C'est un étranger – il ressemble à une pomme de terre trop cuite.

— Et en quoi ça me concerne ?

— Je ne peux pas lui parler. Je ne connais pas un mot d'anglais.

— Il a dû se perdre.

— Non, il n'arrête pas de demander Agastaya. "Agusta, Augusta, Oogoostoo", qu'il répétait. Il m'a fallu un moment pour comprendre. »

L'eunuque tenta encore quelques transformations du nom d'Agastaya.

« Où est mon frère ?

— Sorti en ville, je crois.

— Et Bhagwati ne peut pas aller lui parler ?

— Elle fait le ménage à l'étage.

— Comme si c'était son travail. »

Prasanti fit semblant de ne pas comprendre. Manasa

attrapa sa robe de chambre et se dépêcha de sortir dans le jardin, Prasanti sur ses talons. Derrière le portail se tenait un grand homme blanc dégingandé.

« Puis-je vous aider ? demanda Manasa.

— Salut, je viens de New York.

— Et alors ? » répliqua Manasa assez impoliment.

Ce n'est pas parce qu'on est new-yorkais qu'on peut se permettre de débarquer chez les gens sans prévenir.

« Je suis une connaissance d'Agastaya. Il m'a dit qu'il rentrait au pays et, comme je visitais Gangtok, j'ai eu envie de passer le voir. Il n'est pas difficile de trouver l'oasis Neupaney – tout le monde sait où elle se trouve.

— Ah, d'accord, désolée si je vous ai semblé impolie.

— Mais non, pas du tout.

— Agastaya est en ville, mais il devrait bientôt revenir. Pourquoi n'entrez-vous pas ? »

En pénétrant dans le jardin, l'Américain se cogna la tête dans l'encadrement du portail.

« Désolée, dit Manasa. Cette maison n'a pas l'habitude d'accueillir des personnes de plus d'un mètre quatre-vingts. Je suis Manasa, la sœur d'Agastaya.

— Enchanté. Est-ce un léger accent britannique que je perçois là ?

— Je vis à Londres.

— Vous êtes donc venue rendre visite à votre famille, vous aussi ?

— Oui. Ma sœur du Colorado est également présente. Ainsi que notre plus jeune frère. En fait, toute notre fratrie est réunie. On vous a expliqué qu'une fête religieuse avait lieu en ce moment, n'est-ce pas ?

— Oui, Diwali.

— Les népalophones l'appellent Tihaar. Vous arrivez juste à temps pour les festivités. Et demain, nous fêtons l'anniversaire de notre grand-mère.

— J'espère que ma présence n'est pas de trop.

— Non, pas du tout. Seulement je viens de me réveiller. J'ai besoin de faire un brin de toilette. Et si vous profitiez du soleil un petit moment ? Quelqu'un va vous apporter du thé. Prasanti ! »

Afin de pouvoir les observer discrètement, la domestique avait entrepris de déposer sur une natte des feuilles fermentées de moutarde, de chou-fleur et de radis, qui serviraient bientôt de base au gundruk, la soupe préférée de Manasa.

« Apporte du thé et des biscuits à notre visiteur. »

À l'intérieur, Bhagwati astiquait les marches de l'escalier.

« Depuis quand est-ce à toi de faire ça ? demanda Manasa.

— Ça va. Je me suis réveillée tôt et je n'avais rien à faire.

— Un ami new-yorkais d'Agastaya est arrivé. Tu veux bien lui faire la conversation un moment ? Il faut que j'aille aux toilettes. »

Bhagwati accepta.

« Comment s'appelle-t-il ?

— Tiens, il ne me l'a pas dit, et je ne le lui ai pas demandé. Comme je suis impolie ! Attends, je vais me renseigner. »

Manasa revint une minute plus tard.

« Nicholas. Il s'appelle Nicholas – et il n'est pas désagréable à regarder. »

Aucun des chauffe-eau des deux salles de bains n'était allumé. Tel était le problème à Gangtok : Manasa devait attendre au moins une heure si elle souhaitait prendre une douche bien chaude. Elle se brossa rapidement les dents, se rinça la bouche, examina avec indifférence les traces de sang dans sa salive, s'essuya les lèvres et compta le nombre de jours qui lui restaient avant de repartir pour Katmandou puis Londres.

La salle de bains était dégoûtante. Pourquoi les Indiens ne voyaient-ils aucun inconvénient à s'asseoir sur des toilettes mouillées ? Il suffirait de fermer la zone de douche, mais celle-ci étant située en plein milieu de la salle de bains, c'était presque impossible à faire. Manasa gardait toujours à l'esprit qu'il fallait éviter de mouiller la lunette des toilettes quand elle se douchait ici. Elle la couvrit avec une serviette sale avant de faire couler l'eau. Des cheveux de longueurs et textures diverses tourbillonnaient dans quelques flaques sur le sol. C'était à peu près aussi agréable que de tomber sur les poils de barbe de Himal, pleins de crème à raser, parsemant le lavabo de leur salle de bains londonienne. Ses poils de barbe, ses livres, l'odeur nauséabonde des sécrétions de son oreille – Manasa avait tant harcelé son mari pour qu'il change ! Elle l'avait obligé à fixer une petite étagère au-dessus de la chasse d'eau mais, un ou deux jours plus tard, tous ses livres – de *Donald Trump: Master Apprentice* à *Comment se faire des amis et avoir de l'influence* – étaient de retour sur le sol, ouverts à différentes pages sur lesquelles des mots compliqués étaient soulignés d'un coup de stylo énergique. Le lavabo était méticuleusement rincé le jour où elle criait sur Himal mais, dès le lendemain, il était à nouveau parsemé de poils. Himal ne cessait de se plaindre qu'elle faisait trop d'histoires au sujet de son tympan perforé et qu'il n'avait pas le temps de se faire opérer. C'était exaspérant.

À son retour, Londres risquait de lui paraître insupportable. Il faudrait bientôt subir la gaieté forcée de l'esprit de Noël, à laquelle son beau-père tenait tant à se joindre. Manasa devrait pousser son fauteuil d'un bout à l'autre de ces centres commerciaux aux illuminations ridicules où se déroulaient des animations. L'idée que cette vie – sa vie, sa vraie vie – recommencerait dans seulement trois jours l'emplissait de terreur. Manasa décida en se séchant de ne penser pour une fois qu'à elle et d'essayer de profiter de ses derniers jours ici.

Après avoir reposé le sèche-cheveux, elle évita soigneusement de se regarder dans le miroir. Manasa n'était pas grosse mais elle ne pouvait supporter la vue de son corps nu. Elle redoutait ce qu'elle risquait de découvrir – vergetures, bourrelets, rides. Curieusement, c'était son visage qui l'effrayait le plus et, pourtant, elle ne pouvait pas s'empêcher de l'examiner. Il suffisait de regarder la photo de son profil sur Facebook, qui datait de deux ans, pour constater combien elle avait vieilli. Parfois, quand elle apercevait son reflet dans une vitre ou un rétroviseur, il lui fallait quelques secondes pour reconnaître la femme qui la regardait.

Manasa entendait Nicholas et Bhagwati bavarder dehors. Elle n'avait pas fait grand-chose depuis son arrivée à Gangtok et souhaitait maintenant visiter quelques sites historiques. Manasa ne raffolait pas de la version moderne de sa ville et détestait le fait que près d'un bâtiment neuf sur trois dans la zone de MG Marg abrite un nouvel hôtel. Le Gangtok de son enfance était plus lent, moins tape-à-l'œil. À l'époque, les touristes étaient moins nombreux et plus pauvres. Ces temps-ci, les flambeurs occidentaux concurrençaient sérieusement les Bengalais de la classe moyenne qui semblaient décidés à défigurer chaque partie de la ville ou de l'État. Personne ne remarquait les effets néfastes du tourisme et de la commercialisation excessive de Gangtok. Manasa était inquiète pour sa ville natale. Elle proposerait peut-être aux autres de l'accompagner quand elle partirait visiter les sites situés en périphérie. Si cela ne leur disait rien, elle irait sans eux. On profite parfois mieux de la vie seul.

« J'étais en train de féliciter Byaagwouti pour son anglais parfaitement compréhensible, expliqua Nicholas à Manasa en la voyant sortir. Je n'arrive pas à croire qu'elle vit en Amérique depuis deux ans seulement. Son accent est parfait.

— Et qu'est-ce qu'un accent parfait au juste ? demanda Manasa.

— Eh bien, pour nous, ignares d'Américains, tous ceux qui ne parlent pas comme nous ont un accent.

— Autrement dit, les gens du monde entier excepté les Américains. »

Le regard que lui lança Bhagwati n'échappa pas à Mànasa.

« Je sais, dit Nicholas. Je suis désolé que mes compatriotes aient autant de lacunes. Nous ne devrions pas considérer l'Amérique comme le centre du monde. Et dire que vous habitez à Londres – ouah !

— En effet, dit Manasa, la voix toujours glaciale.

— La météo doit vous rendre folle.

— Elle n'est pas pire qu'à New York – au moins les étés londoniens ne sont pas aussi chauds que les vôtres.

— Le froid londonien ne me dérangerait pas si le soleil voulait bien briller de temps en temps, admit Nicholas. Le temps gris me déprime.

— Je préfère de loin Londres à New York.

— Le mois d'octobre à New York est pourtant magnifique. Mais, à Gangtok, il l'est encore plus.

— Je n'ai visité aucune de ces deux villes, dit Bhagwati. Boulder est un endroit agréable à vivre. Je pourrais facilement y passer le reste de ma vie.

— Moi, je préfère l'Inde, déclara Nicholas. Je ne comprends pas pourquoi les cadres indiens veulent tant s'installer aux États-Unis. La vie est si facile ici – domestiques, chauffeurs… Vous vivez comme des rois.

— Que faites-vous dans la vie ? demanda Manasa.

— Je voyage, répondit rêveusement Nicholas. Disons que je suis un anthropologue dilettante.

— Vous n'appréciez plus ce que vous possédez à sa juste valeur, le réprimanda Manasa. Tous les Indiens pensent que c'est vous, les Américains, qui menez la vie idéale. L'herbe est toujours plus verte ailleurs, n'est-ce pas ? »

Avant que Nicholas ne tente encore de justifier sottement son ravissement pour la qualité de vie de la classe moyenne supérieure indienne, Manasa ordonna à Prasanti d'aller chercher le téléphone sans fil. Cette conversation était ridicule.

« Nous ferions mieux d'appeler Agastaya, dit-elle.

— Oh, tout va bien, la rassura Nicholas. Je passe un très bon moment avec vous. »

Manasa, elle, ne prenait aucun plaisir à discuter bêtement de la météo et de la stupidité des Indiens aisés avec lui. Bhagwati, en revanche, semblait fascinée par le nouveau venu. Plus vite Manasa ferait revenir Agastaya, plus vite elle pourrait commencer à profiter des quelques jours de liberté qui lui restaient.

« On arrive, répondit son frère au téléphone.

— Qui ça, on ?

— Je suis avec Ruthwa.

— Il y a une surprise pour toi. »

Manasa sourit à Nicholas.

« Je crois savoir de quoi tu parles. Mon ami est arrivé ?

— Oui. Nicholas, le New-Yorkais, est là. Dépêche-toi.

— J'arrive. »

Manasa transmit cette information à l'ami d'Agastaya.

Lorsque son frère fit enfin son apparition, Nicholas et lui échangèrent une poignée de main et une accolade maladroite.

« Je vois que tu as déjà rencontré mes deux sœurs. Mon frère est allé s'acheter des cigarettes, il sera là plus tard.

— Oui, nous avons eu une discussion très intéressante, répondit Nicholas.

— Au sujet de New York, de Londres et des cadres indiens, dit Manasa en espérant que sa voix ne trahissait pas le désespoir que lui inspirait cette conversation. Je vous laisse, messieurs, vous avez certainement un tas de choses à vous dire. »

Bhagwati les quitta à son tour.

« Quel type ennuyeux, soupira Manasa lorsqu'elles furent dans la maison. Il se prend pour un intellectuel, mais n'arrête pas d'enfoncer des portes ouvertes. “Et quel temps fait-il à Londres ? Et quel temps fait-il à Boulder ?”

— Moi, je l'ai trouvé très sympa.
— En effet, tu le dévorais du regard.
— Il n'est pas si beau que ça, répliqua Bhagwati.
— Peut-être, mais il est blanc, la taquina Manasa. C'est sa peau blanche qui t'a fait tourner la tête.
— Je faisais simplement preuve de politesse. Contrairement à toi.
— Normal, je l'ai trouvé détestable.
— Comment peux-tu juger une personne en parlant deux minutes avec elle ?
— C'est simple. Je ne souffre pas du ridicule complexe d'infériorité de l'ancien colonisé qui pense que le moindre Blanc mérite que je lui lèche les bottes. Tu rayonnais quand il t'a complimentée sur ton accent, c'était absurde. On aurait dit une adolescente en chaleur.
— Je ne lui léchais pas les bottes. Je reçois les gens avec hospitalité, moi. Tu devrais en prendre de la graine.
— Quoi, tu vas me faire la leçon à moi aussi ? Ça ne t'a pas suffi de sermonner Ruthwa de bon matin ? Et Agastaya ?
— Qui t'a parlé de ça ?
— Je t'ai entendue. Je dors juste à côté de la cuisine et du jardin, nom d'un chien ! On n'arrête pas de me réveiller le matin. Aujourd'hui, c'était toi qui racontais des bêtises. Hier, c'était Prasanti. Si ça continue, je vous jure que je vais changer de chambre. J'irai peut-être m'installer dans celle d'Aamaa. Ça fait des jours que je dors mal.
— Je ne les sermonnais pas.
— C'est pourtant bien l'impression que j'ai eue. »

Manasa se demanda pourquoi elle était aussi irritable.

« Est-ce qu'Aamaa te paiera si tu convaincs Agastaya de se marier ? »

Bhagwati soupira. Elle monta l'escalier sans un mot, ni un regard pour sa sœur.

Ce n'était pas ce que Manasa voulait dire. Elle aurait dû éviter de parler d'argent. Pour un peu, elle se serait donné des gifles.

Comment demander à Bhagwati de venir jouer les touristes avec elle maintenant ? Elle qui souhaitait profiter pleinement de ses derniers jours à Gangtok… C'était mal parti.

•

Chitralekha resterait au lit toute la journée. Ses petits-enfants la supplieraient de diriger la *puja* mais elle ne les rejoindrait qu'après avoir passé la journée à bouder.

Demain serait un grand jour pour elle. Le prêtre passerait examiner le feu sacrificiel plus tard. Chitralekha avait convié quelques dignitaires à son somptueux déjeuner. Des amis et des membres des familles les plus riches se joindraient à eux. Ses proches moins aisés viendraient plus tard pour déguster un dîner composé de restes du déjeuner.

Toute la nuit, les chanteurs de *bhailo*, des jeunes filles pour la plupart, passeraient de maison en maison en interprétant des chants de Diwali et dérangeraient la tranquillité de Chitralekha. Bhagwati avait proposé d'apporter les offrandes aux jeunes filles dehors et préparé une assiette sur laquelle elle avait déposé un peu de riz cru, un petit pot en cuivre contenant un œillet d'Inde et une lampe à huile en terre. Lors de chaque passage, Bhagwati évaluerait le niveau du groupe et placerait la somme d'argent la plus appropriée selon elle sur l'assiette, dont l'ornementation attirerait aussitôt moins les regards. C'était habituellement à Prasanti qu'il incombait de payer les filles, de les remercier et de les congédier. L'eunuque, Chitralekha le savait, avait pour habitude de diminuer la somme à payer à chaque groupe et empochait la différence.

Ce que Prasanti avait fait la veille était inexcusable mais, sa fureur s'étant calmée, Chitralekha avait décidé qu'il s'agissait simplement d'une fâcheuse erreur. Bien qu'elle fût prête à accorder son pardon à cette écervelée d'eunuque, elle n'avait pas encore eu l'occasion d'informer Prasanti que tout était oublié. Sa domestique ne lui avait pas apporté sa tasse de thé et ne lui avait même pas demandé de descendre pour le petit déjeuner. Chitralekha voulait bien fermer les yeux sur l'inconduite d'hier mais cette négligence ne lui plaisait pas.

L'eunuque n'aurait pas dû être la seule à implorer sa clémence. Hier, Ruthwa avait frappé à sa porte de bon matin avec toute la sincérité du pénitent mais il avait rapidement rendu impossible sa réhabilitation en criant : « Aamaa, tu m'entends ? » avant de rire bêtement. Son petit-fils ne prenait rien au sérieux. Ni ce qu'il lui avait fait, ni ce qu'il avait fait à sa famille. Son rire cruel avait résonné dans ses oreilles jusqu'à ce qu'elle se rendorme. Chitralekha l'aurait bien giflé mais, venant d'une vieille femme, cette correction infligée à un homme de trente et un ans ne produirait pas l'effet désiré. Au contraire, elle se ridiculiserait devant tous ses petits-enfants. Et cela ne ferait qu'allonger la liste interminable des abus tyranniques qu'elle leur avait fait soi-disant subir.

Son cœur palpitait depuis qu'elle s'était emportée contre Prasanti. Chitralekha se sentait vieille, comme si elle n'avait plus la volonté de se battre. Cette prise de conscience l'alarma. Est-ce ainsi que se sentent les personnes âgées – celles qui ont abandonné ? Chitralekha n'avait pas tout à fait envie de lâcher prise mais une petite voix, plutôt tenace ces temps-ci, lui ordonnait sans arrêt de se reposer, de passer ses journées à méditer sur la vie remarquable qu'elle avait vécue et de réfléchir à l'endroit où se trouverait son cénotaphe en triturant ses perles. Chitralekha dormait et rêvait beaucoup plus ces temps-ci. Elle se sentait inutile.

Si la flamme de son ambition s'éteignait définitivement, elle irait volontiers s'installer à Kalimpong. Gangtok était un endroit merveilleux, et c'était devenu sa ville, mais Chitralekha ne supportait plus son agitation. Le fait que sa maison se situe en plein centre n'arrangeait pas les choses. Les gens ne cessaient de passer la voir sans raison particulière. Certains venaient lui parler de leurs affaires. D'autres, rechignant à utiliser les toilettes publiques pendant leur passage en ville, trouvaient pratique de se soulager chez Chitralekha. Beaucoup avaient des services à lui demander. Certains venaient lui présenter leurs hommages comme s'ils la prenaient pour leur gourou. D'autres voulaient sa bénédiction, car une vieille femme a le pouvoir d'influencer les dieux.

Chitralekha avait accepté trop de responsabilités

ces dernières années. Son engagement civique battait tous les records. Pourquoi les écoles l'invitaient-elles à leurs remises de prix, elle qui n'avait pas dépassé le cours élémentaire ? Et au nom de quoi accepterait-elle leur invitation ? Certes, il lui avait paru important de s'allier avec le bon candidat politique à une époque de sa vie mais il n'existait plus de parti d'opposition à Gangtok depuis longtemps et aucun politicien ne méritait qu'elle se rapproche de lui, hormis Subba. Et Subba était déjà son ami. Aussi Chitralekha n'avait-elle plus la moindre raison de se rendre aux fêtes, d'être vue aux meetings, ni de prononcer des discours passionnés. Elle ne se réjouissait jamais d'assister à ces événements – elle s'y rendait surtout parce que c'était une habitude difficile à perdre. Si elle restait vivre à Gangtok, Chitralekha aurait du mal à rompre certains de ces engagements – ce serait même mission impossible. Elle parlait souvent à Prasanti de son envie de fixer sur le portail une pancarte sur laquelle serait inscrit : « Prière de ne sonner que si vous êtes attendu » dans le but de réduire le nombre de ses visiteurs. On ne lui laissait tout simplement aucun répit.

La vie à Kalimpong ne serait pas tellement différente de celle qu'elle menait à Gangtok si Chitralekha s'installait dans la maison qu'elle possédait au beau milieu du *bazaar*, le quartier commercial, ce qu'elle n'avait nullement l'intention de faire en réalité. Son usine de textile à Sindebong, magnifique site de seize mille mètres carrés, se trouvait à quatre kilomètres de la ville. De là, on accédait facilement au *bazaar* par la route, mais l'usine était suffisamment éloignée de la ville pour que Chitralekha puisse parcourir des kilomètres sans tomber sur le moindre embouteillage.

Il serait plus simple de vivre dans les deux chambres du troisième étage de l'usine que dans cette grande maison. Elle pourrait emmener Prasanti mais celle-ci était devenue trop citadine pour aimer la vie à la campagne. Didi, sa précédente aide à domicile, habitait maintenant à Kalimpong mais elle était vieille et frêle. Et les personnes vieilles et frêles agaçaient Chitralekha. Elle devrait augmenter le salaire de Prasanti si toutes deux emménageaient finalement à Kalimpong. Les jours où Chitralekha, ou Prasanti, tournerait en rond, elle, ou Prasanti, n'aurait qu'à descendre à l'atelier afin de superviser la couture, la teinture et le tannage. À son âge, nul besoin de songer à diversifier ses activités, à gagner plus d'argent, à écraser des concurrents. En outre, il faisait moins froid à Kalimpong. Ce serait bon pour sa santé.

Mais ce qui était bon pour son corps ne l'était pas forcément pour son esprit. Les premiers jours seraient agréablement paisibles, puis elle commencerait à étouffer. L'usine, bien que située dans un cadre idyllique, n'offrait aucune vue sur le Kangchenjunga. Et, même dans le cas contraire, elle ne pourrait pas passer ses journées à contempler la montagne. Chitralekha avait encore tant de choses à régler ici. Il n'était pas question qu'elle prenne sa retraite tant qu'elle n'aurait pas trouvé la personne capable de perpétuer son héritage. Son petit-fils préféré était contre l'idée de se marier, et elle évitait de penser aux autres depuis des années. Était-ce vraiment trop leur demander que de lui donner un héritier ? Chitralekha pourrait ainsi se préparer à mourir en sachant que la famille Neupaney ne s'éteindrait pas après la génération de ses petits-enfants. Ses seuls arrière-petits-enfants ne comptaient pas.

Ne devrait-on pas par conséquent lui pardonner sa frustration ? Son comportement n'était-il pas justifié ?

La voix nasillarde de Manasa interrompit ses songes.

« Aamaa, viens-tu manger le petit déjeuner, oui ou non ? demanda celle-ci à travers la porte de la chambre. Tu souffres parce que ta petite protégée t'a trahie, ma pauvre. »

Comme Chitralekha gardait le silence, Manasa se permit d'entrer.

« C'est Lakshmi Puja aujourd'hui et un Lakshmi blanc est apparu dans notre jardin.

— Qui est-ce ?

— Un ami d'Agastaya. Un vrai casse-pieds.

— Je suis sûre que lui s'occupe bien de ses grands-parents.

— Sans doute. En les laissant enfermés dans une maison de retraite. Nous aurions dû faire la même chose.

— J'y aurais été mieux traitée qu'ici.

— Oui, probablement. Tu te serais trouvé un homme là-bas. N'est-ce pas tout ce qui compte dans la vie d'une femme ? Se trouver un homme et vivre heureuse jusqu'à la fin de ses jours ? On peut dire que j'ai touché le jackpot.

— Et pourtant tu penses qu'il vaut mieux tout gâcher.

— Même si c'est un faible, j'aime bien mon mari. C'est pour ce beau-père qui semble capable de vivre encore plus longtemps que toi que j'ai peu de sympathie. »

Bhagwati entra à son tour, un bol de porridge entre les mains.

« Il faut que tu manges quelque chose, Aamaa. Tu n'as rien avalé au dîner hier soir. »

Affamée, Chitralekha prit une cuillerée de flocons d'avoine après une légère hésitation. Le porridge était chaud.

« Je croyais que tu ne mangerais jamais un aliment touché par Bhagwati ? » lui fit remarquer Manasa.

Chitralekha ne répondit pas. Elle avala une deuxième bouchée.

« Ce n'est donc plus ta méchante petite-fille ? insista Manasa, tandis que sa sœur aînée lui faisait les gros yeux. Aamaa et moi parlions mariage. Toi qui sais parfaitement faire fonctionner un couple, je suis sûre que tu aurais un tas de choses à ajouter, Bhagwati. C'est ton sujet préféré.

— Je continue à penser que Prasanti vaut mieux que vous tous. »

Chitralekha porta à sa bouche la dernière cuillerée de porridge puis, se rappelant le craquement des cailloux sous ses dents, elle recracha sa bouchée.

« Même si elle te fait manger des cailloux ? demanda Manasa le plus innocemment possible.

— Ils t'étaient destinés. Et tu les méritais.

— Plus qu'Agastaya qui refuse de se marier ? Plus que Bhagwati qui a épousé un *damaai* ? Plus que Ruthwa qui a révélé l'expérience la plus éprouvante de ta vie au monde entier ?

— Chacun de vous méritait ces cailloux. »

C'était vrai, tous ses petits-enfants avaient quelque chose à se reprocher.

« Mais toi, tu ne mérites rien de tout ça, hein, Aamaa ? Toi, la victime, tu ne mérites pas du tout cette vie-là. »

Bhagwati demanda à sa sœur de cesser de se moquer de leur grand-mère.

« Je peux me défendre toute seule, Bhagwati. Je n'ai pas besoin de ton aide, rétorqua celle-ci.

— Allez, Aamaa, insista Manasa. J'exige une réponse. Comment se fait-il que tes quatre petits-enfants soient aujourd'hui tes ennemis ?

— Je suis une femme malchanceuse, dit Chitralekha avec résignation. Regardez un peu comment vous me traitez tous. Qu'ai-je fait pour mériter ça ?

— Un tas d'erreurs, Aamaa. Pourquoi es-tu incapable de voir le bon côté des choses ? Nous avons fait tout le chemin depuis l'Europe et l'Amérique pour fêter ton anniversaire. Pourquoi n'y es-tu pas sensible ?

— Il faut que je dorme maintenant. Fermez la porte en partant.

— Non, Aamaa. »

Manasa était sans merci.

« Pourquoi n'es-tu pas sensible à ce que nous faisons pour toi ?

— Ça suffit, Manasa, dit Bhagwati. Elle n'a pas l'air en forme.

— Je vais parfaitement bien, Bhagwati. Inutile de prendre ma défense.

— C'est ça, prends-t'en à elle, Aamaa. Attaque la plus faible. Pourquoi ne dis-tu jamais rien à Ruthwa ? Tu as peur qu'il écrive encore une histoire sur toi et te réduise à une caricature, pas vrai ?

— Descendons, Manasa, dit Bhagwati. Il y a beaucoup à faire pour la fête de demain. »

Chitralekha tournait le dos à la porte quand elles partirent. Aussi ne vit-elle pas qui la claqua derrière elle. C'était forcément Manasa. La plus jeune de ses petites-filles avait tant de colère en elle ! Manasa lui avait cependant posé une question pertinente. Quand ses petits-enfants étaient-ils devenus ses ennemis ? Comment se faisait-il qu'elle ne leur trouvât que des défauts ? Pourquoi ne pas les laisser tranquilles et couper le cordon ?

Chitralekha décida d'interroger la seule personne qui ne craindrait pas de lui répondre avec impartialité.

« Prasanti ! Prasanti ! »

La domestique poussa docilement la porte.

« Vous m'avez appelée ? demanda-t-elle en posant le front sur le sol.

— En effet. Tu t'appelles bien Prasanti, non ?

— Si, mais je vous croyais fâchée contre moi.

— À cause de ce que tu as fait hier ? Tu as raison, je le suis.

— Je suis désolée. Vraiment désolée. Ce n'était pas à vous que ces cailloux étaient destinés, mais à Manasa.

— Je sais. Inutile de t'excuser.

— J'avais peur que vous ne me chassiez. »

Prasanti pleurait bruyamment.

« J'avais peur de ne plus être la bienvenue dans cette maison.

— Et ensuite, où irais-tu vivre, idiote ? Chez feu ton père à Kalimpong ? Chez les *hijra* à Bombay ? Cette maison est la tienne.

— Mais vous étiez si en colère hier ! sanglota Prasanti. Vous n'aviez jamais été aussi fâchée contre moi.

— Je suis tout le temps fâchée contre toi. Tu travailles très mal. Hier, j'ai simplement décidé de te le faire savoir.

— Je suis désolée. »

Prasanti renifla.

« Vraiment désolée. Je vais être gentille avec tout le monde – même avec Manasa.

— Tu n'as pas intérêt ! Continue à la traiter comme une moins-que-rien. C'est tout ce qu'elle mérite.

— D'accord. Et je vais continuer à aider Bhagwati à passer des moments seule avec Agastaya.

— Fais de ton mieux.

— C'est promis, sanglota Prasanti.

— Bon, arrête maintenant. Je ne t'ai pas fait venir pour que tu trempes mes draps de larmes et de morve. C'est toi qui devras le laver après, tu le sais bien.

— Je ferai correctement mon travail à partir de maintenant. Je travaillerai dur.

— C'est ça ! Bon, parle-moi franchement, est-ce que tu penses que je suis inutilement sévère avec les enfants ?

— Vous n'avez pas été qu'une grand-mère pour eux, dit Prasanti, ses larmes enfin épuisées. Vous étiez à la fois leur père et leur mère. Il est normal que vos attentes soient plus grandes.

— Tu penses donc que j'ai raison d'insister pour qu'ils se marient, qu'ils aient des enfants, et cetera ?

— Oui, absolument, mais…

— Je t'écoute ?

— Je ne connais rien à rien, c'est vrai, mais pourquoi vous en faire pour ça ? Vous n'avez jamais laissé personne dicter votre conduite, alors ils devraient pouvoir vivre comme ils l'entendent, eux aussi. »

Son raisonnement tenait la route. Ce que disait l'eunuque était clair. Pourquoi ses petits-enfants devraient-ils satisfaire ses désirs ? Et vivre à sa façon ? Mais, d'un autre côté, pourquoi pas ?

« Mais enfin, pourquoi ? Je leur ai tant donné. Ne peuvent-ils faire un geste en retour ? Se marier ? Avoir des enfants ? Fournir un petit effort pour que leur mariage fonctionne ?

— Il y en a bien une qui répond à tous ces désirs.

— Ce n'est pas pareil.

— Pourquoi continuer à lui en vouloir ? Votre colère contre elle n'y changera rien. Même si elle divorçait, ses petits *damaai* ne disparaîtraient pas. »

Prasanti avait raison. Si seulement il était aussi facile de pardonner que de tenir ce discours !

SIXIÈME PARTIE

NICKY

Par chance, ses sœurs – qui avaient assimilé, du moins en apparence, la notion occidentale d'intimité – les avaient laissés seuls. Mais cela ne durerait pas : quelqu'un débarquerait tôt ou tard.

Agastaya était soulagé d'avoir lu l'e-mail de Nicky avant son arrivée. Dans le cas contraire, il n'aurait jamais su comment réagir à l'apparition de son compagnon. Son e-mail, destiné à Anthony, en disait long sur ses sentiments – au fond, Nicky tenait à lui.

> Salut, mon chou,
>
> J'ai décidé de faire une surprise à mon gros bêta.
>
> Je prends l'avion pour sa ville natale. J'y serai le 21 ou le 22. J'ai besoin d'un stupide permis pour entrer dans son État, comme si c'était un pays à l'intérieur d'un autre, quoi. Mais qu'est-ce qu'on y connaît, nous autres, incultes d'Américains ? Je serai là-bas une semaine plus tôt que prévu. Je me demande à quoi ressemble l'Inde. Sans doute un pays chaud, pollué, peuplé d'hommes velus. Mais bon, tant qu'ils ne sont pas aussi velus que A... Je plaisante, il est parfait comme il est. Embrasse Tony junior pour moi.
>
> Nick

D'abord, un sentiment d'euphorie l'avait gagné. Nicky disait à son ex-petit ami qu'il était « parfait ». C'était le compliment le plus gentil qu'il ait jamais fait à Agastaya. La jubilation avait ensuite fait place à la panique lorsque les conséquences de l'acte que s'apprêtait à commettre Nicky lui étaient apparues. Son petit ami débarquait à Gangtok ! Que se passerait-il ensuite ? Les surprises étaient le fort de Nicky, mais il allait un peu trop loin cette fois. Avait-il réservé une chambre d'hôtel ou pensait-il bêtement qu'il logerait chez Aamaa ?

Quoi qu'il en soit, Nicky était là maintenant, et Agastaya devait bien faire avec.

« C'est dingue de te voir ici !

— Quelque chose me dit que ce n'est pas une exclamation de joie.

— Tu as l'air en forme.

— Cache ta joie, encore une fois.

— Merci pour la surprise.

— Tu es sûr que ça te fait plaisir ? Ton expression dit tout le contraire. »

Oui, c'était un geste très généreux de la part de Nicky. Oui, cela faisait du bien de le voir.

« Je n'arrive tout simplement pas à le croire – toi ici, dans ma ville natale ! s'exclama finalement Agastaya car il ne savait pas comment alimenter la conversation.

— C'est fou, hein ? »

Nicky jubilait.

« Ne t'en fais pas, j'ai dit aux autres que j'étais anthropologue.

— C'est censé me rassurer ?

— Arrête tes conneries ! Oups, j'ai le droit de dire des gros mots ici ? »

Agastaya n'avait-il pas imaginé Nicky dans ce décor seulement deux jours plus tôt ? Son petit ami avait rencontré la moitié de sa famille et s'apprêtait à faire connaissance avec l'autre moitié. Agastaya avait pris grand soin de séparer sa vie new-yorkaise de sa vie de famille, et voilà que toutes deux entraient en collision.

« Je suis désolé. C'est un plaisir de te voir. Je suis légèrement pris de court, c'est tout. Tu sais bien comment je réagis aux surprises.

— Ce devait être la plus belle de toute ta vie. Mais tu as tout gâché.

— Comment ça ?

— Tu es tellement… Comment dit-on déjà… Je sais pas… Tu es tellement difficile à satisfaire ! »

Agastaya regarda autour de lui de peur que quelqu'un ne se trouve à portée de voix. Ruthwa pouvait rentrer d'un instant à l'autre. Sans la moindre prudence, Nicky dressait à haute voix la liste de ses lacunes. Agastaya ne serait pas surpris que son frère ou une de ses sœurs écoute cette conversation. Pire encore, l'espion risquait de rapporter leur échange à tout le monde. Ce jardin était tout sauf un endroit sûr. Quelqu'un s'était probablement caché derrière les rideaux et déchiffrait son langage corporel.

« Où est-ce que tu loges ?

— Au Mayfair – cet hôtel est magnifique, tellement thaï. On m'y traite très bien, mais ma chambre n'est réservée que jusqu'à demain.

— Et ensuite ?

— Je n'en sais rien. C'est ta ville. Démerde-toi. Ce n'était pas la réaction que j'attendais. Je déteste ça.

Je ne devrais jamais songer à te faire plaisir. Ça te pose toujours problème. »

Nicky ne se rendait toujours pas compte de la gravité de la situation. À présent, il réclamait des applaudissements, des remerciements larmoyants. S'ils se trouvaient ailleurs, Agastaya demanderait à son compagnon s'il avait perdu la tête, mais il ne pouvait pas se permettre de tomber dans un tel mélodrame ici.

« Je suis désolé. C'est ma famille – tu sais bien ce qu'elle me fait subir.

— Byaagwouti m'a beaucoup plu. Mais Manasa est une petite garce.

— Oui, elle n'est pas toujours commode.

— Et Roota est là aussi ?

— Oui.

— C'est Manasa qui me l'a dit – quelle petite commère. Est-ce qu'il est aussi bien foutu que sur les photos que j'ai vues ?

— Il ne se lave toujours pas.

— Pas besoin, avec un visage pareil.

— Il fume comme un pompier.

— D'où l'odeur.

— Oh non, elle vient de moi. J'ai fumé une cigarette aujourd'hui.

— Tant mieux. »

Nicky leva la main pour taper dans celle d'Agastaya.

« Ça ne peut pas te faire de mal de te livrer à un vice ou deux. »

Agastaya garda la main baissée.

« J'étais stressé.

— Qui ne l'est pas de nos jours ? Tu aurais dû me voir quand il a fallu franchir la frontière du Sikkim. Comment se fait-il qu'on ait besoin d'un permis pour entrer dans ton État puisqu'on est déjà dans le pays ? Et pourquoi faut-il un visa pour visiter ton pays pour commencer ? Je ne comprends pas. Quel Américain pourrait vouloir s'installer ici à vie ? »

Pour une fois, ce n'était pas contre lui que s'emportait Nicky.

« S'il nous faut un visa pour aller en Amérique, pour quelle raison devriez-vous être dispensés de visa pour venir en Inde ?

— Nous vivons dans un pays industrialisé. Pays industrialisé d'un côté, tiers-monde de l'autre.

— L'Inde fait partie des nouveaux pays industrialisés maintenant.

— Avec tous ces bidonvilles ? Les gamins des quartiers pauvres étaient si mignons – encore plus que ceux de *Slumdog Millionaire*.

— Où as-tu vu des bidonvilles à Gangtok ?

— Delhi n'est rien qu'un grand bidonville. Les gamins me faisaient bonjour quand je passais. J'avais envie de leur faire des câlins et de les couvrir de baisers. »

Il faudrait plus qu'un changement de continent pour faire disparaître son désir d'enfant. Convaincu qu'il n'était pas suffisant de souligner le manque d'originalité du rêve de son petit ami, Agastaya voulut tenter de lui donner un caractère sexuel. Peut-être cela ferait-il une différence.

« C'est glauque. Je t'en prie, ne dis plus jamais une chose pareille.

— Tout ce qui concerne les enfants est glauque pour toi.

— Tu sais quoi, tu avais l'air d'un vrai pédophile en disant ça. »

Agastaya devenait cruel.

« Je crois que je vais hurler. Tu m'accueilles dans ta ville natale en me traitant de pédophile ! Je pense que je ferais mieux de partir.

— Allez, arrête de tout prendre au sérieux.

— Qu'est-ce que je suis censé penser, putain ? Tu viens de me traiter de pédophile. Franchement, tu as dix fois plus l'air d'un vieux pervers que moi.

— Je plaisantais.

— Tu ne plaisantes jamais. Tu n'as aucun sens de l'humour. Mes collègues à Beth Israel te trouvent bizarre. Tu n'es pas drôle. Tes blagues sont désolantes.

— Tu parles trop fort, Nicky. Est-ce qu'on pourrait discuter de ça plus tard ?

— Quand ça ? Quand nous serons à Agra ? Devant le Taj Mahal ? C'est ça, allons résoudre nos problèmes dans le lieu le plus romantique du monde.

— Ce n'est pas ce que je voulais dire, Nicky. Cette maison n'est simplement pas le bon endroit pour ça.

— Je te déteste.

— Je sais. Et en ce moment, je te déteste aussi. »

Le visage de Bhagwati apparut au-dessus de la balustrade du balcon. Elle demanda à Agastaya s'il voulait du thé.

« Non, merci.

— Et vous, Nicholas ?

— Un *chai*, ce serait super.

— Nous vous apportons aussi des *sel-roti*. C'est un mets spécial pour les Népalais.

— Formidable ! J'avais justement besoin de me sentir spécial.

— Elle se trouvait probablement sur le balcon,

gronda Agastaya lorsque sa sœur eut disparu. Elle a dû nous entendre.

— Ah, cette bonne vieille paranoïa – ta grande spécialité.

— Elle me répète qu'il faut que je me marie depuis notre arrivée. Elle veut que je rencontre une pédiatre.

— Pédiatre ou non, cette fille n'a pas de pénis – elle n'a aucune chance.

— Je ne peux pas dire ça à Bhagwati.

— Mais pourquoi ? Explique-moi pourquoi ! Ce n'est pas comme si tu étais obligé de revenir vivre ici. Tu ne vois ces gens que tous les deux ou trois ans. Pourquoi te préoccupes-tu de leur avis ?

— Nous en avons déjà parlé, Nicky. Des tas de fois.

— En effet, et ça me fatigue.

— Est-ce qu'il faut vraiment qu'on remette ça ici ? »

Prasanti mit fin au silence qui suivit en sortant d'un pas militaire.

« Voulez-vous prendre le thé à l'intérieur ou à l'extérieur ? demanda-t-elle à Agastaya.

— À l'extérieur. »

À son retour, la domestique leur apporta du thé et des *sel-roti*.

« Merci », dit Nicky tandis qu'elle posait le plateau sur un tabouret.

Prasanti rit bêtement.

« Est-ce que vous parlez anglais ? » demanda Nicky.

L'eunuque lui répondit par un gloussement.

« Non, trancha Agastaya avant de s'adresser en népali à Prasanti : Pourquoi te comportes-tu comme une enfant gâtée devant mon ami ? »

Celle-ci laissa échapper un nouveau gloussement.

« Si elle peut être ouvertement travestie, pourquoi est-ce impossible pour toi ? » demanda Nicky.

Prasanti, le visage caché derrière le plateau, gloussa une dernière fois et rentra dans la maison.

« Gauche, droite, gauche, droite ! hurla-t-elle. C'est la nouvelle musique sur laquelle je défilerai désormais. »

•

Impatiente de profiter pleinement de ses trois derniers jours de liberté, Manasa passa un appel au luxueux nouvel hôtel Mayfair afin de réserver un soin du corps. Si elle avait prévu de se faire masser, c'était en partie à cause des réflexions peu flatteuses de Ruthwa sur son vieillissement précoce. Elle avait remarqué que sa peau se relâchait au-dessus de sa mâchoire depuis quelque temps et ses cheveux refusaient de se laisser brosser dans la bonne direction. Le problème était sans doute dû à l'eau de Gangtok, mais elle ne pouvait en être sûre. Le manque d'énergie qu'elle ressentait intérieurement laissait des traces sur son physique, elle en était consciente, mais Manasa avait une excuse : à Londres, elle ne pouvait se promener de salon de beauté en salon de beauté en laissant *bua* seul à la maison. Manasa portait rarement du vernis à ongles ces temps-ci – c'est dire si sa coquetterie avait décliné.

Bhagwati venait de se doucher et prenait le soleil dans le jardin. Sa magnifique sœur, elle, n'avait nullement besoin de soins bien-être.

« J'ai pris rendez-vous à l'institut de beauté du Mayfair, dit Manasa.

— Parfait – amuse-toi bien.

— J'ai pris rendez-vous pour nous deux.

— Je ne peux pas m'offrir ce genre de plaisir.

— C'est moi qui t'invite.

— C'était ironique, dit Bhagwati, l'air tout aussi dégoûté que lorsque Manasa lui avait demandé si Aamaa la payait pour raisonner Agastaya. Tu crois que je ne peux pas m'offrir un massage ? Tu es vraiment persuadée que je suis plus pauvre qu'une mendiante, pas vrai ? »

Ne trouvant aucun moyen de se défendre, Manasa garda le silence, ce qui exaspéra Bhagwati davantage.

« Je me sens insultée, Manasa, lâcha-t-elle d'un ton méprisant. Sans cesse insultée par ton air suffisant. L'argent ne fait pas le bonheur, tu sais. Si c'était le cas, tu serais mille fois plus heureuse que nous tous. »

Manasa aurait voulu dire à sa grande sœur que toutes ses remarques sur l'argent lui avaient simplement échappé, mais elle était fatiguée de prendre des gants avec elle.

« Pardonne-moi ma franchise, Bhagwati, mais pourquoi deviens-tu aussi susceptible dès qu'il est question d'argent ?

— Parce que vous sous-entendez tous sans arrêt que je suis pauvre. C'est vrai, je le suis, et alors ?

— Je n'ai jamais fait exprès de le sous-entendre. Seulement, chaque fois qu'on parle d'argent, tu te crispes. Je ne sais pas quoi faire.

— Parce que c'est ma faute en plus ?

— Écoute, je suis désolée. Pouvons-nous aller à l'institut ensemble ? Nous devons nous faire belles pour la fête de demain. Je me sens affreuse. J'ai l'air si morose ces temps-ci.

— Je n'ai pas besoin d'un soin, répondit sèchement Bhagwati. Ma peau est déjà plus blanche qu'un linge.

— Pas difficile d'être plus blanche que le linge de cette maison.

— Vraiment très drôle. »

Bhagwati sortit sa lime à ongles. Même ses ongles étaient brillants. Comment pouvait-on en avoir d'aussi jolis ?

« Je sais bien que tu n'as pas besoin d'un soin – tu es déjà magnifique. Tu n'as même pas besoin de te maquiller. Mais pourrais-tu s'il te plaît accompagner ton affreuse sœur à l'institut ?

— Ce n'est pas ce que je voulais dire, répliqua Bhagwati en s'adoucissant un peu. Je ne voulais pas dire que je n'en ai pas besoin parce que je suis belle. C'est juste que je n'aime pas aller au salon de beauté. C'est de l'argent jeté par les fenêtres.

— Tu vois, je t'avais mal comprise.

— Et alors ?

— Tu as également mal interprété mes réflexions sur l'argent. Il est possible que ce sujet te rende susceptible autant que les remarques sur mon physique me vexent. »

Bhagwati sourit. Peut-être la comprenait-elle ?

« Oui. Tout le monde ici est si inquiet de me savoir pauvre ! Mais je t'en prie, n'en parle plus à partir de maintenant. Ne me sors plus d'exemples qui ne tiennent pas debout. Tu ne fais qu'aggraver les choses.

— Tu ne m'accompagnes pas ?

— Non, j'aimerais bien pouvoir passer un moment seule. »

Son noble dessein contrecarré, sa tentative encore plus noble d'établir un lien entre quelques remarques mal interprétées ridiculisée, Manasa appela l'institut afin d'annuler sa réservation.

Il était très désagréable d'être mal comprise, mais Manasa ne laisserait pas l'humeur maussade de sa sœur déteindre sur elle. Toujours déterminée à bien s'amuser ces trois derniers jours, elle ne put s'empêcher d'appeler Nicholas et son frère quand elle les surprit en pleine discussion.

« Aamaa souhaite rencontrer Nicholas ! cria-t-elle.

— De quoi veut-elle lui parler ? demanda Agastaya.

— De la vie.

— En quelle langue ?

— Je ferai l'interprète. Ou bien ce sera toi.

— J'adorerais rencontrer ta grand-mère, déclara Nicholas.

— Nicky, je t'en prie.

— Quoi ? J'ai cru comprendre que c'était une femme charmante. »

Manasa monta en hâte dans la chambre d'Aamaa, où celle-ci était occupée à zapper devant la télé.

« Le *gorey* souhaite monter te voir et recevoir ta bénédiction, l'informa-t-elle.

— Pourquoi donnerais-je ma bénédiction à un mangeur de bœuf ? répliqua Aamaa sans quitter l'écran des yeux.

— Je mange du bœuf et ça ne t'empêche pas de me bénir. Oh, les voilà. Lève-toi. Tu ne voudrais pas lui faire mauvaise impression quand même !

— Tu crois vraiment que je n'ai rien de plus important à faire que d'impressionner un *gorey* la veille de mon quatre-vingt-quatrième anniversaire ?

— Ne fume pas devant lui, je t'en prie. »

Aamaa sortit un *beedi* de sa pochette et l'alluma à l'instant où Agastaya et Nicholas entraient dans la pièce.

« Aamaa, je te présente Nicholas », dit Agastaya en népali.

La vieille femme sourit timidement à l'Américain.

« Nicky… Nicholas, voici Aamaa, ma grand-mère, dit Agastaya en anglais.

— Bonjour.

— Ne va-t-il donc pas me saluer d'un *namaste* ? »

Aamaa regarda Manasa.

« Elle demande pourquoi vous ne faites pas le salut traditionnel, traduisit Manasa.

— Oh, *namaste*, dit Nicholas en joignant théâtralement les mains.

— Il a la peau encore plus claire que ces missionnaires belges, fit remarquer Aamaa à sa petite-fille.

— Elle dit que vous êtes très beau », exagéra légèrement Manasa.

Agastaya tiqua un peu.

« Oh, merci. »

Nicky sourit.

« Tu ne l'invites pas à s'asseoir, Aamaa ? demanda Manasa.

— À s'asseoir ? Où ça ? Est-ce que les *gorey* ont l'habitude de s'asseoir sur les lits ? Dis-lui d'enlever ses chaussures s'il veut poser les pieds sur mes draps. »

Manasa trouva très drôle cette toute nouvelle obsession pour l'hygiène. Agastaya sourit.

« Aamaa a vu à la télé que certains Occidentaux n'enlèvent pas leurs chaussures avant de se coucher, expliqua Manasa à Nicky. Voyez comme notre grand-mère est bien informée ! Elle vous demande donc de retirer les vôtres si vous comptez poser les pieds sur ses draps. »

Manasa éclata de rire. Le sourire d'Agastaya, quant à lui, faiblissait à mesure que son front se plissait.

« Ça va, dit Nicky. Je peux rester debout. Qu'est-ce que c'est que cette jolie cigarette ?

— Un truc dégoûtant – le poison préféré des voyous, répondit Manasa.

— Qu'est-ce qu'il demande ?

— Il veut savoir pourquoi tu ne laisses pas tomber cette terrible habitude », répondit Manasa, le doigt pointé sur son *beedi*.

Chitralekha sourit.

« *Come*, *come* », dit-elle à Nicholas en lui faisant signe de la rejoindre.

Celui-ci hésita puis avança jusqu'au lit. Aamaa lui tendit son *beedi*.

« Elle veut que vous y goûtiez, dit Manasa avant d'adresser un regard hésitant à Agastaya, tout en se réjouissant qu'Aamaa se montre aussi généreuse.

— Avec grand plaisir. »

Nicholas tira sur le *beedi*. Il toussa et s'étouffa, mais prit tout de même une deuxième bouffée.

« Ces *gorey* sont incapables de fumer un inoffensif *beedi*, constata Aamaa. Comment ont-ils pu nous gouverner pendant toutes ces années ? »

Tout le monde rit, sauf Agastaya. La situation semblait si peu l'amuser que Manasa la trouvait encore plus drôle.

•

Une véritable pagaille régnait dans la chambre d'Aamaa lorsque Bhagwati y pénétra, au milieu d'un nuage de fumée auquel se mêlaient une toux et des rires.

« Aamaa et Nicholas créent des liens, lui expliqua Manasa. C'est incroyable comme une cigarette peut rapprocher deux inconnus. Fumer le *beedi* est une langue universelle. »

On se serait cru dans une comédie hollywoodienne où tous les personnages fument de l'herbe. Mais personne ici ne planait. Aamaa et Nicholas faisaient simplement les idiots.

« N'est-ce pas l'heure de déjeuner ? » demanda Bhagwati. Elle posa ensuite la même question à Aamaa.

« Demande-lui ce qu'il aime, dit celle-ci à Manasa qui traduisit docilement.

— Le curry, répondit Nicholas.

— C'est bon, j'ai compris, dit Aamaa. Mais quel curry ? »

Manasa traduisit.

« Le curry de poulet.

— Ceci est une maison d'*upadhyay baahun* végétariens – pas de poulet ici, rétorqua Aamaa. Il sera jeté dehors s'il insiste. »

Nicholas dut deviner le sens de ses paroles.

« Très bien, des légumes dans ce cas. »

Tandis qu'Aamaa se levait et menait sa joyeuse cour vers l'escalier, Bhagwati, déconcertée, dévisagea l'unique personne maussade du groupe.

« Mais qu'est-ce qui se passe exactement ?

— Elle a voulu lui faire goûter son *beedi*, et depuis, ce sont les meilleurs amis du monde, répondit Agastaya.

— Je suppose qu'il reste déjeuner.

— Il ne le mérite pas, mais c'est la maison d'Aamaa, et elle lui a déjà demandé ce qu'il voulait manger.

— Comment peuvent-ils se parler ?

— Manasa s'est proposée comme interprète. C'est elle qui a tout manigancé.

— Voilà ce qui arrive quand on s'ennuie.

— Exactement. Ce type est une sangsue. Il ne me lâche pas d'une semelle – vous allez subir le même sort désormais. »

Au rez-de-chaussée, Ruthwa était déjà attablé en compagnie du trio.

« On vous a présentés ? demanda Agastaya à son frère.

— Oh, je parie que vous êtes Roota ! s'exclama Nicholas.

— Ravi de vous rencontrer, dit Ruthwa avec raideur.

— Enchanté.

— Apparemment, je ne suis plus le seul à me taper l'incruste ici, lança Ruthwa à la cantonade.

— La famille est donc au grand complet ? »

Nicholas passa en revue les personnes assises autour de la table en attendant que Prasanti vienne les servir.

Aamaa demanda à Manasa de lui traduire ce que disait le *gorey*.

« Tout le monde est là sauf les époux, répondit la vieille femme.

— Pas question que je traduise ça », rétorqua sa petite-fille.

Bhagwati sentit la colère s'emparer d'elle. Comment Aamaa pouvait-elle accueillir aussi facilement cet inconnu – un non-hindou, un non-Népalais, un non-Indien, un homme blanc – à sa table, alors qu'elle-même essayait depuis un an et demi de lui faire accepter ses enfants ? Aamaa, inflexible, campait sur ses positions. Mais voilà qu'elle et cet homme dont elle ne connaissait même pas le nom de famille étaient soudain inséparables. Qu'était-il arrivé à ses stupides principes sur les mangeurs de bœuf ? Et dire que sa grand-mère avait tiré sur le même *beedi* qu'un mangeur de bœuf !

« Je m'en charge, déclara Bhagwati. Notre grand-mère dit que tous les membres de notre famille sont là à l'exception de nos époux.

— Ah oui, tous sauf vos moitiés. Pourquoi vos conjoints sont-ils absents ?

— Le mien étant intouchable, il n'a pas pu venir.

— Et le vôtre ? demanda Nicholas à Manasa.

— Je n'ai pas amené le mien parce que… C'est une longue histoire. Je n'ai pas amené le mien parce que je voulais passer ces quelques jours sans lui.

— Et vous, Roota ?

— C'est “Ruthwa”.

— Et vous, Roota ?

— Je ne crois pas à la monogamie.

— Tant mieux pour vous. Et toi ? »

Nicholas se tourna vers Agastaya.

« Tu es plein aux as et tu fais un bon parti. Tu n'avais personne à amener à cet événement ?

— Non, vraiment personne. »

Bhagwati saisit sa chance.

« Il m'en veut parce que je lui demande de se marier. Il a pourtant besoin de se trouver une chouette fille…

— *Key kuraa gardaichan ?* De quoi parlent-ils ? demanda Aamaa à Manasa.

— Je ne veux plus faire l'interprète, répondit celle-ci. Quelqu'un peut prendre la relève ?

— Je m'en charge, dit Ruthwa.

— Pas question, répliqua Manasa.

— Pourquoi ?

— Bon, très bien, si tu y tiens. Aamaa, c'est Ruthwa qui va traduire. »

Chitralekha fit la moue.

« Prasanti, où est le repas ? cria-t-elle. Nous avons un invité.

— J'en suis un aussi », dit Ruthwa en népali.

Prasanti apporta à chacun une assiette sur laquelle se trouvait une portion de riz.

Au moment de poser celle de Nicholas devant lui, elle rit.

« Si je trouve un seul caillou dans mon assiette, je te gifle, l'avertit Manasa.

— Est-ce que vous mangez le riz nature au Sikkim ? demanda Nicholas.

— Tout à fait, répondit Manasa. Nous autres, pauvres Indiens, n'avons pas les moyens d'acheter des légumes.

— Ignare d'Américain – j'ai compris, j'ai compris. »

Nicholas regarda fièrement autour de lui.

Prasanti revint avec deux saladiers et deux louches puis les posa sur la table. Sur l'assiette de Nicholas, elle déposa une louche de *daal* puis une de courge. Bhagwati n'en avait encore jamais vu d'aussi molle. Les cubes de légume étaient littéralement réduits en purée.

« Qu’est-ce que c’est que cette espèce de *guacamole* ? demanda Nicky.

— Le service est uniquement réservé aux invités », précisa Prasanti avant de glousser.

Elle déposa une louche de chaque plat sur l’assiette de Chitralekha puis ajouta : « Et à la *ghar*-Aamaa. Les autres doivent se servir eux-mêmes.

— Ça sent divinement bon ! » s’exclama Nicholas.

Ruthwa rigola. Agastaya lui lança un regard.

« Faites attention, dit Ruthwa. Chez nous, on tombe fréquemment sur des cailloux dans le riz.

— Tu peux lui dire que nous mangeons plus d’un légume habituellement ? demanda Aamaa à Manasa. Il ne faudrait pas qu’il pense que notre régime quotidien ressemble à ça.

— Non, je ne le lui dirai pas. Tu crains vraiment que cet inconnu juge mal ton statut social ?

— Est-ce que je peux aussi manger avec les doigts ? demanda Nicholas. J’en ai toujours rêvé.

— Ce n’est pas une dictature ici, Nicholas, répondit Manasa. Faites comme vous voulez.

— Ce n’est pas aussi facile que ça en a l’air, l’avertit Bhagwati. À Boulder, tous mes invités américains finissent par abandonner. »

En guise de démonstration, Ruthwa leva la main gauche et serra les doigts les uns contre les autres.

« C’est facile – on fait comme ça, d’accord ?

— Mais ça se corse quand on prend du riz, expliqua Bhagwati à Nicholas.

— Dis-lui de ne surtout pas manger avec la main gauche », dit Aamaa à sa petite-fille.

Bhagwati transmit le message.

« Mais pourquoi ? s’étonna Nicholas.

— Nous nous servons de la main gauche uniquement pour nous torcher aux toilettes.

— Merci pour cette explication, Ruthwa. Comme si cette nourriture repoussante ne m'avait pas suffisamment coupé l'appétit… » dit Manasa.

Avec les doigts de la main droite, Nicholas saisit quelques grains de riz jaunis par les autres aliments de son assiette et en fit une petite boule en y ajoutant un peu de courge et de daal. Il inclina ensuite la tête et, la bouche face au plafond, il leva la main en l'air et tenta de faire tomber le riz en pluie entre ses lèvres. La moitié des grains atteignit la destination souhaitée, tandis que l'autre atterrit sur son T-shirt.

« Prasanti, viens voir ça ! » s'écria Aamaa, ravie du spectacle.

Nicholas, brillant comédien, engloutit bruyamment sa nourriture en laissant échapper des murmures de ravissement, accepta d'être resservi et continua à manger sans cesser de lâcher sur lui la plupart de ses bouchées, pour le plus grand bonheur de Prasanti et d'Aamaa, qui avait arrêté de mâcher, totalement fascinée par les talents de ce *gorey*.

« Si je comprends bien, cet homme mérite de s'asseoir à ta table, Aamaa ? demanda doucement Bhagwati. Tu ne le considères pas comme un intouchable ?

— C'est différent, répondit Aamaa.

— Comment ça ?

— Ce n'est pas l'un de vos maris. Il ne sera jamais marié à l'une de vous. »

Oubliant momentanément qu'elle avait abandonné son rôle d'interprète, Manasa traduisit ses paroles à l'intention de Nicholas.

« Elle dit que ce n'est pas grave si vous, mangeur de bœuf, êtes assis à notre table car vous ne serez jamais marié à l'une d'entre nous.

— En effet, elle a raison. Absolument raison. »

Bhagwati garda le silence. Aamaa était toujours fascinée par la gymnastique de Nicholas. Elle rappela Prasanti lorsqu'il fit à nouveau tomber du riz – sa plus grosse poignée jusqu'à maintenant – sur le sol.

La piété qu'éprouvait Bhagwati chaque Lakshmi Puja faiblissait lentement mais sûrement à présent.

•

Prasanti s'était procuré des décorations auprès de la cousine du chauffeur et avait entrepris de suspendre ces guirlandes de lumières au toit sans cesser de manifester sa mauvaise humeur.

« Où sont tous ces *condo* d'hommes quand on a besoin d'eux ? »

Elle était à bout de souffle.

« Pourquoi faut-il que je fasse tout ici ? »

Sur le balcon, Manasa et Agastaya étaient absorbés par leur conversation… en anglais. Ruthwa et Bhagwati jouaient aux cartes et discutaient occasionnellement… en anglais.

« *Come*, *come*, dit Chitralekha à l'ami de son petit-fils, qui se promenait seul dans le jardin. Help, help. »

Chitralekha n'y avait jamais vraiment prêté attention quand ils étaient petits, mais elle trouvait maintenant étrange que ses quatre petits-enfants se parlent surtout en anglais. Elle trouvait encore plus curieux que ces enfants se parlent tout court. Jeunes, ils formaient une bande turbulente. Adultes, ils semblaient avoir laissé de côté leurs différences, au moins pour quelques jours, et Chitralekha se demandait pourquoi elle était incapable de faire comme eux. Cela rendrait sa vie – et celle de son entourage – tellement plus facile si elle feignait simplement de tout leur pardonner le temps qu'ils étaient là. Chacun repartirait ensuite de son côté. Ensuite, elle les verrait peut-être quelques jours un an sur deux. Dans un monde idéal, Chitralekha adapterait son humeur à celle de ses petits-enfants. Mais elle n'avait pas l'habitude de vivre dans un monde idéal.

« Prasanti, ces lumières ne sont pas jolies du tout, déclara Manasa. J'aimais mieux les guirlandes d'œillets d'Inde seules – la décoration paraissait plus naturelle.

— Cette *condo* ose me donner des leçons de beauté ! On n'a qu'un *chaurasi* dans la vie. Subba sera présent. Des ministres aussi. Il faut que cette maison ressemble à un vrai palais.

— Pour le moment, on dirait surtout une maison de *hijra* », rétorqua Manasa.

L'ami d'Agastaya – Chitralekha ne parvenait toujours pas à prononcer son prénom – adressa un regard interrogateur à Manasa.

« Il doit se sentir exclu, dit la grand-mère à sa petite-fille. Pourquoi ne traduis-tu pas ce que vient de dire Prasanti ? »

Heureusement, Manasa obéit sans protester.

Un échange entrecoupé de rires eut lieu entre l'homme blanc et sa petite-fille impolie.

« Il aime bien ces lumières, expliqua Manasa à Chitralekha. Il pense qu'elles sont importantes lors des fêtes religieuses, mais qu'elles conviennent encore mieux à un anniversaire qui tombe pendant une fête religieuse. »

Ruthwa chuchota quelque chose à Bhagwati. Tous deux rirent.

« Demande-lui s'ils ont des fêtes comme ça en Amérique, dit Chitralekha. Je n'arrive toujours pas à prononcer son prénom. »

Manasa et l'ami américain échangèrent rapidement quelques phrases.

« D'après lui, les fêtes américaines sont ennuyeuses, et il veut que tu l'appelles Nicky. Toutes les personnes qui l'aiment bien l'appellent ainsi.

— Nicky, Nicky, répéta Chitralekha pour le plus grand plaisir de son invité. Ce n'est pas difficile du tout. Ce pourrait même être un prénom népalais. »

Manasa traduisit fidèlement ses paroles.

« Nicky se demande si tu prononceras un discours demain.

— Un discours ? Mais pourquoi ? »

Entre Manasa et Nicky, quelques mots en anglais fusèrent.

« On dirait des cailloux qu'on secoue dans une bouteille en plastique », constata Aamaa.

Cette description de leur discussion en anglais s'adressait à Manasa mais, comme celle-ci était toujours en pleine conversation avec Nicky, seul Ruthwa l'entendit et sourit.

« C'est vrai », dit-il.

Chitralekha se tourna vers Bhagwati et Ruthwa qui jouaient à un jeu de cartes puéril.

« Et ces deux-là qui jouent à la bataille comme des enfants de cinq ans. »

Le brouhaha en anglais se tut enfin.

« Il estime que tu devrais faire un discours demain, dit Manasa. Il s'agit d'un très grand événement. C'est un anniversaire important. Il faut que tous tes invités se sentent inspirés par tes paroles.

— C'est un meeting politique ou une fête d'anniversaire ? » s'écria Chitralekha.

Elle réfléchit tout de même un instant. Cette idée tenait la route. Une foule de gens – admirateurs, personnalités de premier plan, dignitaires, vieux jaloux – serait suspendue à ses lèvres. Et ce serait novateur. Personne ne prononçait jamais de discours aux événements personnels.

« C'est ce que font les gens en Amérique, expliqua Agastaya, encore plus silencieux aujourd'hui que d'habitude.

— Ce n'est pas une mauvaise idée, dit Chitralekha.

— Oh non, je t'en prie, dit Manasa. C'est une chose qui ne se fait pas ici.

— Je ne me suis jamais retenue d'agir sous prétexte que ça ne se faisait pas. Crois-tu que j'aurais pu vous offrir une existence aussi confortable si je n'avais pris aucun risque ?

— C'est ça, embarrasse toute la famille, dit Manasa. Vas-y. Moi, je filerai me cacher quand tu prononceras ton discours.

— Ce Nicky a de bonnes idées. Que devrions-nous faire d'autre ?

— Il pense que tu devrais danser aussi, dit Manasa après un bref échange avec l'Américain.

— Je ne suis pas une *naachneywalli.* »

Chitralekha attendit sa réaction.

« Il pense tout de même que tu devrais danser.

— Il n'en est pas question. C'est Prasanti qui le fera pour moi.

— Je ne danse que pour Aamaa ces temps-ci, dit Prasanti en démêlant un paquet de fils. Vous autres n'aurez pas la chance de me voir danser à vos anniversaires. Et je laisse tomber ces *condo* de lumières. Il y a deux hommes dans cette famille, et je dois faire ça toute seule !

— Je suis un invité, et les invités ne sont pas censés donner des coups de main, déclara Ruthwa.

— Tu l'as pourtant fait hier, *condo* – et moi qui pensais que tu avais changé ! Maintenant c'est certain, tu voulais seulement en savoir plus sur mon passé.

— Quoi, il t'a interrogée ? demanda Manasa. Qu'est-ce qu'il voulait savoir ?

— Oh, tout et rien. L'histoire de mon père et de ma mère. Il m'a fait pleurer. Cet homme n'a aucun cœur.

— Attends une minute, tu lui as tout raconté ?

— Oui, tout – même mon opération. C'était surtout ça qui l'intéressait. Tu veux aussi te faire opérer, *chakka* ?

— Il va écrire un livre sur toi, c'est sûr. Tout le monde va connaître ton histoire.

— Peut-être, mais ensuite, je serai célèbre. Et on fera un film sur moi.

— C'est ce qu'il t'a promis ?

— Non. Je le sais, c'est tout. Ces choses-là n'ont

aucun secret pour moi. Tu seras encore plus jalouse de moi après. Ne va pas croire que j'ai oublié cette gifle.

— N'est-ce pas l'heure de la puja ? demanda Bhagwati.

— Si, dit Prasanti. Est-ce que le *gorey* vient aussi ?

— Il y assistera depuis l'extérieur ?

— Est-ce que je dois moi aussi rester dehors dans ce cas ? demanda Bhagwati.

— Vous avez déjà profané la majeure partie de cette maison, tes frères, ta sœur et toi – au point où on en est, tu peux bien souiller une pièce de plus. »

Chitralekha était très satisfaite de sa réponse.

La *puja* censée accueillir la déesse de la fortune chez elle avait toujours été une affaire expédiée. La cérémonie brisait la tradition à bien des égards – trop courte, dépourvue d'incantations, elle démontrait un manque général de connaissances sur la manière d'effectuer une *puja* quelle qu'elle soit. Les participants prieraient en silence devant l'autel, puis Chitralekha appliquerait le point rouge de la *tika* sur chacun de leurs fronts. Ils allumeraient ensuite les lampes à huile, joueraient aux cartes et accueilleraient les chanteuses de *bhailo*. La fête de cette année ressemblerait à toutes les autres à une grosse différence près : toute la famille la célébrerait sous le même toit pour la première fois depuis dix-huit ans.

Et c'était l'anniversaire de Chitralekha qui avait permis ces retrouvailles. Il ne s'agissait pas d'un événement comme les autres.

Lorsque Chitralekha offrit la *tika* à Bhagwati, celle-ci faillit pleurer. Lorsqu'elle l'appliqua sur le front de Manasa, celle-ci tira la langue et fit une grimace idiote. Quand elle l'eut appliquée sur le front d'Agastaya, celui-ci posa la tête sur les pieds de sa grand-mère. Chitralekha détourna les yeux au moment d'offrir la *tika* à Ruthwa. Après avoir reçu son propre point rouge, Nicky la serra dans ses bras et Chitralekha rougit.

À l'extérieur, le premier groupe féminin de *bhailo* chantait en chœur :

Béni soit celui qui nous offre une poignée
[de cadeaux et un toit d'or
Béni soit celui qui nous offre un plein sac
[de cadeaux et une cabane en or
Béni soit celui qui nous offre une montagne
[de dons et un château en or...

Que cette maison voie son bétail se multiplier
Que cette famille s'épanouisse et prospère
Que ses aînés aient une vie aussi longue
[que celle des banians
Que la pierre que touchent ses aînés
[se transforme en or
Que la boue qu'ils touchent se transforme
[en rizière
Que l'eau qu'ils touchent se transforme
[en huile...

Pendant que Nicky photographiait les chanteuses, Manasa et Bhagwati montèrent enfiler un sari bleu. Cette tenue n'améliorait en rien l'apparence de la première mais flattait énormément la deuxième. Agastaya et Ruthwa jouaient aux cartes. Prasanti alluma un cierge magique sous le nez de Nicky, pas très rassuré. Chitralekha demanda à sa domestique de doubler le montant du don qu'elle s'apprêtait à remettre aux jeunes filles qui venaient d'achever leur chant.

« Donne-leur trois cents roupies. Ce sont les premières à passer chez nous – elles nous porteront chance. Cette année a été prospère. »

SEPTIÈME PARTIE

Le jour est à peine levé que la Toyota Innova d'Aamaa négocie l'un après l'autre les nombreux virages du nord de Chandmari afin d'atteindre Hanuman Tok.

Nous dépassons à toute vitesse une jeep bondée à l'arrière de laquelle s'agrippent trois hommes debout.

Nicky plonge aussitôt la main dans son sac à dos afin de sortir son appareil photo. Quand il parvient enfin à retirer le capuchon de son objectif, la jeep est loin derrière nous.

« De nos jours, il est rare de voir des gens agrippés à la carrosserie des véhicules dans la capitale, déclare Agastaya avec une pointe de chauvinisme. La ville de Gangtok est assez stricte sur ce plan. On ne croise plus de véhicules surchargés de passagers. »

Prasanti, Manasa et moi sommes entassés à l'arrière de la voiture.

« Son engin est aussi gros qu'une télévision, constate Prasanti.

— Moi aussi, j'en ai un de cette taille, dis-je.

— Mais je suis sûre que tu ne sais pas t'en servir. »

Manasa et moi éclatons de rire.

Ma sœur pousse soudain un cri perçant en se retenant pour ne pas tomber de son siège au moment où la voiture entame un virage particulièrement serré.

« Qu'est-ce qu'il y a de si drôle ? demande Aamaa depuis le siège avant.

— Manasa et Ruthwa font les idiots, répond Bhagwati prise en sandwich entre Nicky et Agastaya sur la banquette du milieu. Ils n'ont pas besoin de raison particulière pour rire. »

C'est le grand jour. La matriarche de la famille, qui fête ses quatre-vingt-quatre ans, souhaite effectuer une visite matinale des temples et du monastère. C'est généralement l'effet produit par ces dates spéciales – les personnes non pratiquantes se sentent obligées d'embrasser la foi le temps d'une journée. La visite des deux temples et du monastère est une tradition à Gangtok. Ces temples ne sont ni très anciens ni importants, mais leurs superbes sites ont fait d'eux des destinations touristiques incontournables – celui de Hanuman est niché dans la verdure, tandis que celui de Ganesh a vue sur la ville tout entière. Les deux temples sont propres – je ne vois pas d'inconvénient à y entrer pieds nus. De tous les monastères des environs de Gangtok, c'est l'Enchey Gumpa, notre troisième arrêt, qui a selon moi le moins d'attrait touristique.

La végétation alpine se densifie à mesure que nous prenons de l'altitude. Cette partie de Gangtok est magnifique – la nature y est luxuriante et bien préservée –, mais l'objectif de Nicky préfère les chiens errants.

« Un de ces clébards va finir par lui sauter dessus. (Prasanti)

— C'est surtout toi qui en as envie. (Manasa)

— Tu t'es enfilé une bouteille de vodka au petit déjeuner ou quoi ? (Agastaya à Manasa)

— Le prêtre n'est pas venu hier. Il a dit qu'il serait là tôt ce matin. (Aamaa)

— Fais-le attendre. (Manasa)

— Oui, faites-le attendre. (Prasanti)

— C'est ça, fais-le attendre », dis-je.

Manasa rit. Bhagwati se retourne et flaire son haleine.

« Il commence à faire frisquet. (Aamaa)

— J'adore votre façon de parler. Peut-être que je devrais apprendre le népali. Je me demande combien de temps il me faudrait pour le maîtriser. (Nicky, clic, clic)

— Combien de langues parles-tu ? (Manasa)

— Une demie – l'anglais.

— Alors tu n'auras aucun mal à apprendre le népali, plaisanté-je.

— J'aimerais le parler et l'écrire. (Nicky, clic)

— L'écrire est encore plus facile. » (Manasa)

Toute la fratrie rit. Si nous ne sommes pas peu fiers de notre népali écrit, nous gardons quelques mauvais souvenirs de l'apprentissage de la dichotomie voyelles brèves/ voyelles longues, *raswa/dirgha*, cette subtilité à cause de laquelle tant de personnes de ma génération détestent leur langue – je n'ai par exemple jamais compris quand utiliser le *i* court ou le *i* long, ainsi que le *ou* court ou le *ou* long. Il est encore plus difficile de percer l'énigme du genre des verbes et de la déclinaison des suffixes. Notre obsession de l'anglais a affaibli notre capacité à lire et à écrire le népali.

« C'est une langue magnifique, dis-je.

— C'est vrai. (Agastaya)

— Tellement expressive. J'adore cette barre que vous tracez sur chaque mot. (Nicky, clic)

— C'est ça, le népali, dis-je.

— C'est ça, le népali. » (Manasa)

Nous formons maintenant une famille de népalophones dispersés.

Nous sommes de Kalimpong, ville située dans le district agité de Darjeeling, où l'espoir aurait dû régner, « Jai Gorkhaland ! Vive le Gorkhaland ! », mais a été supplanté par le désespoir au fil des années.

Du Népal, dont notre mère était originaire et où Manasa s'est mariée.

De Gangtok, la capitale du Sikkim, notre ville natale.

Du Bhoutan (en quelque sorte), où Bhagwati s'est mariée.

Et nous sommes aujourd'hui d'Amérique, d'Angleterre, de partout.

Nous sommes des népalophones des quatre coins du monde.

Moi : Citoyen du monde ? Pas tout à fait. Indien népalophone. Indo-Népalais. Indien d'origine népalaise. *Gurkhali*, *gurkha* ou *gorkha* – en Inde, ces termes désignant les Népalais gagnent rapidement en popularité. Ces mots récemment adoptés servent à préciser notre identité, à nous distancier du Népal. Ce sont des termes anciens aux nouvelles significations. Des mots destinés à différencier notre origine ethnique de notre nationalité. Reste à espérer que l'association d'idées née du rapprochement entre notre nouveau nom et celui de ces vaillants soldats n'entraînera pas un nouveau casse-tête identitaire.

Agastaya : NRI, Indien non résident. Indien sur le point de faire le grand saut. Insupportable titulaire d'une carte verte – incarnation des aspirations de la classe moyenne supérieure sud-asiatique. Titulaire impatient d'un passeport indien bientôt remplacé par son équivalent américain – l'ancien restera caché, bien que son détenteur ait promis de le rendre aux autorités et refera son apparition lors d'éventuelles étapes au Bhoutan, où tout voyageur non indien paie son séjour les yeux de la tête.

Bhagwati : Bhoutanaise népalophone ou *lhotshampa*. Puis ex-Bhoutanaise népalophone. Réfugiée népalophone. Ex-Indienne népalophone. Aujourd'hui, quasi-Américaine népalophone voyageant avec des papiers de réfugiée.

Manasa : Népalo-Népalaise. Ex-Indienne népalophone devenue Népalaise, ou Nepali. Occidentalisés ou sanscritisés, ces termes signifient la même chose. Titulaire d'un passeport non électronique. Quasi-Britannique – bientôt titulaire du tout-puissant passeport bordeaux au blason ultra chic.

Et Aamaa : sans-passeport, mais titulaire d'une carte d'électeur à Gangtok, Kalimpong et Darjeeling. Électrice de trois endroits, de deux États. Au cas où.

Il a fallu pas moins de dix-huit longues années pour que nous soyons tous réunis dans ce véhicule.

Aamaa veut savoir si nous expliquons bien le sens de toutes les choses qui nous entourent à Nicky.

« Il n'y a rien à dire sur ces temples. Le site de crémation de la famille royale a plus d'histoire mais je n'y suis jamais allée. (Manasa)

— Dis-lui que Ganesh est le destructeur d'obstacles. » (Aamaa)

Manasa traduit l'information en anglais.

« Et que Hanuman est le dieu singe, le dieu célibataire. » (Aamaa)

Manasa accomplit sa mission.

« Ah oui, Agastaya, tu te souviens du taxi qui nous emmenait à l'aéroport ? Il y avait un Ganesh juste là – sur le tableau de bord. (Nicholas)

— N'est-ce pas dans ce véhicule que nous nous sommes rencontrés ? Quelle bénédiction, ces taxis collectifs ! (Agastaya)

— C'est ça, ouais. » (Nicholas)

Nous descendons de la voiture devant l'Enchey Gumpa. Nicky ne peut s'empêcher de faire tourner tous les moulins à prières qui bordent le chemin du monastère.

« C'est ici que j'ai amené mon mari pour notre premier rendez-vous. (Bhagwati)

— C'est tellement romantique. Attends, il ne s'agissait pas d'un mariage arrangé ? (Nicky)

— Non, nous nous sommes enfuis pour nous marier – en quelque sorte.

— C'est encore plus romantique.

— Si tu le dis.

— Oh ! Mon Dieu ! il faut que je photographie cet endroit.

— Aamaa, c'est ici que Ram et moi sommes venus pour notre premier rendez-vous, dit Bhagwati en népali. Tu te souviens qu'il était venu t'interviewer ? »

Aamaa se raidit.

« Tu n'as pas envie d'en parler, n'est-ce pas, Aamaa ? »

Nicholas continue à mitrailler le paysage.

« Non.

— Eh bien, il faut que je t'avoue quelque chose.

Je ne me suis pas enfuie pour me marier. Je me suis enfuie parce que j'avais échoué au bac. »

Clic-clic-clic.

Aamaa dévisage Bhagwati, incrédule. Aucun de nous n'était au courant.

« Et il s'est avéré plus tard que je l'avais obtenu.

— Tu t'es enfuie parce que tu avais échoué ? s'écrie Agastaya.

— Oui, ce n'était pas pour me marier, Aamaa. Je me suis enfuie parce que j'avais peur des conséquences de mon échec, peur qu'on considère la petite-fille aînée de Chitralekha Neupaney comme une ratée.

— Mais tu as fini par l'épouser », souligne Aamaa.

Clic-clic-clic.

Elle se force à sourire le temps d'un clic.

« Je n'ai jamais eu aucun regret, alors n'en aie pas non plus. »

Clic-clic-clic.

« Je te demande de ne plus jamais soulever son problème de caste. »

Aamaa ouvre la bouche pour répondre. Clic.

« Non, Aamaa. C'est ton anniversaire. Fais-moi simplement cette promesse. »

Parfois, Bhagwati nous réserve les plus incroyables surprises.

Clic. Clic.

•

C'est la date parfaite pour fêter l'anniversaire d'Aamaa. Celui-ci tombe le jour le moins important de la plus importante fête religieuse, juste entre Lakshmi Puja et Bhai Tika. Les invités sont donc sûrs de venir. Aujourd'hui a lieu Goru Puja – le jour où on vénère les bœufs. C'est une journée ennuyeuse jusqu'à ce que, tard le soir, les joueurs de *deusi*, dont les homologues féminines ont chanté des *bhailo* la veille, passent de maison en maison pour réveiller leurs habitants en interprétant des chants de Tihaar.

Les premières des trois cents personnes invitées au *chaurasi* commencent à arriver au compte-gouttes dès dix heures du matin. Voisins et parents proches, à mi-chemin entre famille immédiate et invités spéciaux, sont là pour donner un coup de main. Ils vont prendre un bain de foule, déguster des mets végétariens, parce que nous sommes une famille végétarienne, mais aussi parce qu'un *chaurasi* est plus ou moins une fête religieuse, qui implique la participation d'un prêtre, et boire du thé, du café ou du jus d'orange, tout en déplorant secrètement l'absence d'alcool.

Ce genre de célébration est tout un événement au Sikkim – un événement communautaire, un événement public. On juge le succès d'un mariage au nombre de personnes qui y assistent.

Ce n'est pas ce qu'on appelle une petite fête intime.

Pour une fête convenable, il faut inviter toute la rue, les voisins, la ville tout entière voire tout le foutu État.

À mesure que la calme cérémonie religieuse se mue en événement social à part entière, la notoriété de Nicholas monte en flèche. Ce pourrait être un charlatan inculte, un délinquant sexuel, un assassin, mais il éclipse tout le monde à la fête.

Il a été décidé qu'il logerait chez nous ces prochains jours. C'est fou ce que peut se permettre un Occidental en Orient ! Juste au moment où Nicky sort de la voiture, le cousin d'un cousin le débarrasse de sa valise. Et le prêtre, qui a brusquement cessé ses incantations autour de son feu mourant afin d'aller rôder autour de l'invité étranger, lui pose des questions dans son mauvais anglais.

« Parlez-moi de ce visa américain pour les religieux, l'implore le pandit.

— Je ne suis qu'un ignare d'Américain, répond le charmeur. Je ne sais rien sur les visas. Vous devriez vous renseigner auprès d'Agastaya. »

Le prêtre dérouté retourne à sa discipline et chante des mantras tout en brisant des branchettes qu'il jette dans le feu qui crépite.

Les pères des jeunes femmes en âge de se marier cherchent Agastaya.

Les femmes en âge de se marier me reluquent.

La date d'anniversaire d'Aamaa selon le calendrier lunaire coïncide avec le 24 octobre, sa date d'anniversaire selon le calendrier solaire. C'est une chose rare, déclare le prêtre qui prédit que cette coïncidence, à laquelle s'ajoute l'alignement propice de quelques étoiles, éloignera les maléfices.

Alors que les invités les plus importants n'ont pas encore honoré l'oasis de leur présence, une profusion de bouquets de fleurs et de cadeaux emballés dans un papier à motifs de bouquets m'agresse déjà la vue.

Demain, les vaches de quelque village se repaîtront de ces fleurs. Les cadeaux seront redistribués aux nombreux mariages auxquels Aamaa sera invitée lorsque la saison hivernale des mariages aura commencé. Le montant de chaque offrande financière sera méticuleusement noté dans un carnet à côté du nom du donateur.

Bientôt, les personnalités de premier plan seront là et nous pourrons tous commencer à leur faire de la lèche. Manasa m'a conseillé de bien m'habiller pour l'occasion. Le short et le T-shirt qui me servent quasiment d'uniforme ne conviendront pas. Je demande à Prasanti de me trouver quelque chose de correct à porter.

« Enfile donc ma *kurta*, espèce de *chakka*. Tu crois que j'ai oublié que tu refusais de m'aider quand tu n'avais pas d'histoires à me soutirer ?

— S'il te plaît, trouve-moi quelque chose.

— Tu n'as qu'à enfiler le pantalon d'intérieur de ton frère, mais il est aussi gros qu'un buffle. Je suis occupée. Tu as vu le nombre d'invités ? Va embêter quelqu'un d'autre.

— J'écris un livre sur toi et c'est comme ça que tu me traites ?

— Manasa avait donc raison ?

— Oui.

— Tu as intérêt à n'écrire que des choses positives. J'ai entendu dire que tu n'avais pas été tendre avec Aamaa dans un autre livre.

— Comment ça ?

— Tu l'aurais fait passer pour une radine qui ne te nourrissait pas assez. »

Prasanti file dehors et revient en hâte. Elle traite le brahmane de nul, cueille une fleur en bouton dans un arbre et se dirige vers le balcon, d'où j'étudie ses mouvements, afin de me parler du prêtre. Cette domestique n'a vraiment rien à faire.

« Je le déteste – il insulte sans arrêt les *baahun*.

— Et toi ? Tu n'insultes pas les brahmanes ?

— Je suis une *hijra*. Autrefois, j'étais musulmane.

Au fait, n'écris rien sur cette période-là. Aamaa n'est pas au courant. Elle me traînera hors de cette maison par les cheveux si elle l'apprend.

— Tu es sûre qu'elle l'ignore ?

— Tu crois qu'elle me permettrait de travailler ici autrement ?

— Elle ne s'est pas opposée au fait que l'homme blanc profane sa maison.

— Mais il est chrétien, et j'étais musulmane. »

Prasanti rit.

« Homme-femme, brahmane-musulmane – qui suis-je ?

— Tu es unique.

— Et toi, tu es un baratineur, *condo*. Tu m'enjôles comme si tu étais la déesse Saraswati en personne, mais je ne te trouverai pas de tenue à enfiler. »

Un orchestre de mariage monte péniblement l'allée en interprétant une chanson de Bollywood.

« Qui a fait venir ces musiciens ? »

Je ne comprends pas la réponse de Prasanti car on n'entend plus que le résonnement du *dhol*.

« Quoi ? crié-je.

— C'est moi, dit Prasanti. Avec l'approbation d'Aamaa. »

Tout ce faste – de mauvais goût – respire l'opulence – de mauvais goût – d'un mariage.

Lorsque débarque un orchestre de trompettes, de trombones et de saxophones, un prêtre solitaire a peu de chances d'attirer l'attention.

« Pas maintenant ! crie le pauvre homme. La musique, c'est seulement après la *puja*. »

Le groupe entonne une autre chanson de mariage tirée d'un film de Bollywood. Le prêtre crie après le chef d'orchestre. Prasanti demande au groupe de jouer un autre morceau bollywoodien. Le chef d'orchestre n'écoute pas l'eunuque. Prasanti crie après le prêtre. Le prêtre lui hurle dessus en retour.

« Qui est cet homme qui n'arrête pas de me dévisager ? demandé-je à Prasanti.

— Oh, le ministre – notre idiot de voisin. Aamaa et moi ne pensions pas qu'il viendrait. Il déteste Aamaa parce qu'elle a fait appel à mes talents pour l'empêcher de construire un restaurant sur son toit-terrasse. Oh ! la la ! il vient vers nous. »

Prasanti s'éloigne en courant.

« C'est vous le plus jeune, n'est-ce pas ? demande le ministre. Vous êtes une sorte d'écrivain, je crois ?

— Tout à fait.

— Vous voyez cette maison ? »

Le ministre pointe le doigt vers le bâtiment qui se dresse devant moi.

« On n'a pas pu terminer les travaux à cause de votre Aamaa – c'est vraiment une femme à poigne !

— Vous m'en voyez navré.

— Il était prévu qu'on ouvre un restaurant sur la terrasse. »

Je m'éloigne de lui.

Nicky court d'un bout à l'autre du jardin afin de prendre des photos. Le cousin du cousin qui m'a un jour confié vouloir être écrivain, mais qui est maintenant ingénieur comme tout le monde, lui raconte la querelle de Prasanti avec le prêtre.

Comme Aamaa se prépare à parler, personne n'intervient pour mettre fin à la dispute entre le pandit et l'eunuque.

Manasa, lourdement maquillée, me rejoint à mon poste d'observation.

« J'ai toujours l'impression d'être une reine ici. C'est pour ça que tu as choisi de rester sur le balcon ?

— Une reine ne se tartinerait pas de maquillage.

— Pourquoi n'es-tu pas habillé ?

— Je n'ai rien d'autre à me mettre que des shorts et des T-shirts, et je crois que je préfère passer inaperçu.

— Ta tenue est le meilleur moyen d'attirer l'attention, Ruthwa. Va chercher quelque chose d'élégant.

— Et où veux-tu que je trouve ça ?

— Demande à Nicholas. Tu pourrais porter une de ses tenues. »

Nicky a effectivement des vêtements – des tas même. Il s'est acheté des sortes de longues redingotes qu'on appelle *sherwani* à Delhi. Certaines sont si richement ornées que seul un membre de la famille royale pourrait se permettre de les porter, mais d'autres sont mettables. L'invité préféré de l'oasis Neupaney est tout à fait disposé à prêter ses vêtements à son invité le plus détesté.

Bhagwati est ravissante en vert. Dieu lui a accordé quatre-vingts pour cent des traits familiaux, à moi quinze, puis il a partagé les cinq pour cent restants entre Agastaya et Manasa, mon frère s'étant débrouillé pour obtenir la plus grosse part.

Celui-ci porte une *kurta* rouge semblable à celle de Nicky.

Prasanti se plaint qu'elle est trop occupée pour se changer. Elle me nomme donc gardien temporaire d'un trousseau de clés avant de s'éclipser.

« Où est Aamaa ? (Manasa)

— Où est Aamaa ? (Agastaya)

— Où est Aamaa ? (Bhagwati)

— C'est vrai ça, où est-elle ? » demandé-je.

L'arrivée d'Aamaa dans le jardin est presque décevante. Elle est habillée comme d'habitude : l'extrémité de son sari blanc lui couvre la tête ; la qualité, le ton et l'absence de motifs de son corsage blanc rappellent fortement celui qu'elle portait hier.

Aamaa repère Agastaya dans la foule.

« Pourquoi ne portez-vous pas tous la tenue népalaise appropriée ? Vous auriez pu aller en chercher à l'usine et… »

La foule d'invités qui s'agglutinent autour d'elle l'empêche d'aller au bout de sa pensée. Telle une reine saluant ses sujets, Aamaa joint les mains en un perpétuel *namaste*, ne les séparant que pour recevoir des présents et des *khada* colorés, des foulards en soie qu'elle néglige de nouer autour de son cou.

« Où est Prasanti ? demande-t-elle. Est-ce qu'elle est morte ? J'ai besoin de quelqu'un pour emporter les cadeaux à l'intérieur.

— Je m'en occupe. »

Je descends l'escalier quatre à quatre et rejoins Aamaa qui me passe quelques boîtes sans me regarder.

« Je vous avais pourtant dit de ne pas m'apporter de cadeaux – voilà ce qui arrive quand on n'obéit pas », chantonne la reine des Neupaney à l'intention de ses disciples.

Arrivée au feu sacrificiel, Aamaa rend son bonjour au pandit et s'assied.

« Ils ont commencé à interpréter ces chants hindis vulgaires avant même la *puja*, se plaint celui-ci.

— Soyez bref, répète Aamaa au prêtre. Débrouillez-vous pour que cette cérémonie soit très succincte, pandit-*ji.* »

Entouré d'une cour d'admirateurs indigènes, Nicky l'homme blanc, palabre devant la table du buffet, coiffé d'un chapeau *gurkha* ordinaire – noir, sans motifs. Les gens autour de lui se délectent de voir un Américain honorer leur culture en daignant porter un couvre-chef népalais. Quand il prononce bizarrement « *Bhaat khaanchu* », l'équivalent en népali de « *Je prendrai du riz* », toutes ces personnes qui se disputent son attention s'émerveillent de la simplicité de leur fichue langue.

Nicky baragouine quelques mots sur la force du piment *dalley*. La réaction du public se fait plus bruyante à chacune de ses tentatives.

« Votre grand-mère est une véritable reine, me dit l'Américain au moment où je m'approche tranquillement de son groupe afin d'assister à son cirque. Regarde comme elle est majestueuse.

— Elle est exactement comme tous les jours. Je te trouve bien plus majestueux qu'elle.

— C'est vrai ? Je le prends comme un compliment », dit Nicky en rougissant

Le prêtre abrège la cérémonie. Il demande à Aamaa de saupoudrer le feu d'épices.

« Extraordinaire. »

Nicky ne cesse de modifier les paramètres de son appareil afin de filmer et de photographier alternativement la scène.

« Extraordinaire. Cette culture est d'une richesse ! »

Une fois que la *puja* est terminée, le groupe entonne d'autres morceaux.

« J'ai l'impression d'être une jeune mariée – ou

plutôt une jeune mariée déjà veuve, dit Aamaa. Qui a autorisé cet orchestre à entrer ?

— Prasanti m'a dit que tu lui avais donné la permission de l'inviter, réponds-je sans grande conviction.

— Quelle menteuse ! s'exclame Aamaa, avant de se rendre compte qu'elle s'est adressée directement à moi. Quelle menteuse, répète-t-elle plus fort. Prasanti est une menteuse. »

Les sujets de la reine rient. Nicky observe la scène avec stupéfaction. J'attends qu'elle prononce son discours.

Lorsque trois cents personnes sont conviées à une fête, toutes ne sont pas censées arriver au même moment. On leur affecte un créneau satisfaisant aux exigences de leur rang social et de leurs tendances politiques de sorte qu'un flux constant d'invités circule toute la journée. Il est peu probable qu'Aamaa prononce un discours toutes les heures – sa griffe perdrait de son tranchant. Notre ami Nicky a fait sa part du boulot en infectant notre culture d'une nouvelle maladie. Bientôt, tout le monde à Gangtok prononcera des discours à tire-larigot.

Aamaa gronde les amis et les membres de la famille qui lui ont apporté des cadeaux, réprimande le groupe trop bruyant, grignote un amuse-gueule par-ci par-là, mais ne livre aucun discours.

« Est-ce qu'elle a oublié ? demandé-je à Agastaya.

— Je n'en sais rien. De toute façon, je ne comprends pas pourquoi Nicky lui a fait cette suggestion.

— Oui, je me demande même ce qu'il fait ici.

— Je me pose exactement la même question. »

Agastaya détourne les yeux de Nicky le *paparazzi*.

Certains invités souhaitent être photographiés avec l'Américain, qui se prête volontiers au jeu.

« Il est si beau dans cette tenue indienne, constate une femme.

— C'est vrai, elle lui va très bien, observe une autre. Et ce *topi* népalais rehausse encore sa beauté. On dirait un jeune Bill Clinton. »

Manasa s'échappe du cercle de femmes hargneuses qui aimeraient savoir quand elles auront enfin la joie d'apprendre qu'elle est enceinte.

« Jamais ! » répond-elle.

La voilà qui se dirige vers moi.

« Des questions sur ta future progéniture ? demandé-je.

— Oui. Est-ce qu'on te harcèle aussi pour que tu te maries ?

— Pas pour le moment.

— C'est parce qu'ils s'acharnent tous sur moi, dit Agastaya.

— Au moins nos proches ne te regardent pas avec un mélange de honte et de pitié.

— Bhagwati supporte tout ça avec une telle patience ! »

Manasa pointe du doigt notre sœur qui se tient, à la fois digne et distante, au milieu d'un groupe d'invités.

« Elle a l'habitude », lui fait remarquer Agastaya, avant de se taire car Bhagwati nous rejoint.

Nicky souhaite photographier toute la famille. Il installe Aamaa sur le confortable fauteuil rouge destiné à Subba, le ministre en chef, et nous demande de nous placer autour d'elle. La légende vivante et ses héritiers. La reine et sa progéniture royale.

« Quelle heureuse famille ! Vous êtes tous si beaux ! s'exclame Nicky.

— C'est vrai que nous avons tous des physiques de mannequins, marmonne Manasa.

— Encore une photo. »

Nicky prend un nouveau cliché.

« Si seulement tous vos conjoints étaient présents ! Ce portrait de famille serait parfait. »

Au loin, des sirènes annoncent l'arrivée d'hommes importants. Les gens se lèvent pour saluer ces personnalités et leurs femmes. Seule Aamaa reste assise. Les invités de premier plan viennent la saluer et lui offrir des présents.

La sirène la plus bruyante, la plus perçante, ne tarde pas à retentir. Subba accorde à la foule un *namaste*, tandis que ses disciples font la queue pour lui offrir des *khada*.

« Est-ce que c'est, en quelque sorte, le roi du Sikkim ? me demande Nicky.

— Non, son empereur. Son empereur élu.

— Vous avez fait du bon travail en remplaçant l'escalier – cette route est superbe, dit Subba à Aamaa. Vous m'avez évité une longue marche.

— Tant mieux. »

Aamaa et lui se penchent l'un vers l'autre et chuchotent.

Ah, c'est maintenant qu'elle va prononcer son discours – l'homme le plus important est enfin là.

On branche un micro, on demande à l'orchestre d'interrompre sa chanson guillerette, et Nicky, maître de cérémonie autoproclamé, prend la parole.

« Merci à tous d'être venus. À présent, Aamaa va prononcer un discours. »

Les invités rient.

Le laïus d'Aamaa est d'une longueur impressionnante.

Elle remercie tout le monde, à commencer par sa famille – ses petits-enfants, qu'elle évite tout de même de nommer. Elle remercie Subba et son Conseil des ministres. Elle remercie les ouvriers de l'usine de Kalimpong. Elle remercie les personnes qui l'aident à gérer ses hôtels.

Elle remercie Prasanti, qui est toujours invisible.

Son dernier témoignage de gratitude s'adresse à Dieu. Tout le monde se lève pour l'acclamer (il me paraît nécessaire de préciser que la moitié des invités étaient déjà debout pendant son discours).

Soudain, un cri de Prasanti interrompt les applaudissements.

« Aamaa, téléphone ! lance-t-elle tandis que les acclamations faiblissent.

— Maintenant ? demande Aamaa. Dis à cette personne de rappeler demain. »

Tout le monde, y compris Subba, éclate de rire.

« Elle dit que c'est très important », insiste Prasanti en tendant le combiné sans fil à Aamaa.

Tous les regards sont posés sur ma grand-mère.

« Allô ? » dit celle-ci.

Aamaa écoute son interlocuteur puis, tout à coup, elle s'évanouit.

•

Je suis le premier à remarquer la tache jaune qui s'étend sur son sari. J'essaie de trouver une métaphore convenable, mais en vain. Pas même une stupide analogie ne me vient à l'esprit.

Aamaa a perdu le contrôle de sa vessie. Cette femme qui maîtrise toujours tout se laisse subitement aller. On dirait que son âme robuste, infatigable, tenace vient de quitter son corps frêle, inconscient, trempé d'urine.

Son petit-fils médecin et son ami qui tentent de la ranimer forment le tandem parfait. L'un tient son poignet ; l'autre lui fait du bouche-à-bouche.

Nicky déclare qu'il faudrait appeler une ambulance.

« Prenez ma voiture », dit Subba.

Agastaya demande aux agents de sécurité du ministre en chef de l'aider à soulever Aamaa et à la déposer sur la banquette arrière de la Pajero, dont le moteur est déjà en marche. Il la rejoint ensuite à l'intérieur.

« Tu veux qu'on vous suive dans une autre voiture ? » lui demande Nicky.

Agastaya ne répond pas.

Nicky et Bhagwati montent dans un véhicule en marche. Deux secondes plus tard, Prasanti, qui ne cesse de brailler, grimpe sur le siège avant.

Manasa et moi nous regardons.

« Qu'est-ce qu'il faut faire ? demandé-je, comme si elle connaissait la réponse.

— Discuter de la situation avec Subba, j'imagine. »

Nous allons demander conseil à l'homme le plus puissant de l'État, qui estime que chacun devrait rentrer chez lui.

« Mais on ne peut pas gâcher toute cette nourriture, proteste Manasa. Ceux qui n'ont pas mangé devraient peut-être se servir avant de partir ? »

Subba déclare aux invités qu'ils feraient mieux de

manger avant de quitter la fête. Mais, pour une fois, personne ne lui obéit.

« Je préférerais vraiment qu'on nous laisse seuls maintenant », me confie Manasa.

Certains invités, pleins de bonnes intentions, traînent en évaluant les chances qu'a notre grand-mère de s'en sortir.

« Si vous préférez rester, mangez donc, leur dit Manasa. Vous devez avoir faim. »

Dès que Subba attrape une assiette, plusieurs personnes l'imitent.

« Regarde-moi ces moutons, dit Manasa.

— Content que tu sois encore capable de faire des observations aussi fines.

— Je ne comprends pas – ces invités sont pleins de bonnes intentions, mais qui a envie d'être entouré d'une telle foule dans un moment de crise ?

— Tu penses qu'elle va s'en sortir ?

— Oui. Et toi ?

— Pareil. Elle est résistante. Tu as vu combien Agastaya était détendu ? »

Le téléphone sans fil sonne. Je décroche.

C'est Bhagwati.

« Elle a repris connaissance. Elle va bien, d'après Agastaya. Nous allons tout de même à l'hôpital pour que des médecins l'examinent. »

J'annonce à Manasa qu'Aamaa est revenue à elle.

« Dieu soit loué », concluons-nous en chœur.

Je demande à Subba d'annoncer qu'Aamaa a repris connaissance. Quelques applaudissements polis lui répondent.

« Au fait, pourquoi s'est-elle évanouie ? m'interroge Manasa.

— Comment le saurais-je ?

— Je vais rappeler Bhagwati. »

Manasa écoute notre sœur sans rien dire. Elle se rembrunit. Ses joues rougissent. Elle raccroche.

« Alors ?

— L'usine de Kalimpong a été détruite.

— Qu'est-ce que tu veux dire ?

— Elle a brûlé.

— Tu déconnes ? C'est un accident ?

— À ce qu'il paraît, le petit-fils d'Aamaa a écrit un article dans lequel il cherchait à dissuader les gens de porter la tenue traditionnelle et se moquait des dirigeants du Gorkha Jana-shakti Morcha. C'est Aamaa qui a suggéré à Moktan d'imposer le port de la tenue traditionnelle. C'était notre usine de Kalimpong qui les fournissait. Le Gorkha Jana-shakti Morcha pense qu'il s'agit d'un coup monté : Aamaa aurait fait cette suggestion afin que son petit-fils tourne le mouvement en ridicule dans un journal. Le Gorkha Jana-shakti Morcha a peur de perdre toute crédibilité. Moktan est furieux. »

•

Réunion de famille – ce terme paraît si occidental, si ridicule ! Chaque fois qu'Agastaya appelle ainsi ce *chaurasi*, je me moque un peu de lui. Les Occidentaux s'occupent pendant leurs réunions de famille – ils font du sport, ils boivent. Mais nous ne faisons ni l'un ni l'autre. Nous restons assis les bras croisés, nous nous chamaillons et faisons comme si tout allait bien.

Comme si nommer ce *chaurasi* « réunion de famille » rendait instantanément plus séduisantes ces retrouvailles, moins assommant ce temps passé en famille !

Cet événement est étrange mais c'est exactement à ça que je m'attendais. Je m'étais imaginé de longs silences pesants. Il y en a eu. Un sentiment de malaise. Également. Des réminiscences. Tout autant. L'évocation d'anciennes folies et passions. Pareillement. De la rancune. *Idem*. Des justifications. À la pelle.

Ainsi que quelques cafouillages – et c'est moi qui ai, encore une fois, provoqué le plus gros de tous.

« J'ai encore déconné, dis-je à Manasa, tandis que nous descendons la route en direction du Central Referral Hospital.

— En effet.

— Mes intentions n'étaient pourtant pas mauvaises. Enfin, je ne m'attends pas à ce que tu me croies.

— Tu affirmais qu'elles étaient bonnes la dernière fois aussi.

— Naan. Si j'ai écrit cette histoire de viol, c'est parce que je savais qu'elle ferait de mon livre un best-seller.

— Comme tu l'as sous-estimée ! Ton roman a également connu un succès critique.

— Et je ne le regrette pas.

— Je ne te le demande pas.

— Même si j'avais su ce qui allait se passer, j'aurais écrit ce livre. J'aurais de toute façon inclus la scène du viol.

— Tu n'es qu'un salaud.

— Mais je n'aurais pas écrit cet article. C'était une erreur.

— Ne t'attends pas à ce que je te croie, Ruthwa. C'était une façon de te faire remarquer. Comme le monde t'a oublié, tu as choisi un sujet qui était sûr d'énerver ces stupides chefs séparatistes.

— Vous m'avez tous les trois encouragé à écrire cet article.

— Oh, et ça fait de nous les responsables de cette catastrophe ?

— Je te jure que je n'avais aucune intention de provoquer une chose pareille.

— C'est raté. Tu n'as créé que des dégâts. Tu es comme ça – tu détruis tout ce que tu approches.

— Tu crois qu'elle me pardonnera ?

— Non, impossible. Personne ne te pardonnera. Je sais que je ne suis pas chez moi mais, à mon avis, tu devrais foutre le camp d'ici et aller vivre quelque part où tu ne pourras plus faire de mal à ta famille.

— Arrête, Manasa, j'ignorais totalement que cet article de rien du tout provoquerait un incendie.

— Tu es parti trop longtemps, Ruthwa, et tu aurais mieux fait de ne pas revenir. Tu ne comprends pas ce monde.

— Mais, bon sang, Manasa, personne, tu m'entends, personne ne sait que c'est le putain de viol d'Aamaa que j'ai décrit. Personne en dehors de notre famille.

— Tu n'arriveras pas à me convaincre que tout partait d'une bonne intention, Ruthwa. Moi qui me considérais comme la personne la plus méchante au monde ! Je dois admettre que tu me surpasses.

— Ça n'a aucun sens. »

Je ris avec amertume.

« Je sais bien. Tout ce qui est sans danger n'a aucun sens à tes yeux. »

•

Au moment où nous arrivons, Nicky sort de l'hôpital. Il nous adresse un signe de tête mais nous n'échangeons pas un mot avec lui.

Aamaa, petite, faible, abattue, se trouve dans un box privé. Ses yeux sont larmoyants, ses pupilles, dilatées. Elle refuse d'enfiler la blouse que le personnel hospitalier tient à lui faire porter. Elle n'ouvre pas la bouche aussi largement que le lui demande le médecin. Elle ne peut pas parler. Ou bien elle ne le veut pas. D'après les médecins, elle est en état de choc. Elle a subi une légère attaque.

Prasanti monte la garde, les yeux gonflés de larmes. Je lui demande ce qui ne va pas.

« Qu'est-ce qui va arriver à tous ces *sel-roti* maintenant que le *chaurasi* est annulé ? sanglote-t-elle. J'ai cru qu'elle allait mourir. Qu'est-ce qui m'arrivera si elle disparaît ? »

Prasanti tente de faire manger du *geelo bhaat* à Aamaa. Lentement, celle-ci mâche le riz. Elle ne regarde personne.

« Ce n'était qu'à moitié la vérité », prononce-t-elle avec effort.

Aamaa paraît encore plus petite quand elle s'exprime.

« C'était un demi-mensonge.

— Aamaa, tu n'es pas obligée de parler, dit Agastaya.

— L'histoire de mon viol n'était qu'à moitié vraie – vous croyez vraiment que je l'aurais laissé faire ? »

Aamaa semble même minuscule maintenant qu'elle se confie.

« Pourquoi avoir menti ? demande Manasa en ignorant Agastaya qui lui fait signe de ne pas la stresser. Pourquoi avoir tourmenté les pauvres enfants que nous étions avec une demi-vérité aussi abominable ?

— Il a essayé. Il a vraiment essayé. Mais je ne l'ai pas laissé faire. Je lui ai donné des coups de pied. J'ai même failli le poignarder. Il n'était pas de taille contre moi.

— Oui, nous sommes au courant. Personne n'est de taille contre toi, dit Manasa.

— C'est mon histoire, ma souffrance – je la raconte comme je le veux. »

Aamaa tousse et demande une cuvette pour pouvoir cracher. Agastaya lui assure qu'elle a le droit de cesser de parler.

Aamaa a besoin de repos mais nous sommes suspendus à ses lèvres.

« Tous ceux qui ont lu le livre ont deviné que j'étais la femme décrite. »

Elle s'exprime avec difficulté.

« Tout le monde. Les gens ont vraiment cru que j'avais été violée. À présent, il ne reste plus rien de mon usine. Vous vous êtes tous moqués de mon allée mais, si je n'avais pas remplacé ces fichues marches, vous auriez dû me porter tout le chemin jusqu'à la grande route. Vous auriez mis un quart d'heure à l'atteindre. Et je serais morte. »

Aamaa est somnolente.

« Nous le savons bien. Nous ne devrions jamais douter de ton bon sens, dit Bhagwati.

— C'était le propriétaire de l'usine – mon voisin

d'enfance, murmure Aamaa. Nous l'appelions *mama*. Ma mère appliquait la *tika* sur son front le jour de Bhai Tika – c'est dire s'il était considéré comme un proche de ma famille, comme un des miens. Il m'avait connue bébé. Plus tard, j'ai pris ma revanche. Je lui ai acheté l'usine au quart du prix qu'il demandait. Il l'avait bien mérité – il méritait toutes les morsures, toutes les griffures, tous les coups de pied qu'il avait reçus en essayant de me déshabiller. Ça l'a détruit. Ça l'a tué. C'était bien fait pour lui. Je l'ai tué. Et, maintenant, mon usine n'est plus. Elle a été réduite à néant.

— C'est moi qui ai détruit l'usine, admets-je. Je suis désolé, Aamaa. Je ne fais rien de bien. Rien. »

Ma grand-mère s'assoupit peu à peu.

« Je pars, dis-je. Tu es magnifique même quand tu es triste, Bhagwati.

— Merci.

— N'écris pas de livre sur moi, espèce d'assassin, me lance Prasanti.

— Je n'ai pas l'intention de le faire – tu es un sujet trop ennuyeux.

— Tu as donc décidé de partir ? demande Manasa.

— Où vas-tu ? m'interroge Agastaya.

— Je fuis – comme toujours.

— Comme nous tous », conclut Bhagwati.

Je pars. Personne ne me retient.

HUITIÈME PARTIE

LA VIE

Après avoir fait ses adieux à Nicky, des adieux qu'il essaya de rendre doux-amer, mais qui le laissèrent seulement amer et qui ne firent pas monter la moindre larme à ses yeux malgré ses efforts, Agastaya suivit la route sinueuse de la station de taxis jusqu'à la place de la ville puis se dirigea vers le Baker's Café. Là, il commanda un café et regarda sa montre.

Nicky avait résumé la situation en quelques mots. « Nous venons de mondes différents, Agastaya. J'ai vu le tien, tu as vu le mien. Aucun de nous n'aura jamais sa place dans la vie de l'autre. »

Nicky avait ajouté que Cauffield et lui auraient quitté son appartement lorsque Agastaya reviendrait à New York. Celui-ci se demanda si Nicky emménagerait provisoirement chez les deux Anthony, et si cela raviverait la flamme entre Anthony *senior* et lui. Nicky annula leur circuit Agra-Jaipur. Agastaya resterait à Gangtok un jour ou deux de plus afin de jouer les infirmiers auprès d'Aamaa qui, boule d'énergie réduite à l'état de légume, manigançait toujours contre le reste du monde.

Shivani arriva en retard. Mais, après tout, elle n'avait jamais vécu en Occident. Et c'était une femme.

Peut-être ne voulait-elle pas paraître trop enthousiaste ? Agastaya avait décidé de rencontrer cette femme car plus personne ne le lui demandait. Shivani, pédiatre, était elle-même la fille de deux médecins. Elle était partie étudier à la Tashi Namgyal Academy après que la rébellion du Gorkhaland les avait forcés, elle et tant d'autres, à quitter le Saint Joseph's Convent de Kalimpong.

Shivani était une femme menue. La longueur de ses ongles le déconcerta. Il était impossible qu'elle ne griffe ni ne blesse les bébés qu'elle manipulait.

« Bonjour, dit-elle.

— Oh, salut. »

Shivani serra mollement la main qu'Agastaya lui tendait.

C'était une rencontre que les aînés avaient organisée dans l'intention claire de les marier. Shivani le savait. Lui aussi. En fait, le monde entier semblait au courant. Demain, le bruit courrait partout en ville que le petit-fils de Chitralekha Neupaney avait pris un café avec la fille du Dr Dhakal.

« Est-ce que tes parents t'obligent à rencontrer des hommes ? demanda Agastaya en népali, tandis que Shivani s'asseyait.

— Ça va, ils sont plutôt compréhensifs, répondit-elle en anglais. Ce sont les autres membres de la famille qui sont du genre à insister. Ils parlent de mon horloge biologique comme si c'était tout ce qui les intéressait. Mais mes parents sont du genre compréhensif.

— Si tu t'es sentie obligée de venir, j'en suis navré, dit Agastaya avec sincérité, en népali.

— Non, ça va. »

Shivani commanda un verre d'Orange Crush en népali avec un accent anglais.

« Ça ne me dérange pas d'aller à ce genre de rendez-vous. Et toi ?

— Un petit peu. »

Agastaya sucra son café.

« Enfin, je me demande toujours ce que pense la femme que je vais rencontrer. J'ai peur que ses parents ne l'aient forcée à venir.

— Nous ne sommes plus dans les années 1940, dit Shivani en népali avant de repasser à l'anglais. Si une femme ne veut pas te voir, elle le dira à ses parents. On ne force personne ici. Au Sikkim, les parents ne sont pas du genre dominateur.

— N'empêche, je n'aime pas trop ces rendez-vous. »

Agastaya mélangea lentement son café en espérant que la boisson de Shivani ne tarderait pas à arriver.

S'ensuivit un silence – cette sorte de silence qui amplifie les claquements de portes, le tintement des cuillères et le piétinement des serveurs.

« Alors comme ça, tu as pris le USMLE ? demanda Shivani.

— Oui, je l'ai passé », répondit Agastaya en insistant sur le verbe à employer, navré de se comporter comme Ruthwa.

Grâce à la rigueur de ses études à JIPMER, il n'avait pas eu de mal à obtenir l'examen américain de licence médicale.

« Me recommanderais-tu de le passer ? Je suis déjà spécialisée. Ça reviendrait à faire machine arrière – genre, je régresse au lieu de progresser –, tu ne trouves pas ? »

Lorsque arriva enfin la bouteille d'Orange Crush, Agastaya avala son café déjà froid dès que Shivani eut bu sa première gorgée.

« Tout dépend de ce que tu souhaites. »

Shivani lui demanda de préciser sa pensée.

« Si tu veux vivre en Amérique, tu devras passer l'examen de licence médicale, même si tu es spécialisée – chose que tu sais probablement déjà. Aimerais-tu t'installer là-bas ? »

Shivani et lui se regardèrent. Cette question avait de trop nombreuses facettes, de trop nombreuses implications.

« Je n'en sais rien. À vingt-sept ans, je pourrais avoir une idée précise de ce que je veux mais le fait est que je n'en ai aucune idée. J'ai parfois l'impression d'être restée, genre, adolescente.

— Et moi, j'ai l'impression que “genre” est ton mot préféré. »

Agastaya sourit.

« Tu veux dire que mon anglais est mauvais ?

— Au contraire, il est excellent. Tu aimes ton métier ?

— C'est un travail comme un autre – suis-je censée me passionner pour ce que je fais ?

— Si c'était le cas, tu envisagerais peut-être l'avenir différemment, non ? »

Agastaya, lui, aimait son métier.

« Je travaille à l'hôpital public STNM. Je fais ce que j'ai à faire. Je ne trouve pas ce métier gratifiant ni rien. C'est juste un travail. Je ne suis pas du genre médecin dévoué.

— Je te trouve bien cynique.

— Je fais ce boulot depuis si longtemps ! J'ai envie

de faire une pause. Et de me mettre à la peinture, par exemple. Je suis du genre créatif.

— Tu ne peux pas faire ça à côté ?

— Non. Je veux me consacrer entièrement à mon art. Mais tu sais bien ce que tout le monde dira : “Si elle ne voulait pas faire médecine, elle n’aurait pas dû profiter du quota réservé au Sikkim. Quelqu’un d’autre aurait pu en bénéficier à sa place.” »

Shivani prononça ces deux dernières phrases d’une voix haut perchée, ce qui provoqua les gloussements étouffés des adolescentes de la table voisine.

« Pourquoi te préoccupes-tu de ce que diront les gens ?

— On n’est pas en Amérique ici. C’est ainsi que fonctionne notre société.

— Nous sommes deux personnes tellement différentes, dit Agastaya, le regard posé sur la fourmi qui se noyait dans une mare de ketchup près de la fenêtre.

— C’est vrai. Au fait, je ne suis pas vierge. »

Comme s’il avait besoin de le savoir !

« Je ne t’ai pas posé la question.

— J’ai lu que, vous autres qui revenez d’Amérique, vous préférez vous marier avec des vierges, car vous n’en trouvez aucune là-bas, expliqua Shivani avec désinvolture. Je ne suis pas un modèle de chasteté, genre princesse Savitri. J’ai un certain passé. »

Lui aussi en avait un.

« Je ne m’attends pas à ce qu’une fille soit vierge à ton âge. Tu as vécu beaucoup d’histoires sérieuses ? »

Le serveur rôdait autour d’eux dans l’espoir que Shivani et Agastaya commandent davantage de boissons.

« Deux. Et toi ?

— Je tente de me remettre de ma dernière rupture.

— Indienne ? Népalaise ?

— Ni l'un ni l'autre. »

Agastaya ne faisait que dire la vérité.

« Une étrangère ? La conquête de tes rêves ?

— C'était plus qu'une simple conquête. Nous vivions ensemble.

— Ensemble ? répéta Shivani avec l'indignation typique d'une bourgeoise indienne. Toi alors, tu es totalement américain. Que s'est-il passé ?

— Trop de disputes. Nous venions de mondes différents.

— C'est ce que disent tous les hommes indiens qui vivent à l'étranger.

— Cette rupture a été difficile à digérer. Elle l'est encore. Mais la vie continue.

— Comment va ta grand-mère, au fait ?

— Pas trop mal. Mais elle parle toujours assez peu, ce qui ne lui ressemble pas du tout.

— Nous étions tous en train de nous habiller pour nous rendre à son *chaurasi* quand c'est arrivé. Nous étions en retard.

— Nous n'avons même pas pu célébrer Bhai Tika le lendemain. Tu ne m'as toujours pas raconté tes anciennes histoires.

— Gardons ça pour une autre fois – demain peut-être. Si on se raconte tout dès le premier rendez-vous, les suivants risquent d'être ennuyeux. »

Tous deux échangèrent leurs numéros ainsi qu'une poignée de main en guise d'au revoir. Agastaya offrit de la raccompagner mais Shivani refusa en prétextant qu'elle devait passer chez une amie.

Un peu hébété, Agastaya partit flâner autour de la place en espérant qu'il n'y croiserait aucune connaissance. Dans cette ville de courtisans, un tas de gens souhaiteraient prendre des nouvelles de sa grand-mère. Mais il avait besoin de ce moment de solitude pour pouvoir méditer sur la vie. En quarante-huit heures, Agastaya était passé du statut d'homme casé à celui de célibataire. Et il venait de rencontrer la femme qu'Aamaa espérait le voir épouser.

Sur le chemin du retour, Agastaya s'arrêta à la librairie Supriya et s'acheta un numéro de *Debonair*, le magazine indien qui l'avait familiarisé, tout comme des milliers de garçons de sa génération, avec l'univers des seins. Oncle Prabin, le propriétaire, était absent, mais le gérant lui lança un regard noir – le regard d'un homme qui n'arrivait pas à croire que l'héritier d'une famille aussi respectable que la sienne lise ces cochonneries. Il lui remit tout de même le magazine qu'Agastaya, comme dans sa jeunesse, roula et glissa dans son dos en coinçant quelques centimètres du rouleau dans la taille de son pantalon.

Il descendit ensuite quatre à quatre l'escalier de la passerelle, puis celui de Zongri, le magasin de son enfance, dont la moitié était à présent une boutique de spiritueux. Avant de monter chez sa grand-mère, Agastaya revint sur ses pas et s'acheta une bouteille de Smirnoff.

Lorsque la partie sans alcool du magasin fut déserte, il demanda un paquet de préservatifs en priant pour que le commerçant ne le reconnaisse pas.

Muni de ses préservatifs, de sa bouteille de vodka et de son Debonair, Agastaya rentra à la maison.

Par chance, tout le monde s'occupait d'Aamaa à

l'étage. Il se glissa dans sa chambre d'enfant, celle dans laquelle il avait introduit en cachette son premier préservatif, son premier Debonair et sa première bouteille de vodka.

Agastaya se déshabilla, se regarda dans le miroir, essaya d'ignorer les seins qui lui poussaient, pensa à Prasanti, chassa son image, pensa à Nicky, chassa son image, pensa à Shivani, chassa son image, déboucha la bouteille de vodka, avala une gorgée, grimaça, en but une deuxième, ouvrit l'emballage d'un préservatif avec les dents, enfila celui-ci sur son pénis mou en évitant de regarder son entrejambe et feuilleta le magazine.

Agastaya s'arrêta sur la photo d'une grande femme indienne aux seins aussi gros que des melons. Sa vulve était cachée mais on apercevait un soupçon de poils sur son pubis. Aisselles poilues. Femme poilue. Très poilue. La moustache au-dessus de sa lèvre, elle, avait été soigneusement supprimée.

Agastaya résista à la tentation de lire une histoire érotique et continua à tourner les pages, son pénis encapuchonné dans la main droite, la bouteille de vodka dans l'autre, lâchant son sexe chaque fois qu'il souhaitait passer à la suivante. Nouvelle double page – c'était une blonde cette fois. Les jambes croisées. Les seins couverts. La peau d'un blanc laiteux. Les yeux bleus. Page suivante : la même femme, mamelons dressés, le dévisageait en s'amusant de son refus obstiné de bander.

Quand il avait quatorze ans, quelques nuits après que son petit frère lui avait raconté qu'il se tripotait en pensant aux héroïnes de Disney, Agastaya avait lui-même essayé pour la première fois de se masturber.

Aujourd'hui, sa bouteille de vodka oubliée sur la table de chevet, il se caressait rythmiquement en fermant les yeux à intervalles réguliers. À quatorze ans, il essayait d'avaler la vodka qui le rendait un peu malade et frottait le gland de son membre avec la paume. Aujourd'hui, il pinçait ses mamelons, promenait les doigts autour d'eux et introduisait un doigt dans son rectum. À quatorze ans, il mettait les doigts dans sa bouche et les mordait un à un. Aujourd'hui, il regardait la femme blonde et la visualisait en train de gémir, de grogner et de crier. À quatorze ans, il regardait l'image d'une blonde différente et imaginait la nudité combinée de toutes les filles de sa classe.

Finalement, Agastaya atteignit son but. À quatorze ans, le sexe mal en point, le prépuce en sang, il avait réalisé que quelque chose clochait, car la pensée de toutes les filles de sa classe paradant nues autour de lui n'avait pas fait l'affaire.

Agastaya envoya un message à Shivani : *C'était super de te rencontrer. Genre très sympa. Quand comptes-tu me raconter tes histoires passées ? Je repars après-demain.* Il conclut par un smiley.

12c4, répondit-elle, en terminant par deux smileys.

Tandis qu'il s'essuyait et se rhabillait, Agastaya songea avec un rire sardonique qu'il fallait être bête pour acheter un magazine avec toute la pornographie qui traînait sur Internet et pour avoir osé rêver un jour d'une vie avec Nicky.

Dehors, des employés jetaient les détritus de la fête du *chaurasi* qui s'était achevée plus tôt que prévu.

•

Bhagwati se répéterait toute sa vie que, si elle était entrée dans la chambre de Prasanti juste avant de quitter Gangtok, c'était simplement pour y jeter un dernier coup d'œil. En comparant sa pauvreté à celle de l'eunuque, elle trouverait sûrement la motivation nécessaire pour sortir du marasme financier dans lequel Ram et elle se trouvaient. Si elle était entrée dans la chambre de la domestique, c'était également pour lui dire au revoir.

La vérité, c'était qu'elle y avait pénétré dans l'intention de voler.

Bhagwati déposa trois paires de boucles d'oreilles en or dans son sac à main. Puis un collier. Et douze bracelets en or. Elle aurait même pu chaparder l'argent, mais tout cet or lui suffirait.

Bhagwati fit ensuite ses adieux à Aamaa, qui lui demanda faiblement de faire attention à elle, à Agastaya, à qui elle rappela d'encaisser son chèque et qui refusa de lui révéler comment s'était passé son rendez-vous avec la pédiatre, et à Manasa, qui lui dit qu'elle irait sans doute la voir dans le Colorado, juste avant de déclarer qu'il lui serait difficile de s'éloigner de son beau-père. Bhagwati aurait voulu dire au revoir à Nicky, dont les compétences en massage cardiaque suggéraient que ce n'était pas un simple anthropologue qu'Agastaya avait rencontré dans un taxi à destination de JFK mais l'Américain était parti sans prévenir.

Bhagwati réserva ses adieux les plus longs à Prasanti, qu'elle remercia de veiller aussi attentivement sur Aamaa et à qui elle remit une grosse liasse de billets.

« Mais tout le monde dit que tu n'as pas d'argent !

— Je n'en possède peut-être pas autant qu'eux mais tu mérites bien cette somme. »

Prasanti accepta l'enveloppe avec une émotion visible.

« Je me sens coupable de te priver de cet argent.

— C'est inutile, dit Bhagwati avant de monter dans le taxi qui l'attendait.

— Comment va votre grand-mère, madame ? demanda le chauffeur.

— Bien. Elle récupère vite.

— Et l'usine de Kalimpong ?

— Aucune récupération possible.

— Ceux qui ont fait ça ne sont que des sales *chor*, cracha le chauffeur. Tous des voleurs. Est-ce qu'on a retrouvé le coupable ?

— Non, pas encore.

— Mais nous savons tous qui a fait ça. Les politiciens n'arrêtent pas de semer la zizanie. Des voleurs, voilà ce qu'ils sont. Qui d'autre serait capable de réduire en cendres une usine tout entière ?

— Je comprends ce que vous voulez dire. Mais ce n'était pas un vol. Ils n'ont rien pris.

— Ces personnes ne valaient pas mieux que des voleurs, un point c'est tout.

— D'après vous, les voleurs sont donc pires que des assassins et des violeurs ? »

Le chauffeur de taxi ne la comprit pas.

« Comment s'est passé votre Bhai Tika, madame ?

— Il n'a pas eu lieu. »

La fête aurait dû se dérouler le lendemain du *chaurasi*. Bhagwati aurait célébré son premier Bhai Tika en dix-huit ans.

« Ces *goonda* – vous savez ce qu'ils font aux familles de ceux qui leur résistent ?

— Je vais essayer de dormir.

— Vous avez raison. Je ne mettrai pas de musique. »

Bhagwati savait pourquoi elle avait volé Prasanti – c'était parce qu'elle avait de la fierté.

Elle avait trop de principes pour voler les affaires de sa grand-mère. Les intentions malfaisantes n'ont pas toutes le même degré de bassesse ; c'est votre fierté qui vous indique quel acte est monstrueux ou non. Voler les bijoux de sa grand-mère aurait altéré l'intégrité de Bhagwati.

« *Bhai*, dit-elle au chauffeur. Allons à Jaigaon plutôt qu'à Bagdogra.

— Vous voulez dire Phuntsholing ?

— Oui, Phuntsholing.

— Ne raterez-vous pas votre vol si vous allez au Bhoutan ?

— Mon avion ne décolle que demain. Je me rendrai à Bagdogra depuis Phuntsholing. »

Grâce à la frontière ouverte entre l'Inde et le Bhoutan, une frontière poreuse pour un pays imperméable, Bhagwati n'aurait pas vraiment besoin de papiers d'identité pourvu qu'elle reste à Phuntsholing, du côté bhoutanais.

Elle avait décidé de faire un détour par le Bhoutan afin d'y vérifier ce qu'elle avait laissé derrière elle. Des années plus tôt, Ram et elle avaient emprunté le même chemin pour prendre un nouveau départ ensemble. À l'époque, Bhagwati était une jeune fugueuse à jamais rejetée par sa famille. Aujourd'hui, c'était une voleuse qui ne serait jamais démasquée en raison du nombre de visites que recevait sa grand-mère malade. Personne ne penserait que c'était elle la coupable.

Tandis que la voiture traversait les vastes plaines hideuses du nord du Bengale, Bhagwati se demanda si quelqu'un la reconnaîtrait au Bhoutan. Lorsque son mari et elle avaient été chassés du pays, ses beaux-frères avaient tous coupé les ponts avec eux, ignorant chacun de leurs appels, chacune de leurs lettres. Mais, après que les deux parias avaient été envoyés en Amérique, ses frères avaient renoué avec Ram comme par magie.

Jaigaon était une ville sale, infestée de chiens errants, de vaches en liberté et de vagabonds. Phuntsholing, de l'autre côté de la frontière, était moins peuplée, plus organisée et plus propre. La police des frontières laissa le taxi passer. Bhagwati n'était pas suspecte. Elle ne risquait pas de troubler la paix nationale. Elle n'avait aucune intention d'organiser une manifestation. Ce pays était le sien avant qu'on l'en chasse. C'était la seule patrie que son mari eût connue. Un climat de peur régnait à Phuntsholing aujourd'hui – toute la ville semblait craindre de parler.

« D'où venez-vous ? l'interrogea un commerçant.

— Du Sikkim.

— Oh, du Sikkim. »

Il y avait de l'admiration dans sa voix. Ce citoyen du pays des monastères et du bouddhisme éprouvait le plus grand respect pour cette citoyenne de l'autre pays des monastères et du bouddhisme.

« D'où venez-vous ? » lui demanda un commerçant indien.

Les magasins de Phuntsholing, qui ne pouvaient

être exploités que par des Bhoutanais (les authentiques Bhoutanais, bien sûr, ceux à qui on permettait de continuer à vivre dans le pays), étaient souvent loués à des Indiens.

« Du Népal », mentit-elle.

Le commerçant la regarda avec méfiance, avec crainte.

« D'où venez-vous ? » se renseigna un troisième commerçant.

Cet homme, apparemment népalais, était l'un des rares chanceux qui avaient eu le droit de rester.

« Je fais partie de ceux qu'on a chassés, répondit-elle.

— Et pour quelle raison êtes-vous revenue ? »

— Je voulais constater par moi-même la dégradation de la situation. Vous avez l'air si heureux – on dirait qu'il ne s'est rien passé. »

Pas la moindre purification ethnique. Ni le moindre bain de sang. Ni l'expulsion de plus de cent mille personnes.

« Comment pouvez-vous dire une chose pareille ? Nous détestons cet endroit. Vous avez tellement de chance, vous autres.

— Vous vous faites des illusions. Vous n'auriez pas pu survivre toutes ces années dans les camps. Vous qui vivez dans ce monde confortable, avec votre magasin de crayons, vous n'auriez pas tenu.

— Ça n'aurait pas été pire qu'ici. Regardez où vous habitez maintenant. Nous ne pouvons même plus fumer en paix. Il y a une nouvelle loi contre ça.

— C'est meilleur pour votre santé et pour l'environnement.

— Ma cousine vivait aussi dans les camps avec sa famille. Maintenant, elle est en Amérique.

— Comment s'appelle-t-elle ?

— Anamika Chettri.

— Ah oui, une jolie femme. Je la connais.

— Elle a beaucoup de chance.

— Oh oui, une chance incroyable. Son nouveau mari est un homme violent – il ne se passe pas un jour sans qu'il la batte.

— Peu importe. Ils habitent en Amérique.

— Vous pensez vraiment qu'elle se moque de se faire battre du moment qu'elle habite en Amérique ?

— Vous vivez dans le meilleur endroit du monde. J'aurais vraiment préféré faire partie des expulsés.

— Le meilleur endroit ? C'est-à-dire ? Vous croyez vraiment que c'est le paradis ?

— L'Amérique a tout d'un paradis, non ? »

Bhagwati serait bien allée visiter le palais juste pour se prouver qu'elle pouvait voyager en toute liberté, mais elle se ravisa.

« À l'aéroport, dit-elle à l'un des nombreux chauffeurs de taxi qui tournaient comme des mouches autour d'elle. Celui de Bagdogra.

— D'où venez-vous, madame ? demanda le chauffeur poli, une fois qu'ils eurent traversé la frontière indienne.

— Moi ? D'une ville d'Amérique qui s'appelle Boulder. Vous connaissez ? »

Le chauffeur secoua la tête. Il n'avait jamais entendu parler de ce lieu étranger.

« C'est un endroit différent du Bhoutan. Les gens y vivent librement. Là-bas, les gens ont le droit d'être eux-mêmes.

— Et quel est votre métier là-bas, madame ?

— Je suis plongeuse.

— J'ai entendu dire qu'en Amérique, même un plongeur gagne plus qu'un employé de bureau dans ce pays.

— En effet, on ne vous a pas menti. En Amérique, les plongeurs sont très bien payés. Les vendeurs de *momo* gagnent encore mieux leur vie.

— Est-ce qu'on vend des *momo* en Amérique ?

— Oui. Mon mari et moi avons l'intention de nous lancer dans ce commerce, nous aussi. Il se pourrait même que nous proposions un ou deux plats bhoutanais. »

•

Elle présenta ses excuses à Prasanti car c'était la moindre des choses. Jusqu'à ce que sa grand-mère fasse une attaque, Manasa considérait l'eunuque comme un membre inutile du foyer. Après l'hospitalisation d'Aamaa, constatant le dévouement avec lequel la domestique s'occupait d'elle, Manasa avait bien été obligée de revoir sa position. Jamais on n'aurait pu se passer de l'eunuque.

« Je n'aurais pas dû te gifler. Le fait est qu'il m'arrive un tas de choses – de mauvaises choses – en ce moment. Quand je te vois aussi heureuse et insouciante, j'aimerais être à ta place. Je suis jalouse.

— Tu veux dire que tu aimerais devenir une *hijra* ?

— Non, j'aimerais ne plus avoir aucun souci, ne

plus subir aucun stress, aucune tension. Ta vie est si facile !

— Essaie donc de t'occuper de cette maison quelques jours. Tu voudras vite retourner à ton ancienne vie, tu peux me croire.

— Tu as de la chance. »

Prasanti fit peu de cas de ses excuses mais elle s'éloigna tout de même d'un pas plus léger. Les tragédies n'ont pas leur pareil pour unir une famille.

« Bon, pas de bêtises, Aamaa, dit Manasa à sa grand-mère étendue. Ni drogue, ni flirt, ni dispute avec le premier venu. »

La vieille femme répondit par un bredouillement, mais avec le sourire.

À l'aéroport de Bhadrapur, où elle prit l'avion pour Katmandou, la belle-fille de la famille Ghimirey, cette lignée jadis toute-puissante mais aujourd'hui totalement désarmée, n'eut pas à subir l'humiliation d'une fouille. Une vieille connaissance loyale y travaillait. L'angoisse qu'éprouvait celui-ci à l'idée que le beau-père de Manasa se retire de la vie politique était palpable.

« Votre *bua* a fait des choses formidables pour ma famille. C'est grâce à lui que j'ai obtenu ce travail. »

Et dire que cet homme qui avait favorablement influencé le destin de tant de personnes avait ruiné le sien ! Manasa sourit poliment.

« Nous avons entendu dire qu'il vivait à Londres maintenant, poursuivit l'homme. Et qu'il n'allait pas bien. Mais il n'a pas besoin d'un corps sain pour aider cette nation. Tant qu'il est bien dans sa tête, il devrait rester ici.

— Sa tête ne va pas bien non plus, *daai*. Il a tendance à oublier des choses. D'autres personnes ont pris les rênes du parti, et c'est mieux ainsi.

— Comment pouvez-vous dire une chose pareille ? la réprimanda gentiment l'employé. Qui pourrait bien remplacer une personne aussi formidable que votre beau-père ?

— Je n'en sais rien.

— Et votre mari ?

— Himal ?

— Je le connais depuis son enfance, déclara fièrement l'homme en chassant le petit bagagiste à la peau foncée qui travaillait à l'aéroport de Bhadrapur depuis des décennies. Votre mari se souvient peut-être de moi. »

Manasa remit un billet de dix roupies au bagagiste.

« Pourquoi ne vous lancez-vous pas dans la politique, *buhaari* ? La place de la belle-fille de Madhav Prasad Ghimirey est dans ce pays.

— Au contraire. Je ne suis même pas d'ici.

— Mais vous avez épousé un homme de ce pays. »

Problème réglé. Le mariage résolvait tout.

Himal l'attendait à l'aéroport international Tribhuvan à Katmandou. Comme par réflexe, Manasa tendit le cou afin de vérifier si *bua* se trouvait à côté de lui. Ce n'était pas le cas.

« Comment s'est passé ton vol ?

— Beaucoup de turbulences, répondit Manasa. Je voyais le poste de pilotage depuis mon siège.

— Il faut que nous allions déjeuner chez mon oncle, Kancha *kaka*.

— Tout de suite ? Sans passer à la maison ?

— Désolé. Il faut que nous y allions immédiatement. »

Comme si un bref arrêt à Baneshwor, quartier tout proche de l'aéroport, risquait de gâcher le déjeuner !

Dans la voiture, Manasa garda le silence, tandis que le nouveau chauffeur de la famille l'observait à la dérobée dans le rétroviseur. Bafouée et piégée, à la fois par ce chauffeur inconnu et son mari, elle braqua les yeux sur la ville qui s'étendait autour d'elle. Le chauffeur se servit du rétroviseur latéral pour continuer à la reluquer.

Autrefois, Katmandou était une ville magnifique. La nature y était luxuriante. Mais l'homme s'était montré peu charitable avec elle. En se retournant, Manasa apercevait la chaîne de montagnes. À côté et devant elle, s'élevaient d'imposants monticules d'ordures. La voiture n'avançait pas car la circulation était insupportablement difficile. Des sniffeurs de colle hauts comme trois pommes partageaient leurs tubes avec des fumeurs de haschich à peine plus âgés pour le plus grand bonheur d'un étranger qui les filmait dans leur habitat naturel.

Cette ville était devenue ingérable. Les gens venaient s'installer dans la vallée en raison de la relative stabilité qui y régnait. Tout ce monde dans un si petit endroit – Katmandou n'arrêterait jamais de grossir. Demain, une nouvelle grève éclaterait et cent familles supplémentaires migreraient vers la capitale. Une catastrophe surviendrait et davantage rejoindraient la ville. Une faction maoïste assassinerait un membre d'une famille, et ses survivants s'y réfugieraient.

Katmandou était le refuge le plus commode, souvent une halte durable sur le chemin des verts pâturages d'Abu Dhabi, de Heathrow et de Houston. En attendant que le pays devienne stable, Katmandou croulerait sous les migrants. Et même quand le pays le serait, la capitale verrait arriver de nouvelles vagues de déracinés. Cette ville ne cesserait jamais de grossir.

« Tu ne me demandes pas comment il va ? demanda Himal.

— Non.

— Je crois que tes soins lui manquent.

— Il est vrai que je suis une excellente infirmière.

— Ne sois pas aussi cynique, Manasa. Tout le monde se réjouit de te voir. »

Avant de pénétrer dans la propriété de *Kancha kaka*, à travers laquelle une allée serpentait en direction d'une gigantesque demeure dont la façade multicolore lui donnait l'apparence d'un gâteau bon marché, Manasa se couvrit la tête avec son châle, un geste qui remplit son mari de gratitude.

Les oncles et tantes de Himal étaient rassemblés dans le salon en compagnie de *bua*. Manasa posa le front sur les pieds de chacune des femmes.

« La plus jeune *buhaari* de la maison », la salua malicieusement une tante.

La séparation symbolique des deux sexes s'opéra dès que furent transmises salutations et bénédictions. Les hommes restèrent dans le salon, tandis que les femmes allèrent se réunir dans la cuisine.

Après que la plus jeune tante se fut lancée dans un laïus idiot sur le népali impeccable de Manasa qui était née et avait grandi en Inde, celle-ci s'excusa avant de filer aux toilettes. Une fois la porte refermée, elle s'enfonça un doigt dans la gorge et vomit bruyamment, énergiquement.

« Je viens de vomir », confia-t-elle aux femmes attroupées dans la cuisine.

Manasa faisait-elle allusion à une grossesse, leur sujet de prédilection ?

« J'ai appris la bonne nouvelle. C'est donc bien vrai ? demanda son beau-père sur le chemin du retour.

— Je n'en sais rien, *bua*. Je n'ai pas fait de test. Il se pourrait que ce soit juste une indigestion.

— J'espère que tu m'annonceras bientôt une bonne nouvelle. Il est grand temps. J'ai besoin d'un petit-fils avec qui jouer.

— Et si c'était une fille ?

— Quand le premier-né est une fille, c'est un cadeau de Lakshmi », répondit son beau-père sans conviction.

Quand ils furent arrivés à la maison, Manasa fit manger son porridge à *bua*, lui lava le visage, lui brossa les dents et le coucha. Cinq minutes plus tard, le vieil homme déféquait partout dans son lit. La domestique étant sortie, Himal dut le nettoyer tandis que Manasa changeait les draps.

Ce soir-là, quand ils furent couchés, Manasa demanda à Himal si son oreille allait mieux.

« Ni mieux ni pire que quand nous avons quitté Londres.

— Himal, dit doucement Manasa.

— Oui, chérie ? »

Son mari était tout aussi doux.

« Je ne peux pas retourner à Londres.

— Tu veux rester à Katmandou avec *bua* ? Il envisage de rester ici un peu plus longtemps que prévu.

— Aamaa a eu une attaque. Il n'y a personne auprès d'elle.

— Et Prasanti ?

— Ce n'est pas un membre de la famille.

— Et les autres ?

— Himal, je veille sur ton père depuis des années. Il est maintenant temps que je m'occupe de ma grand-mère.

— Quand rentreras-tu ?

— Dès qu'elle ira mieux.

— Et si son état ne s'améliore pas ?

— Alors je resterai jusqu'à ce qu'elle meure.

— Je ne peux pas m'occuper seul de *bua*, tu le sais. »

Himal parlait un peu plus fort à présent.

« Je m'occuperai bien d'Aamaa toute seule. Tu n'as qu'à essayer.

— J'ai un travail.

— J'en avais un aussi, avant de commencer à m'occuper de ton père.

— S'il te plaît, Manasa.

— Je ne cherche pas à prendre ma revanche, Himal. La situation actuelle m'oblige à retourner auprès d'elle, c'est tout. Embauche une aide à domicile – le fils ou la fille d'un *gurkha*. Je connais une jeune femme qui s'appelle Gita. Je te mettrai en relation avec elle.

— Mais que vont dire nos proches ?

— Ce sont tes proches, Himal.

— Et si tu étais enceinte ?

— Je me suis fait vomir pour pouvoir m'échapper de la maison de *Kancha kaka*.

— Tu n'es donc pas du tout enceinte ? Faut-il que nous tentions d'avoir un enfant ?

— Avant, je t'aurais répondu que je m'occupais déjà de ton père, Himal. Maintenant, je ne pourrai pas faire ce genre de projet tant qu'Aamaa n'ira pas mieux.

— Je ne m'attendais pas à ça.

— Je ne m'attendais pas non plus à ce qu'Aamaa fasse une attaque. Je pars demain. Et s'il te plaît, fais-toi opérer. »

Manasa avait fait la paix avec Prasanti. À présent, elle allait devoir apprendre à vivre avec elle.

•

Prasanti n'avait pas été aussi occupée depuis des années. Aamaa avait brusquement perdu tout appétit, un problème qu'il fallait résoudre selon les médecins. Nourrir sa maîtresse de force n'était pas chose facile maintenant que tout le monde, en particulier Manasa, était parti. Cette femme tyrannique savait s'y prendre avec Chitralekha quand elle faisait la difficile – elle enfonçait littéralement la cuillère dans la bouche de sa grand-mère. Aamaa recrachait le riz, marmonnait qu'on la traitait comme un bébé infirme, mais Manasa poursuivait sa tâche sans broncher. Et la vieille femme mangeait la nourriture du bout des lèvres. Quand Prasanti essayait d'imiter les manières militaires de Manasa, Aamaa, pourtant faible, tentait de la gifler.

Agastaya, la dernière personne à quitter la maison, avait demandé à l'eunuque s'il pouvait lui donner un coup de main avant de partir, ce qu'elle avait trouvé bizarre.

« Si tu veux travailler, va donc laver tes draps, *condo*. Depuis quand les hommes sont-ils capables de seconder les femmes ? »

À sa grande surprise, Agastaya avait bel et bien lavé ses draps.

« Il faut vraiment que tu aimes trimer, patate ! »

En guise d'au revoir, Agastaya lui avait conseillé de ne pas travailler trop dur.

« Tu effectues déjà toutes les tâches ménagères. Laisse donc Nirmal *daaju* faire le reste.

— Ce stupide chauffeur ne connaît rien à rien – tout ce qu'il sait faire, c'est reluquer mon *condo*.

— Je lui en ai parlé. Il se chargera du travail manuel.

— Quel travail manuel ? Qu'il se charge du ménage, moi, je m'occuperai des tâches manuelles. Autrement dit, je me tournerai les pouces toute la journée.

— Tiens, c'est pour toi. »

Agastaya lui avait remis une enveloppe.

« J'espère que cette somme inclut celle que tu m'aurais offerte pour Bhai Tika, dit Prasanti. Ton *condo* d'ami blanc ne m'a rien donné.

— Il vient d'un monde différent. Il n'y connaît rien.

— Ne sois jamais ami avec des radins. Même ce *lobhi* de Ruthwa a déposé une enveloppe sur mon lit – elle ne contenait que deux mille roupies, mais je ne m'attendais pas à ce que la personne qui a failli tuer Aamaa me laisse quoi que ce soit.

— Je croyais que tu ne voulais rien avoir à faire avec Ruthwa, l'avait taquinée Agastaya. Pourquoi avoir accepté son argent ?

— Parce que l'argent, ça ne se refuse pas, *condo*.

— Merci de tout ce que tu fais pour Aamaa. Si elle vit encore, c'est grâce à toi. Tu t'occupes extrêmement bien d'elle. Elle va beaucoup mieux maintenant. Grâce à tes soins, elle sera bientôt sur pied.

— Je dois m'occuper seule de cette maison de

condo. L'un de vous devrait revenir vivre ici. Que se passera-t-il quand elle mourra ? Je ne pourrai pas entretenir cette demeure sans votre aide.

— C'est autant la tienne que la nôtre. Je suis sûr que tu t'en occuperas très bien quand Aamaa ne sera plus de ce monde. Mais ne parlons plus de ça. Aamaa a encore de nombreuses années devant elle.

— Oui, si vous cessez de l'embêter, l'avait averti Prasanti, contente qu'Agastaya confirme le diagnostic optimiste des autres médecins. Tu as fini par aller prendre un café avec l'autre mocheté, c'est déjà ça.

— L'état d'Aamaa est stable maintenant. Si sa vie était encore en danger, je serais resté.

— Menteur. »

Prasanti avait éclaté de rire, soulagée.

« Si tu m'assures que son état est stable, c'est uniquement pour pouvoir partir d'ici.

— Encore merci, Prasanti. Tu es une vraie sœur.

— Bon, essaie donc de convaincre tes véritables sœurs de revenir vivre ici. Aamaa en serait si heureuse. »

Le taxi d'Agastaya avait lentement descendu l'allée en crachant ses gaz à la figure de l'eunuque. Tout le monde était reparti. Il ne restait plus qu'elle auprès d'Aamaa.

Prasanti commença son inventaire hebdomadaire avec un jour de retard.

D'abord, elle compta son argent. Grâce aux billets que lui avait offerts toute la fratrie, elle possédait pas moins de soixante mille roupies. C'était une belle somme, et sa chambre n'était pas un endroit suffisamment sûr – il faudrait qu'elle demande à Aamaa de lui ouvrir un compte en banque. Celle-ci lui avait maintes fois conseillé de déposer son argent à la banque mais Prasanti craignait toujours que sa maîtresse ne l'interroge sur les moyens, essentiellement illégaux, par lesquels elle, une simple domestique, avait amassé une telle somme. La liasse de billets cachée dans son armoire Godrej ne cessait de s'épaissir. Aamaa aurait tous les droits de trouver sa richesse suspecte. Une grande partie des économies de Prasanti provenait de vols ou de la monnaie qu'elle gardait au lieu de la rendre à sa maîtresse. Mais elle était domestique après tout, et c'est ce que font tous les domestiques.

Prasanti était une femme riche. Quarante mille roupies de plus, et on l'appellerait Crésus. Si on tenait compte de ses biens matériels – les bijoux qu'elle avait amassés au fil des années –, elle était quasiment millionnaire. Prasanti jeta un coup d'œil dans la boîte qui lui servait de coffre-fort et contenait ses bijoux. La plupart d'entre eux avaient été acquis par un acte de pur génie.

Au mariage de Manasa, après qu'Aamaa avait offert à sa petite-fille un plein coffret de bijoux, Prasanti avait vu sa maîtresse abandonner quelques bracelets, un collier et des boucles d'oreilles dans une boîte à babioles. Aamaa ne portant aucun bijou, Prasanti lui avait demandé pour qui était tout cet or.

« Bien que la profanatrice du nom de notre famille ne le mérite absolument pas, il reviendra à cette *damaai*, mais seulement après ma mort. »

Voilà comment Prasanti était entrée en possession de nombre de ces précieux ornements – elle avait dérobé ce qui était destiné à Bhagwati. Prasanti, bien que ce fût inutile, avait remplacé les bijoux en or conservés dans la boîte d'Aamaa par des babioles qui ne leur ressemblaient que vaguement. Elle savait que sa maîtresse ne passerait jamais en revue le contenu du coffret. Et même si elle le faisait – et que Prasanti se fît prendre –, elle considérerait son vol comme une de ces pertes inévitablement subies par tout employeur de domestiques. Les bijoux lui seraient confisqués, et Prasanti serait pardonnée.

Aujourd'hui, le petit sac qui aurait dû contenir sa fortune était cependant vide. Prasanti retira tous les vêtements des étagères sur lesquelles ils étaient rangés, les laissa tomber sur le sol, les secoua et les retourna. Elle vérifia sous le lit, sous le matelas puis sous l'oreiller. Elle jeta ses couvertures sur le sol et éparpilla ses vêtements. Elle vérifia l'intérieur des manches de ses *kurta*, de ses pantalons d'intérieur, des bonnets de ses soutiens-gorge. S'avouant finalement vaincue, l'eunuque partit accomplir ses corvées de la journée après avoir conclu qu'un invité du *chaurasi* avait dû lui voler ses précieuses possessions.

Il était impossible de parler à Chitralekha des pièces manquantes car il faudrait ainsi lui avouer son crime. Prasanti ne pouvait en parler à personne. Chitralekha étant à peine capable de marcher, l'eunuque craignait que ses aveux – celui de son vol et celui du vol de son vol – ne bouleversent sa maîtresse. Une chose était cependant sûre : l'argent conservé dans sa chambre ne pouvait plus y rester. Si on lui avait volé ses bijoux, ses économies n'y étaient plus en sécurité. Prasanti devrait demander à Aamaa de lui ouvrir un compte en banque.

« Aamaa », dit la domestique à Chitralekha qui s'apprêtait à s'allonger.

La vieille femme ne cessait de dormir depuis son hospitalisation.

« Devinez combien d'argent j'ai accumulé ! » Le regard de Chitralekha pétilla légèrement.

« Vingt mille ? demande-t-elle avec effort.

— Plus.

— Trente ?

— Plus.

— Encore plus ? Est-ce que tu as volé de l'argent ?

— Non. Bhagwati et Manasa m'ont donné quatre mille roupies chacune. Agastaya, dix mille. Ruthwa, deux mille, mais je les ai refusées.

— Menteuse. Comme si tu étais capable de refuser de l'argent !

— Je vous jure, je n'ai rien accepté de sa part.

— Idiote – personne ne décline un don d'argent.

— Bon, vous avez raison, j'ai accepté le sien. »

Prasanti gloussa.

« Alors, combien possèdes-tu en tout ?

— Soixante mille roupies, dit Prasanti en espérant que Chitralekha ne s'interrogerait pas sur l'origine de la moitié de sa fortune.

— Ça fait beaucoup d'argent.

— Oui, j'aimerais le déposer à la banque.

— Tu as raison. La somme qui se trouve sur ton compte a dû augmenter.

— Quel compte ?

— Je t'en ai ouvert un quand tu es venue vivre chez nous.

— Vous voulez dire que je possède encore plus d'argent ?

— Oui, tu es une femme riche. »

Aamaa toussa violemment. Elle était encore faible.

« Plus que soixante mille roupies ?

— Oui, bien plus.

— Combien ?

— Avec cette somme, tu pourrais te faire construire un cottage quelque part si tu finissais par te lasser de moi.

— Mais cette maison est la mienne. Pourquoi m'en faudrait-il une autre ?

— Je sais bien que tu n'en as pas besoin, va ! »

Là-dessus, Aamaa s'assoupit.

Au rez-de-chaussée, le téléphone se mit à sonner.

« Aamaa ! s'écria Prasanti, troublée. Manasa vient d'appeler.

— Est-ce qu'elle est arrivée à Katmandou ? »

Chitralekha se leva lentement.

« Oui, mais elle revient. Elle se trouve à Rangpo. Elle voulait que je lui fasse cuire du riz.

— Pourquoi revient-elle ?

— Elle ne me l'a pas dit.

— Je savais qu'elle changerait d'avis. Je suis même surprise qu'elle soit partie.

— Que voulez-vous dire ? »

Chitralekha ne répondit pas.

« Aide-moi à monter sur la terrasse, dit la vieille femme en faisant de petits pas. Ensuite, tu iras faire le ménage dans mon bureau. Et tu retireras tous les portraits accrochés aux murs.

— Pourquoi ? »

Prasanti soutenait toujours le corps frêle de Chitralekha.

« Contente-toi de faire ce que je te dis.

— D'accord.

— À leur place, tu accrocheras le diplôme de Manasa – le cadre qui est posé sur le rebord de la fenêtre du salon.

— Très bien.

— Et sur la table, tu mettras la nappe la plus sale que tu trouveras – qu'elle soit vieille, dégoûtante et toute trouée. Dépêche-toi. J'ai hâte de voir son affreux visage se crisper. »

Dehors, le ciel était bleu et le soleil brillait de toutes ses forces. Bientôt, il ne percerait les nuages qu'avec réticence. Le Kangchenjunga était partiellement visible. Sous les yeux de Prasanti et Chitralekha, les maçons posaient les fondations du septième étage du nouvel hôtel. Le bruit des marteaux, des tamis, des maillets, du sable, du ciment, des briques, des perches en bambou et du mortier créait un fracas curieusement harmonieux.

Bien que son médecin lui eût interdit de fumer, Chitralekha tirait sur son *beedi*.

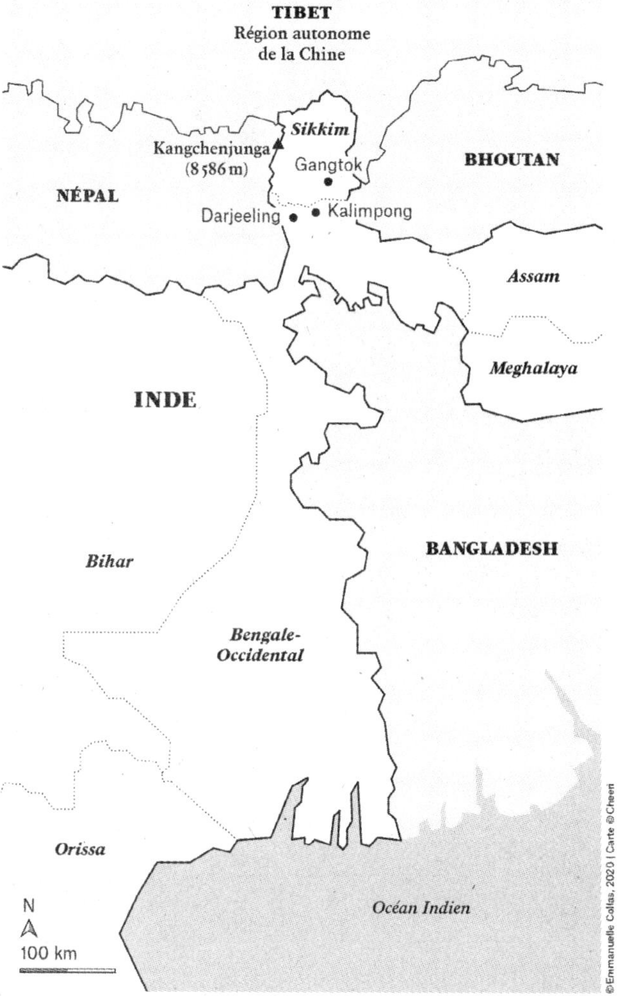

Le nord-est de l'Inde

MOT DE L'AUTEUR

Le *chaurasi* est un curieux événement – en Inde, rares sont les hindous népalophones, surtout au sein de ma génération, qui connaissent son existence. Cela pourrait s'expliquer par le fait que peu de gens vivent jusqu'à leur quatre-vingt-quatrième anniversaire. Quand j'ai consulté les textes, les prêtres et quelques esprits éclairés afin de comprendre l'importance de ce quatre-vingt-quatrième anniversaire – pourquoi pas le quatre-vingt-troisième ou le quatre-vingt-cinquième ? –, j'ai souvent obtenu comme réponse une ou plusieurs des explications suivantes : il existe huit millions quatre cent mille espèces sur terre, l'âme renaît huit millions quatre cent mille fois et sa huit million quatre cent millième naissance se fait sous forme humaine. Malgré la récurrence du nombre quatre-vingt-quatre, ces réponses ne m'ont pas entièrement convaincu. En outre, quelques-unes de mes sources considéraient que ce rapprochement ne tenait pas debout. Selon une explication plus satisfaisante, mais rarement avancée, le choix du nombre quatre-vingt-quatre reposerait sur l'importance du calendrier lunaire et des nombres cent huit et mille huit, particulièrement propices dans l'hindouisme. Chaque année totalisant douze pleines lunes, il faut vivre jusqu'à quatre-vingt-quatre ans pour observer mille huit pleines lunes. Ce quatre-vingt-quatrième anniversaire serait ainsi célébré dans le but d'exprimer notre gratitude à la lune. Mes quatre grands-parents ont dépassé les quatre-vingt-quatre ans. Mes grands-pères ont fêté leur *chaurasi* à leur façon – celui du Népal a eu droit à une célébration de trois jours, tandis que celui d'Inde s'est contenté d'une simple *puja* de quelques heures –, mais mes grands-mères ont dû renoncer aux leurs pour cause de maladie.

FSC
www.fsc.org
MIXTE
Papier issu de sources responsables
FSC® C003309

L'éditeur de cet ouvrage s'engage dans une démarche de certification FSC® qui contribue à la préservation des forêts pour les générations futures.

Pour en savoir plus :
www.editis.com/engagement-rse/

10/18 – 92 avenue de France, 75013 PARIS

Imprimé en France par CPI

N° d'impression : 3048240
X08097/01